リンカーンとさまよえる霊魂たち

ジョージ・ソーンダーズ

上岡伸雄＝訳

Lincoln in the Bardo
George Saunders

河出書房新社

目次

リンカーンとさまよえる霊魂たち

『リンカーンとさまよえる霊魂たち』は歴史小説であり、その物語にはよく知られている実在の人物、事件、場所なども登場するが、それを除けば、あらゆる名前、登場人物、場所、事件などは著者の想像の産物か、フィクションの素材として使用されている。

ケイトリンとアリーナへ

第1部

1

結婚式の日、私は四十六歳で妻は十八歳だった。まあ、君が何を考えているかはわかる。ずっと年上の男（痩《や》せているとは言えず、禿《は》げかかっていて、片脚をひきずり、木製の義歯を入れている男）が結婚による特権を行使し、憐《あわ》れな若い娘を凌辱《りょうじょく》する――

しかし、それは事実とは違う。

それこそ、まさに私が避けようとしたことだ。

結婚式の夜、私は酒とダンスとで顔を赤くし、階段をのぼって行った。彼女は叔母に無理やり着せられた薄めの服をまとっていた。体を震わせ、絹の襟《えり》も一緒にパタパタとはためいている――そして、私にはどうしてもできなかった。

私は穏やかな声で彼女に話しかけ、自分の気持ちを吐露した。あなたは美しく、私は年寄りで醜い。これはおかしな縁談だ。愛ではなく、家計の問題に端を発している。あなたの父親は貧しく、母親は病気だ。だからあなたはここに来た。こうした事情は重々承知している。だからあなたに触れようとは夢にも思わない。そう私は彼女に話した。あなたが恐怖と「嫌悪」――という言葉を私は使った――を感じているのは見て取れるから、と。

彼女は「嫌悪」など感じていませんと言い張ったが、私にはその（上気した美しい）顔が嘘《うそ》によって歪《ゆが》むのがわかった。

私は彼女にこう提案した。私たちは……友達でいましょう。外見上は、すべての点において、この関係がちゃんと成立しているように振る舞う。あなたは私の家でくつろぎ、好きなようにしてくれていい。ここをぜひ自分の家にしてください。それ以上のことを私は求めません。

そして私たちはそのように生きた。友達になったのだ。親友に。それだけ。しかし、それで充分だった。私たちは一緒に笑い、家についてのいろいろな決断を一緒に下した――彼女のおかげで、私は召使いのことをもっと気にかけるようになり、彼らに対しておざなりなしゃべり方を避けるようになった。彼女はなかなかの目利《めき》きで、各部屋の模様替えを見事にやってのけ、しかも予想された出費のほんの一部しかかからなかった。私が部屋に入って行くと彼女の顔はパッと明るくなり、家のことを相談するときは私のほうに身を乗り出す。そういう姿を見て、私の人生もさまざまな形で潤った。どう潤ったかは、とてもじゃないが説明しきれない。私は幸せだった。充分に幸せだった。しかし、私はしばしば自分が知らぬ間にこんな祈りを捧げていることに気づいた。それは単純に〈彼女はここにいる、まだここにいる〉という祈りだ。まるで、流れの激しい川が私の家のなかを流れるようになり、淡水の香りが家を満たすようになったかのようだった。豊かで自然で、そして息を吞《の》むようなものが常に近くで動いているような感覚。

ある夜のディナーの際、彼女は誰から促されたわけでもなく、私の友人たちの前で私への賛歌を唱え始めた――私が善良な人間であり、思慮深くて知的で優しい人だと称えたのである。

彼女と目が合ったとき、私にはわかった。彼女は真剣にこうしたことを言ったのだ、と。

その次の日、彼女は私の机に手紙を残した。この気持ちを口に出して語ったり、行動で示したりすることは恥ずかしくてできないのですが――とメモは始まっていた――あなたのご親切はとても望ましい結果を生み出しました。私は幸せです。私たちの家で本当にくつろいでいます。そして――彼女の言い方では――「私たちの幸せの境界線をさらに親密な方向へ、私のまだ知らない世界へと一緒に広げていきたいのです」。そして彼女は、「大人の生活のさまざまな側面において私を導いてくださった」ように、この点においても導いてくださいますようにと私に訴えていた。

　この手紙を読んでから夕食の席に着くと――彼女は文字どおり輝いていた。私たちは召使いの目の前で遠慮なく目配せをし合った。こんなにも見込みの薄い素材からこのようなものを一緒に生み出せたことに対して、二人とも喜んでいたのだ。

　その夜、ベッドで、私はこれまでの自分と同じであろうと気を配った――つまり、穏やかで礼儀正しく、控え目な人間であろうとした。私たちはほんの少しのことしかしなかった――キスをして、抱き合っただけだ。しかし、よろしければ想像してみてほしい。突如として欲望に身を任せられるという幸せを。二人とも欲望が押し寄せてくるのを感じていた（そう、もちろんだ）が、それは二人でゆっくり築き上げてきた篤い愛情に支えられていた。信頼に値する絆《きずな》――純粋で、ずっと長続きするもの。私は経験のない男ではない――若いときはけっこう遊んだ。かなりの時間を（恥ずかしながら言えば）マーブル横丁のバンドボックスや、恐ろしきウルフス・デンなどの店で過ごした。結婚も一度したし、健康な結婚生活を送った。しかし、この激しい感情は私にもまったく経験のないものだった。

　次の晩はこの「新大陸」をさらに先まで探索しよう、と私たちは暗黙裡《あんもくり》に了解し合った。そして翌朝、家に引き止めようとする強い力を感じつつ、私はそれに抗って印刷所の仕事に出かけた。

　そしてその日が――なんてことだろう――梁《はり》が落ちた日だったのだ。

　そう、そうなんだ、なんという不運！

　天井から梁が落ちてきて、机に向かって座っている私に命中した。その結果、私が快復するまで、計画を延期せざるを得なくなった。医者の忠告に従って、私は治療に専念し――

　ある種の病箱《やまいばこ》に入ることで、あれがあると判断されたのだ。あれというのは――

ハンス・ヴォルマン

効能がある。

ロジャー・ベヴィンズ三世

効能がある、それだ。ありがとう、友よ。

ハンス・ヴォルマン

いつでも喜んで。

ロジャー・ベヴィンズ三世

ということで私は居間で病箱に入り、何だか馬鹿みたいな気分で横たわっていた。私たちがついさっき（喜びに満ち、しかし疚《やま》しい気分も抱えつつ、手を握り合って）寝室に向かうときに通過した居間で。それから医者が戻って来て、彼の助手たちが私の病箱を病荷車《やまいにぐるま》まで運び、私にはわかった——私たちの計画は無期限に延期されなければならない、と。がっかりだ！　いったいいつ婚姻のベッドの喜びを最後まで味わうことができるのだろう？　いつ彼女の裸体を拝めるのか？　いつ彼女はあの状態で——口元に飢えをたたえ、頬を火照らせて——私のほうを振り向くのだろう？　彼女が淫らな仕草で髪をほどき、私たちの体にその髪がまとわりつくのはいつなのか？

まあ、私の病気が完全に治るまで、それはお預けのようだ。

まったくいまいましい展開。

ハンス・ヴォルマン

しかし、我々はあらゆることを耐えねばなりません。

ロジャー・ベヴィンズ三世

そのとおり。

とはいえ、打ち明けるなら、あのときの私はそんなつもりなどなかった。あのとき病荷車に載せられ、まだ縛りつけられていなかったので、一時的に病箱から出られることがわかった。そこで箱から飛び出し、ちょっとした砂嵐を起こして、花瓶の縁を欠くことさえした。ポーチにある花瓶だ。しかし妻もあの医者も真剣に私の病気について話し合っていて、私に気づきもしない。これは我慢ならなかった。むかっ腹を立てたことは認めよう。犬たちのなかを通り過ぎ、熊になった夢をそれぞれに見させて、やつらがキャンキャン喚《わめ》くように仕向けた。あのときはそれができたんだ！　懐かしいあの頃！　いまでは犬たちに熊の夢を見させることも、この物静かな年若い友人をディナーに連れ出すこともできない。

（かなり若いように見えるよね、ミスター・ベヴィンズ？　体の輪郭から？　その姿勢からか？）

ともかく、私は我々独自のやり方で泣きながら病箱に戻った――この泣き方に君は気づいたかな、若者よ？　病院地に着いたばかりのときに泣きたくなると、何が起こるかと言えば、我々はちょっとだけ身を強張らせる。すると、節々に中毒症状のようなものを感じ、体内の小さなものたちが爆発するんだ。まだ生きがいいときであれば、ウンチを漏らしてしまう。私はまさにそれをした、あの日、病荷車に載せられて。まだ生きがよかったときに少しだけウンチを漏らした、病箱のなかで、怒りのあまり。その結果はどうなった？　そのウンチをずっと持ち歩くことになったんだ。そして実を言えば――これを無礼だとか不快だとか君に感じてほしくないし、私たちのあいだに生まれたばかりの友情を損ないたくもないのだが――そのウンチはまだここにあるんだよ。この瞬間も、私の病箱に。もっとも、すっかり乾いてしまったけどね！

なんてことだ、君は子供なのか？

そうだよね、彼は子供だよね？

ハンス・ヴォルマン

そうだと思います。あなたに言われて気づきましたけど。

さあ、彼が来ましたよ。

ほぼ完璧な姿になって。

ロジャー・ベヴィンズ三世

申し訳ない。なんてことだろう。まだ子供なのに病箱に閉じ込められるなんて——そして病箱のなかの乾いたウンチについて大人が詳しく話すのを聞いていなきゃいけないなんて——それはあまり理想的な形とは言えない、この新たな場所に入って来るのに——

少年だ。幼児にすぎない。まいったな。

本当に申し訳ない。

ハンス・ヴォルマン

2

「いいかしら」とリンカーン奥様が私に言いました。「大統領は毎冬いくつか公式晩餐会を催すことになっている。そしてこういう晩餐会はとても費用がかかるの。私が大きなレセプションを三回開くことで、公式晩餐会はプログラムから削れるわ。この考えをミスター・リンカーンにも納得していただければ、私は必ず実行に移します」

「それがいいだろう」と大統領は言いました。「君の主張は正しい。レセプションを開く方向で決めるべきだと思う」

問題はこのように決着し、最初のレセプションのための準備が進められました。

エリザベス・ケックリー

『舞台裏にて、あるいは三十年間の奴隷《どれい》生活とホワイトハウスでの四年間』

奴隷解放論者たちはホワイトハウスでのお祭り騒ぎを批判し、多くが出席を断った。ベン・ウェイドの断り状には次のような厳しい言葉が書かれていたと言われている――「大統領閣下とミセス・リンカーンは内戦にお気づきではないのでしょうか？　お二人がお気づきでなくても、ウェイド夫妻は気づいており、その理由で祝宴や舞踏会への参加は辞退いたします」。

マーガレット・リーチ

『ワシントンの起床ラッパ――一八六〇〜六五年』

子供たち、タッド様とウィリー様はひっきりなしにプレゼントを受け取っていました。ウィリー様は子馬に大喜びで、毎日乗るのだと言って聞きませんでした。天候は変わりやすく、外気に晒されたためにひどい風邪をひきました。それがこじれて、熱病になったのです。

ケックリー前掲書

五日目の夜、母親がパーティのために着飾っていたとき、ウィリーは激しい熱にうなされていた。息を吸うのも苦しそうだった。リンカーン夫人は彼の肺が鬱血《うっけつ》していることを知り、恐ろしくなった。

ドロシー・メサーヴ・クンハート&フィリップ・B・クンハート・ジュニア
『二十日間』

3

［リンカーン家の］パーティは激しい非難を浴びたが、重要な人物はこぞって参加した。

リーチ前掲書

大群衆が押し寄せたため、周囲を見渡すことは到底できなかった。ただ、喧騒のなかを、茫然と歩き回るだけ。さまざまな匂い、コロン、香水、鬘《かつら》、帽子、しかめ面をした顔、突如として叫び声をあげる口などの陳列場《バザール》だ。その叫び声が喜びによるものか恐怖によるものかもわかりかねた。

マーガレット・ギャレット夫人
『このすべてを私は見た――恐ろしい時代の記憶』

大統領の温室で栽培されたエキゾチックな花が花瓶に生《い》けられ、数ヤードごとに飾られていた。

クンハート&クンハート前掲書

外交官の一団は華麗な集団を形成していた――ライアンズ卿、ムッシュー・メルシエ、ムッシュー・ステクル、ムッシュー・フォン・リンブルク、セニョール・タサーラ、ピーペル伯爵、ベルティナッティ勲爵士、その他《た》の人々である。

リーチ前掲書

何層にもなったシャンデリアが、海の泡のような緑色のカーペットを敷き詰めた東の間《イーストルーム》を上から照らしていた。

デイヴィッド・ヴォン・ドレエリ
『偉大な大統領への道』

青の間《ブルールーム》ではさまざまな言語によるおしゃべりがざわざわと響いており、完璧なフランス語をしゃべるマクドウェル将軍がヨーロッパ人たちからちやほやされていた。

リーチ前掲書

あらゆる国、人種、地位、年齢、身長、身幅、声の高さ、ヘアスタイル、姿勢、芳香の代表が集まっているように思えた。多様な色が生き生きと息づき、雑多な訛《なま》りで呼びかけ合っている。

ギャレット前掲書

閣僚、上院議員、下院議員、著名な市民、美しいご婦人方がほとんどすべての州から集まっていた。師団長級以下の将校はほとんどいなかった。フランスの貴族たちが来ていたし、プロイセンの貴族であるフェリックス・ザルム＝ザルムもいた。彼は騎兵隊の将校で、ブレンカー准将のスタッフとして軍務に就いていた。

リーチ前掲書

颯爽《さっそう》としたドイツ人のザルム＝ザルム、ホイットニー兄弟（双子で、一人が大尉の記章、もう一人が中尉の記章をつけていることを除けば、まったく区別がつかない）、ソーン＝トゥーリー大使、フェッセンデン夫妻、小説家のE・D・E・N・サウスワース、ジョージ・フランシス・トレインとその美しい妻（「年齢は彼の半分で身長は彼の倍」というのが当時囁《ささや》かれていた冷やかしの言葉である）。

ギャレット前掲書

巨大な生け花にほとんど隠れていたが、腰の曲がった老人たちの一群が中心に向かって頭を傾けつつ、熱のこもった議論を戦わせていた。アバーナシー、セヴィル、コードらで、彼らはみな一年以内に鬼籍に入ることになる。驚くほど長身で色の白いキャステン姉妹が、光を求める雪花《せっか》石膏《せっこう》の葯《やく》のような姿で、身を傾けつつ間近に立っていた。会話を立ち聞きしようとしていたのである。

ジョー・ブラント
『北軍の城砦――記憶と印象』

十一時に、彼ら全員の前で、リンカーン夫人は大統領と腕を組み、先頭に立って東の間《イーストルーム》を練り歩いた。

リーチ前掲書

私たちがどっと前に進んでいくと、私の知らない男が新しいダンス、「メリージム」を披露した。周囲に集まった人たちに促され、彼はそのダンスをもう一度踊って見せ、大喝采を浴びた。

ギャレット前掲書

召使いの一人が公式晩餐会室《ステートダイニングルーム》のドアの鍵を閉め、その鍵をどこかに置き忘れたとわかったとき、みなが浮かれはしゃぎ始めた。「俺は前進し続けることに賛成する！」と一人が叫んだ。「前線への前進を阻むのは司令官たちの無能さのみだ」と別の一人が連邦議会での最近の演説を真似して言った。

リーチ前掲書

このとき私はふと思った。この遅鈍な集団的知性によって焚《た》きつけられた無規律の人間たちが、武装した国を軍事的大惨事へと向かわせている。どのような末路をたどるかは誰にもわからないが、訓練を受けていない子犬程度の判断力と洞察力をもって、大がかりに腕を振り回しつつ、この国は取り返しのつかない惨状へと向かっているのだ。

アルバート・スローンの私信より
スローン家の許可を得てここに引用する

戦争が始まって一年足らず。私たちはこれが何なのかまだわかっていなかった。

E・G・フレイム
『スリリングな青春――南北戦争期の若者』

ついに鍵が見つかり、客たちが大喜びで部屋に殺到すると、リンカーン夫人が自慢するだけある素晴らしい食事が並んでいた。

リーチ前掲書

その部屋は縦四十フィート、横三十フィートで、実に色鮮やかなため、人が入る以前に満員であるかのように思われた。

ダニエル・マーク・エプスティン
『リンカーン夫妻――結婚の肖像』

高価なワインや酒がたっぷりと注がれ、巨大な日本製のパンチボウルは十ガロンものシャンパンパンチで溢《あふ》れそうになっていた。

リーチ前掲書

リンカーン夫人は有名な仕出し屋であるニューヨークのC・ハートを雇っていて、その費用は一万ドルを超えると噂《うわさ》されていた。そしてどんな細部にも目が行き届いていた。シャンデリアは花輪で飾られ、給仕用のテーブルには長方形の鏡がたくさん置かれて、そこにバラの花弁がちりばめられていた。

ブラント前掲書

このように派手なことを戦争中にするのは愚かであり、やり過ぎである。

スローン前掲書

エルサは言葉もなく、ただ私の手をギュッと握り続けていた。こんなふうに古代人たちはもてなしたに違いない、などと感じずにいられなかった。なんという寛大さ！　私たちの親愛なるホストたちはなんと親切なことか！

ピーターセン・ウィケット
『戦時の我らが首都』

ダイニングルームには細長いテーブルがあり、その上に巨大な砂糖菓子を載せた鏡が置かれていた。砂糖菓子はいろいろな建造物を模していて、わかりやすいものとしては、サムター要塞《ようさい》（サウスカロライナ州チャールストン港入り口の要塞で、ここを一八六一年に南軍が砲撃して南北戦争が始まった）、軍艦、自由の寺院、中国の塔、スイスのコテッジなど……

クンハート＆クンハート前掲書

砂糖で作った寺院のまわりには、自由の女神、中国の塔、豊穣の角、綿菓子の水しぶきをあげる噴水、それを取り巻く星などが置かれた……

スタンリー・キメル
『ミスター・リンカーンのワシントン』

本物そっくりの蜂《はち》たちが群がる蜂の巣にはシャルロットリュスがいっぱい詰まっていた。綿菓子の羽毛が揺れるヘルメット形の菓子もあり、それによって戦時中であることが仄めかされている。アメリカが誇るフリゲート艦「ユニオン」は、四十の大砲に帆まですべて揃っており、星条旗をまとった天使たちに支えられている……

リーチ前掲書

サイドテーブルには砂糖のピッケンズ要塞（フロリダ州北西部にあった砦で南北戦争時は北軍が征服した）がそびえ、砲座の大砲よりは食用に適したものによって取り巻かれていた。おいしそうに準備された鶏肉料理である……

キメル前掲書

砂糖でできた自由の女神のなだらかなガウンが、中国の塔の上にカーテンのように掛かり、塔のなかには綿菓子の池があって、チョコレートの小さな魚たちが泳いでいた。近くにはケーキ菓子のたくましい天使たちがいて、蜂を払いのけている。その蜂たちは砂糖シロップの細い線によって空中に浮かんでいた。

ウィケット前掲書

最初は優美で完璧な姿をしていたこの菓子のメトロポリスだが、夜が深まるにつれ、さまざまな破壊行為を被《こうむ》っていた。パーティの客たちがその大きな部分を手で摑《つか》み取《と》り、ポケットに入れて、家で待つ愛する人々と分け合おうとしたのだ。もっと遅い時間になると、ガラスのテーブルが群衆によって揺さぶられ、菓子でできた建物がかなり崩れ落ちてしまった。

ギャレット前掲書

客たちは軟らかい雉《きじ》、太ったウズラ、鹿のステーキ、ヴァージニアハムなどを食した。オオホシハジロや新鮮な七面鳥、沿岸地帯の牡蠣《かき》などがどんどんたいらげられていった。牡蠣はつい一時間前に殻を取ったばかりで、氷につけられたものを生でズルズルとすする場合もあるし、貝鍋でバターとクラッカーとともに蒸し焼きにされたものや、ミルクでシチューにされたものもあった。

エプステイン前掲書

こうした食事や、ほかの美味なる軽食がたっぷりと供されていたので、千人かそれを超える客たちが一斉に襲いかかっても、ずらりと並ぶ皿を空にすることはできなかった。

キメル前掲書

しかし、機械的に微笑む女主人とその夫にとって、その夜は楽しめるものではまったくなかった。彼らはしょっちゅう階段をのぼり、ウィリーの様子を見に行っていた。ウィリーの容態は思わしくなかった。

クンハート&クンハート前掲書

4

階下の部屋で演奏する海兵隊の楽団の豊かな音が、静かなくぐもった囁き声のように病室にも聞こえてきました。遠くの妖精たちの激しく泣く声がかすかに聞こえてくるようでした。

ケックリー前掲書

ウィリーは「プリンス・オブ・ウェールズ」の寝室に横たわっていた。濃い紫色の壁掛けと金色の房飾りのある部屋である。

エプスティイン前掲書

ウィリーは整った丸顔だったが、その頰は熱で火照《ほて》っていた。栗色の上掛けの下で足がせわしなく動いていた。

レナード・ケント編『間近に見た歴史』より
ケイト・オブライエン夫人の証言

大統領夫妻の恐怖と驚愕《きょうがく》は、子供を愛したことのある人なら、そして、すべての親たちに共通する恐怖の予感を抱いたことのある人なら、誰にでも想像できるものだろう。運命の女神は生命をそれほど尊重しておらず、好きなように始末してしまうのではないかという予感である。

コンスタンス・メイズ編
『エドウィン・ウィロウの南北戦争関連書簡選』

恐怖に胸を摑まれつつ、二人はもう一度階下に降り、その夜の歌手たちが歌うのを聞いた。ハッチンソン・ファミリーが恐ろしいほど真に迫る歌い方で「船火事」を歌っていた。これを歌うには激しい海の嵐、船に閉じ込められた乗客たちの怯えた叫び声、雪のような胸に赤ん坊を抱きしめる母親の声などを真似なければならない。「重い足音、騒ぎ立てる人々、喚き叫ぶ声――『火事だ！火事だ！』」

水夫たちの頰はその光景に青ざめ、
目は炎の光を浴びて輝き、
渦巻く濃い煙はどんどん高くのぼっていく。
おお、神よ、火に焼かれて死ぬなんて恐ろしすぎる！

クンハート＆クンハート前掲書

ザワザワ、ガタガタといった激しい騒音のために、会話するためには叫ばねばならなかった。馬車は次々にやって来た。窓が開け放たれ、人々は窓の近くに集まって、冷たい夜風にあたろうとした。幸福感と緊張の高まりが部屋全体に浸透していた。私は意識を失いそうになり、それが私一人ではないと思った。ご婦人たちがそこここで肘掛け椅子に倒れ込んでいたのだ。酔っ払った男たちは絵画を熱心すぎるほど見つめていた。

ギャレット前掲書

荒々しい叫び声があがった。

スローン前掲書

一人の男が満足し切った顔で立っていた。オレンジ色のズボンをはき、青いコートの前を開けて、給仕用のテーブルの前で壮麗なアンブルッシのように立ち、ガツガツと食べている。ついに自分の夢の家を見つけたのだった。

ウィケット前掲書

歴史に残る生け花！　色とりどりの花が燃えるようにそびえ立つ——そしてすぐに処分され、弱い二月の日ざしを浴びて乾き、くすんだ色になってしまう。動物の死骸——いわゆる「肉」——は温かくて小枝がばらまかれており、高価な皿の上に並べられていた。湯気を立てている汁気の多い肉。いまはどこかに片づけられ、腐肉にすぎなくなっているだろう。短いあいだだけみんなに喜ばれる料理の地位にのぼりつめたあと、つましい死骸の一部に戻ったのだ！　その午後、うやうやしく広げられていた千着ものドレスは——玄関で注意深く埃《ほこり》を払われ、馬車に乗るために縁をたくし上げられていたドレスは——いまどこにあるのだろう？　一着くらいは博物館に展示されている？　数着は屋根裏部屋にしまわれている？　ほとんどは塵芥となっている。あのはかない栄光の一瞬、誇らしげにドレスをまとっていた女性たちが塵芥に化したのと同じように。

メルヴィン・カーターによる未刊の原稿
『南北戦争時の社会生活——浮かれ騒ぎ、死体の山、殺戮』

5

多くの客たちがその夜に輝いていた美しい月のことを特に覚えていた。
アン・ブライニー
『戦争と喪失の季節』

その夜の出来事を語るいくつかの文章が、月の美しさに言及している。
エドワード・ホルト
『栄光への長い道のり』

こうした物語によくあるのは、素朴な金色の月が空に浮かんでいたという描き方である。
バーナデット・エヴォン
『ホワイトハウスの夜会――アンソロジー』

その夜、厚い雲が垂れこめ、月は見えなかった。
ウィケット前掲書

太った緑色の三日月がこの狂乱の光景を照らしていた。ありとあらゆる人間の愚行を知り尽くし、鈍感になった判事のようだった。

ドロレス・P・レヴェントロップ
『私の人生』

その夜の満月は赤っぽい黄色で、まるで地上の火事を照り返しているかのようだった。

スローン前掲書

部屋を歩き回っていると、銀色の月がくさび型になってあちこちの窓に映っているのに出くわした。年老いた物乞いが部屋に入りたがっているかのようだった。

カーター前掲書

ディナーが供される頃には、青みを帯びた小さな月が空高く輝いていた。まだ月は明るかったが、いくぶん縮んだように見えた。

I・B・ブリッグ三世
『過ぎ去った時』（未発表の回想）

その夜は月が出ず、暗いままだった。嵐が迫っていた。

アルバート・トランドル
『あの楽しかった年月』

客たちが帰り始めた頃、黄色い満月が夜明けの星々に囲まれて輝いていた。

D・V・フェザーリー
『ワシントンの権力者たち』

くすんだバラ色の分厚い雲が低く重苦しく垂れこめていた。月は出ていなかった。夫と私は立ち止まり、リンカーン少年が病に臥している部屋のほうを見上げた。そして私はその子の健康を心のなかで祈った。馬車を見つけ、家に戻ったところ、慈悲深い神様のおかげで、我々の子供たちは健やかに休んでいた。

アビゲイル・サーヴィス
『一人の母親の回想』

6

最後の客たちはほとんど夜が明けるまで残っていた。召使いたちは地下室で一晩じゅう片づけに追われ、働きながら残りのワインを飲んでいた。体を火照らせ、くたびれたうえに酔っ払い、口論を始める召使いたちもいた。それがキッチンでの殴り合いにつながった。

ヴォン・ドレエリ前掲書

抑えた囁き声で、こんなことを言う人たちが何人もいました。死神が玄関に現われているときに、こんなどんちゃん騒ぎをするのは間違っている。こういうとき、公的生活は控え目であればあるほど適切なのではないか、と。

トマス・ショウフィールド&エドワード・モラン編
『バーバラ・スミス＝ヒルの戦争中の手紙』

夜はゆっくりと深まっていき、朝が来て、ウィリー様はさらに悪くなっていきました。

ケックリー前掲書

7

昨日の三時頃、かなり大がかりな馬車の行列が現われました——二十くらいの馬車が押し寄せたので、停める場所がありません——馬車は家々の庭の芝生に停まったり、墓地の敷地の塀際に斜めに置かれたりしました——そして霊柩車から降りてきたのは、誰あろうミスター・リンカーンご本人でした——私は彼の似顔絵から彼だとわかりました——打ちひしがれて身を屈め、顔には悲しみをたたえており、周囲の人たちに促されないと歩けないかのようでした――まるでその陰鬱な場所に入りたくないかのように――私はまだその悲しい知らせを聞いていませんでしたから、一瞬とまどいましたが、すぐに状況がわかり、ご子息とご家族のために祈りました――ご子息のご病気に関してはかなり新聞に出ていて、それが不幸な結果に終わったのです――馬車は次の一時間も次から次へと現われ、ついにその通りは通行不能になりました。

群衆が礼拝堂のなかに消え、我が家の開けた窓から、なかで起きていることが聞こえてきました――音楽、説教、泣き声。それから散会となり、馬車が去り始めました――混雑のあまり数台の馬車が身動きできなくなり、一台ずつ誘導しなければなりませんでした――通りも芝生もすっかりひどい状態になりました。

それから今日、またじめじめして寒い日でしたが、二時頃に小さな馬車が一台だけ現われ、またもや大統領ご本人が現われました――今回は三人の紳士に付き添われています――一人は若く、二人は年寄りでした――四人は正門のところでミスター・ウェストンとその若き助手に出迎えられ、みんなで礼拝堂に入って行きました――じきに助手が手伝いの者を伴って現われ、小さな棺を手押し車まで運ぶ姿が見られました――そして悲しげな顔をした一行は手押し車を先頭に進み、大統領とその付き添いたちはしんがりをとぼとぼと歩いて行きました――行き先は墓地の北西の隅のようでした。そこの丘は険しく、雨が降り続いていて、静まり返った陰気さと滑稽なぎこちなさとが奇妙に入り交じった感じでした――助手たちは小さな棺を手押し車から落ちないようにしようと格闘していました――と同時に、ミスター・リンカーンさえも含めたすべての人たちが、雨で滑りやすい芝生で足場を維持しようと、必死に小股で歩いていました。

ともかく、憐れなリンカーンのご子息は、新聞報道とは逆に、道路の向こう側に取り残されるようでした。新聞は、ご子息がすぐにイリノイに戻るという予想をしていたのです。リンカーン家はキャロル判事のものである地下納骨所を借り受けていました。想像してみてください、アンドルー、大事な息子を死んだ鳥のようにあの冷たい石のなかに残し、自分は家に戻るんですよ。どれほどお辛かったことでしょう。

今夜は静かで、川《クリーク》でさえもいつもより抑えた声で囁いているように思われます。ちょうど月が出て、墓地の墓石を照らし出しました――一瞬、地面はさまざまな形と大きさの天使で覆われているように見えました――太った天使、犬の形の天使、馬に乗った天使、などなど。

私はこうした死者たちを人生の道連れとして感じるようになっていました――土と冷たい石の家にいる気の合う仲間たちとして。

ナッシュ・パーキンズ三世編
『戦時のワシントン――イザベル・パーキンズの南北戦争時の手紙』
一八六二年二月二十五日

8

こうして大統領は借り受けた納骨所に息子を残し、国のための仕事に戻った。

マックスウェル・フラッグ
『リンカーン――少年向け伝記』

この納骨所ほど落ち着きと美に溢れたものはないだろう。敷地の果ての左側にある最後の納骨所なので、ふらりと墓地を訪ねた者に気づかれることはない。下にロック・クリークを見下ろすほとんど垂直の崖の上にあるのだ。急流は心地よい水音を立て、葉を落とした森の木々は空を背景にたくましくそそり立っている。

クンハート&クンハート前掲書

9

青春の初期の頃、私は自分がある嗜好《しこう》を持っていることに気づいた。それは私にとってとても自然で素晴らしいものだったが、ほかの者たちには——父や母や兄弟や友人や教師や聖職者や祖父母たちには——私の嗜好はまったく自然で素晴らしいものではなく、歪んでいて恥ずかしいものに見え、それゆえに私は苦しんだ。自分の嗜好を否定し、結婚して、いわば達成感のない人生を運命として受け入れるべきなのか？　私は幸せになりたかった（誰もが幸せになりたいはずだ）から、学校の同級生と無垢な——まあ、いい、いい、どちらかと言えば無垢な——友情を育んだ。しかし、すぐに私たちはこの関係に望みがないことを思い知らされた（細部はすっ飛ばそう——前進したり止まったり、やり直したり、心から決意したり、その決意を裏切ったり、それから——えっと——馬車置き場の隅っこでの出来事があったり、いろいろだ）。ある日の午後、私たちは特別に率直な話し合いをし、そのときギルバートはこれから「正しく生きる」という意志を表明した。それから一日か二日後の昼下がり、私は肉切り包丁を持って自分の部屋に入り、手紙を両親に（要点は〈ごめんなさい〉、それから彼に〈あなたを愛しました、だから満ち足りて逝《い》きます〉）書いてから、陶製のたらいの上で手首を力いっぱい切り裂いた。

すさまじい量の血と、白いたらいがどんどん赤く染まるのを見て、私は吐き気を催し、朦朧《もうろう》として床に倒れた。その瞬間、私は——まあ、これを言うのはちょっと気恥ずかしいのだが、ともかくはっきり言おう——気を変えた。そのときになって（いわばドアから外に出ようとして）ようやく気づいたのだ。このすべてがいかに言葉で表わせないほど美しいか、我々の喜びのためにいかに精密に作られているか。そして自分はこの素晴らしい贈り物を無駄遣いしようとしているのだ、と。この広大な官能的楽園を毎日散策できるという、素晴らしい贈り物。この世は、ありとあらゆる崇高なものが美しく揃えられた壮大な市場だ。八月の傾いた陽ざしを浴びて昆虫の群れが踊り、雪の野原でくるぶしまで埋もれた三頭の黒い馬が頭でつつき合い、寒い秋の日にはオレンジ色に染まった窓から風に吹かれて牛の肉汁の匂いが漂ってくる——

ロジャー・ベヴィンズ三世

ねえ、君。

ハンス・ヴォルマン

私は——またやっていたのですか？

ロジャー・ベヴィンズ三世

そうだ。

息を深く吸い込みたまえ。気分が晴れる。

君は我々の新しい仲間を怯えさせているようだぞ。

ハンス・ヴォルマン

大変申し訳ない、若き友よ。私は自分なりにあなたを歓迎しようとしていたのです。

ロジャー・ベヴィンズ三世

「すさまじい量の血」に「吐き気を催し、朦朧として床に倒れた」。そして、「気を変えた」。

ハンス・ヴォルマン

そのとおり。

すさまじい量の血と、白いたらいがどんどん赤く染まるのを見て、私は吐き気を催し、朦朧として床に倒れた。その瞬間、私は気を変えた。

召使いの誰かに見つけてもらうしか助かる望みはないとわかっていたので、私はよろよろと階段のところまで歩いて行き、階段を転げ落ちた。そしてなんとか這って行き、台所に入った——

その場にまだとどまっている。

発見されるのを待っているのだ（床に横たわり、頭をストーブに立てかけ、近くに引っくり返った椅子があり、オレンジの皮のかけらが頬に貼りついている）。発見されれば、蘇生してもらえ、立ち上がって、自分がしでかしたことの後始末ができるかもしれない（お母さんが不機嫌になるだろうから）。それから外に出て、この美しい世界で過ごす。もっと勇気のある、生まれ変わった男になり、本当の意味で生きるのだ！　自分の嗜好に従うのか？　もちろん！　存分に！　すべてを失う寸前まで来たので、あらゆる恐怖、ためらい、臆病さから解放された。生まれ変わったら、今度は敬虔《けいけん》な気持ちで大地を歩き回る。吸収し、匂いを嗅ぎ、いろいろと試し、愛したい人を誰でも愛する。触れ、味わい、この世の美しいものたちに囲まれて息をひそめる。たとえば、眠っている犬――三角形の木陰で夢を見ながら脚を蹴っている。黒褐色の木製のテーブルに置かれた砂糖のピラミッドは、かすかな隙間風によって一粒ずつ動き、形を変えていく。雲が丸い緑の丘の上を船のように通過していく。その丘の上には色とりどりのシャツがロープに干され、風に吹かれて勢いよく踊っている。一方、町のほうを見下ろすと、青紫色の光が広がっていき（春の詩神の具現化だ）、家々の庭が見えてくる。草が露で濡れ、花がところどころで咲き始めている。そうした庭の一つひとつが、まさに――

ロジャー・ベヴィンズ三世

友よ。
ベヴィンズ。

ハンス・ヴォルマン

「ベヴィンズ」という人には目がたくさんあった　すべての目があちこちに視線を向けている
鼻もいくつかあった　みんな匂いを嗅ごうとしていた　手は（やっぱり何組もあるように見えたけど、すばやく動くから、たくさんあるように見えるだけかもしれない）あちこちにおそいかかり、いろんなものをつまみ上げ、好奇心丸出しでそれを顔に持ってってって

ちょっとこわい
自分の話をしているうちに、この人の目や鼻はどんどん増え、手もたくさん生えてきて、体がほとんど見えなくなった　目は木に生《な》るブドウの房のよう　手で目をさわってる　その手の匂いを鼻が嗅いでる
手首のすべてに切り傷がある。
ウィリー・リンカーン

新参者は自分の病家《やまいいえ》の上に座り、びっくりしたようにミスター・ベヴィンズを見つめていた。

ハンス・ヴォルマン

ときどき彼はあなたのほうを怯えたように盗み見ていましたよ。あなたの猛り狂った――

ロジャー・ベヴィンズ三世

おい、それは言わなくてもいいじゃないか――

ハンス・ヴォルマン

もう一人の男は（梁で頭を打ったほうだけど）　素っ裸だった　おチンチンがものすごく大きく膨らんでいて　目を離すことができなかった
ちょっと動くたびに弾むんだ
体はダンプリング（練った小麦粉を丸めて茹でた団子）みたい　鼻はひつじの鼻のように広がって平らだ
本当に素っ裸だった

頭が大きくへこんでいてそれがまたこわい　　この人はどうやって歩き回ったりしゃべったりできるのだろう、こんなに汚い――

ウィリー・リンカーン

ふと、エヴァリー・トーマス師がすぐ横にいるのに気づいた。

ハンス・ヴォルマン

彼はいつものように、足を引きずりながらもかなりの早足で現われた。眉毛を高く吊り上げ、心配そうに後ろを振り返りつつ。髪はまっすぐに逆立ち、口は恐怖のあまり完璧なOの字を描いている。しかしいつもと同じように、この上ない落ち着きと良識をそなえたしゃべり方をした。

ロジャー・ベヴィンズ三世

新参者ですか？　と牧師さんは言った。

ミスター・キャロルとおっしゃる方とお話しさせていただいております、とミスター・ベヴィンズが言った。

少年はぽかんとして我々を見た。

ハンス・ヴォルマン

新参者は十歳か十一歳の少年だった。目鼻立ちの整った小紳士で、目をパチクリさせながら、警戒するようにあたりを見回していた。

エヴァリー・トーマス師

岸に打ち上げられた魚に似ていた。身動きできずに横たわり、自身が無防備であることを強烈に意識している。

ハンス・ヴォルマン

川の氷が割れて水中に落ちた甥っ子を思い出した。甥っ子は骨まで冷え切って家に戻って来たが、叱られるのが怖くて、家の中に入る勇気が出せないでいた。私は彼がドアに寄りかかり、わずかばかりの暖を取ろうとしているのを見つけた。唖然とし、罪の意識を感じつつ、寒さでほとんど感覚を失っていた。

ロジャー・ベヴィンズ三世

君は何か引っ張られる力を感じているのだろう？　ミスター・ヴォルマンが言った。駆り立てるもの？　行かせようとするもの？　どこかへ？　もっと居心地のよいところへ？

僕は待つべきだと感じるんです、と少年が言った。

しゃべるんだ！　とミスター・ベヴィンズが言った。

エヴァリー・トーマス師

待つって何を？　とミスター・ひつじ＝ダンプリングが言った。

お母さん、と僕は言った。お父さんも。もうすぐ来るはずなんだ。僕を連れ帰りにね　ミスター・ひつじ＝ダンプリングは悲しげに首を振った　おチンチンも揺れた　悲しげに来るかもしれない、と目のたくさんある男は言った。でも、君を連れ帰るかどうかは疑わしい。

それから三人とも笑った　目のたくさんある男がたくさんの手で拍手した　ミスター・ひつじ＝ダンプリングのふくれたおチンチンも揺れた　牧師さんでさえ笑った　でも、笑いながら、まだおびえたような顔をしていた

どちらにしろ、彼らは長くとどまらんよ、とミスター・ひつじ＝ダンプリングが言った。

ここにいるあいだずっと、ほかのところに行きたいって思ってるんだ、と目のたくさんある男が言った。

昼食のことしか考えていない、と牧師さんが言った。

もうすぐ春だ　クリスマスにもらったおもちゃではまだほとんど遊んでない　僕は首が回るガラスの兵士をもらった　肩章が替えられるやつだ　じきに花も咲く　庭の小屋にいるローレンスが僕たち一人ひとりに種のカップをくれるはず

僕は待つよ　と僕は言った

ウィリー・リンカーン

10

私はミスター・ベヴィンズに視線を投げかけた。

ハンス・ヴォルマン

こういう若者たちはここにとどまることになっていない。

ロジャー・ベヴィンズ三世

〈享年九歳〉のマシソンは？　ここには三十分もいなかった。それからおならみたいなプーッという小さな音を立てて消えた。〈六歳五カ月〉のドワイヤー？　病箱が着いたとき、そのなかに入ってもいなかった。途中で立ち退いたらしい。〈幼児〉のサリヴァンは十二、三分とどまっていただけだ。失望し、光の玉となって、金切り声をあげながら這いまわっていた。〈六歳で天に召された母の目の光〉であるルッソは、たったの四分しかいなかった。墓石の後ろを次々に見て、「学校の教科書を探してるの」と言っていた。

ハンス・ヴォルマン

可哀想に。

エヴァリー・トーマス師

〈十五歳と八カ月にしてこの悲しい谷間を去った〉エヴァンズの双子兄弟はここに九分とどまり、まさに同じ瞬間に消えた（最後まで双子だった）。〈享年十七歳〉のパーシヴァル・ストラウトは四十分。〈みんなに愛された十二歳〉のサリー・バージェスは十七分しかいなかった。

ハンス・ヴォルマン

〈赤ちゃん〉のベリンダ・フレンチは覚えてますか？

ロジャー・ベヴィンズ三世

一斤のパン程度の大きさで、横になっているだけだった。白く鈍い光を発し、甲高い声で泣き喚いていた。

エヴァリー・トーマス師

五十七分間、ずっと泣き通しだった。

ハンス・ヴォルマン

〈美しくも不幸な子供に生を授けたことで失われた〉アマンダ・フレンチ、つまりあの子の母親が消えてからもずっと泣き続けましたね。

ロジャー・ベヴィンズ三世

一つの病箱に並んで横たわっていた。

ハンス・ヴォルマン

胸が引き裂ける光景であった。

エヴァリー・トーマス師

しかし、やがて彼女も去りました。

ロジャー・ベヴィンズ三世

ほかの若者たちと同じように。

エヴァリー・トーマス師

当然ながら、ほとんどの若者たちと同じように。

ロジャー・ベヴィンズ三世

さもないと。

エヴァリー・トーマス師

だから、我々の驚きを想像してもらいたい。一時間とかそこら経っても、あの子供はまだ屋根に座っていたんだ。そして期待するようにあたりを見回していた。馬車がやって来て、彼を連れ帰るのを待っているかのように。

ハンス・ヴォルマン

そして、こう申しても許していただきたいのですが――あの若者がこのあたりにいると、野生のタマネギのような匂いが漂ってきます。すでにかなり濃厚になりました。

ロジャー・ベヴィンズ三世

どうにかしなければなるまいな。

エヴァリー・トーマス師

11

我々と歩こうじゃないか、坊や、とミスター・ひつじ＝ダンプリングが言った。君に会わせたい人がいるんだ。
歩けるかい？　と目のたくさんある男が言った。
試してみて、歩けることがわかった
歩ける　すべるのもできる　歩きながらすべることさえできる
ちょっと歩きすべるのは快適だった　僕たちの下、あの小さな家のなかの箱に、ブキミなものが横たわっていた
不気味な　もの
ひとつ言ってもいいかな？
それは虫の顔をしていたんだ
虫、そうだ！　人間の子供くらい大きな虫だ　僕の服を着ていた
ゾッとした。

ウィリー・リンカーン

子供は私と手をつなぎたそうにしたが、考え直したようだった。たぶん私に子供っぽいと思われたくなかったのだろう。

ハンス・ヴォルマン

我々は出発し、東に向かって行った。

ロジャー・ベヴィンズ三世

12

こんにちは、優しい殿方たち。お望みなら、この原生林に生えるお花の名前を教えてさし上げますわ。

エリザベス・クロフォード夫人

クロフォード夫人が我々の後ろについて歩いていた。いつものように極端なほどへつらう態度を示している。頭を下げ、微笑み、足を擦り、おどおどしている。

ロジャー・ベヴィンズ三世

たとえば、そこには野生のアメリカナデシコが生えています。野生のピンクのシプリペディウム、あらゆる種類の野生のバラも。あそこにあるのはヤナギトウワタ、そこにはスイカズラ、そして言うまでもなくアヤメとキショウブ。いま名前を思い出せないくらいたくさんの種類の草が生えています。

エリザベス・クロフォード夫人

その間《かん》ずっと、ロングストリートに体を触られている。あの傾いたベンチのそばに住む、惨めったらしい男だ。

ロジャー・ベヴィンズ三世

しかしですな、みなさん、わしが服装の意義深い側面を微妙に理解しているところでは――ホック留めやらエリスインやら、入り組んだレイニーデイジースカートやら――これはですな、爺さん、タマネギを剝《む》くようなもんですよ。紐をほどき、フックを外し、甘言で釣り、時間をかけてようやく到達するドラマの核心は――宝石とでも言えるもの――樹木の茂った谷間は――

サム・「巧言男《スムーズボーイ》」・ロングストリート

我々が歩いているあいだも、そいつは彼女の体をまさぐったりつついたりし続けていた。クロフォード夫人のほうはおめでたくも、そいつの嫌悪すべき所業にまったく気づいていなかった。

エヴァリー・トーマス師

子供は怖気づいた様子で、我々の後ろにぴったりとつき、あちこちに視線を走らせていた。

では、愛する夫がかつて歌っていた歌の一部を、お望みなら歌全体を、歌ってさし上げましょう。アダムとイーヴの婚礼歌といって、夫が妹の結婚式で歌ったものです。夫はどんな歌を歌っても、その歌い方によって——

ハンス・ヴォルマン

あら、これ以上近づくわけにはいきませんわ。失礼します、みなさん。

エリザベス・クロフォード夫人

我々は誰も住んでいない荒野の縁に来ていた。それは数百ヤードの広さで、恐怖の鉄柵で仕切られていた。

ハンス・ヴォルマン

その不快な境界線より向こうに入ることはできなかった。

ロジャー・ベヴィンズ三世

実に忌まわしい代物だ。

ハンス・ヴォルマン

トレイナー家の娘がいつものように寝転んでいた。柵に寄りかかり、その一部のようになっている。その瞬間は、真っ黒になった恐ろしい竈《かまど》の姿をしている。

あの娘が現われた最初の日のことを思い出さずにいられない。彼女はくるくると回る若い娘の姿で現われた。夏物の子供服を着ていて、その色が目まぐるしく変わっていた。

ロジャー・ベヴィンズ三世

私は彼女に声をかけ、子供に話しかけてやってくれと言った。この場所がいかに危険か。若い人たちにとってだが。

エヴァリー・トーマス師

少女は黙っていた。そのとき彼女は竈だったが、その扉が開き、それから閉じた。オレンジ色にぎらぎらと燃える恐ろしい内部を一瞬だけちらりと見せた。

ハンス・ヴォルマン

娘はいろいろなものに次々に変わっていった。落ちた橋に、ハゲワシに、大型犬に、ブラックケーキ（ヴァージニアとメリーランドで古くから作られている糖蜜・香辛料・果物入りのケーキ）にかぶりつく恐ろしい老婆に、実をつけていながら洪水で倒れたトウモロコシに、そして我々には感じられない風で引き裂かれた傘に。

ロジャー・ベヴィンズ三世

我々が一生懸命頼んでも益なし。少女は話そうとしなかった。

エヴァリー・トーマス師

ハンス・ヴォルマン

我々は来た道を戻ろうとした。

ロジャー・ベヴィンズ三世

子供の持つ何かが彼女に訴えかけたようだった。傘がトウモロコシに戻り、トウモロコシが老婆に、老婆が少女に戻った。

ハンス・ヴォルマン

少女はこちらに来るようにと、子供に手招きした。

ロジャー・ベヴィンズ三世

子供は恐る恐る近づいた。彼女は低い声で話し始めたが、我々には聞こえなかった。

ハンス・ヴォルマン

13

ミスター・ブリストルの兄さんがあたしを欲しがって、ミスター・フェロウズの兄さんも、ミスター・デルウェイもあたしを欲しがって、夕暮れ時になると、みんながあたしを取り囲むように草の上に座ったものよ。あの人たちの目には激しくて優しい欲望がギラギラ燃えてたわ。あたしはブドウ色のスモックを着て、籐椅子《とういす》に座ってた。まわりの激しくて優しい目はあたしを愛《め》でるように見つめ続け、ついには夜になって、そうすると兄さんの誰かが仰向けになってこう言うの。ああ、星だ。だからあたしも、そうね、今夜はなんてきれいなんでしょうって言う。そのとき（正直に言うと）あたしも兄さんに寄り添って寝転ぶのを想像していて、ほかの兄さんたちも寝転んでいる兄さんを私が見ているのに気づいて、自分たちもあたしに寄り添って寝転ぶのを想像しているのよ。

それってとっても

そのとき母さんがアニーを寄こして、あたしに帰って来いと言う。

あそこから旅立つには、あたし、若すぎたわ。あのパーティから、あれから素晴らしい夜になるはずで、あれをする夜になるはずで、最後は誰かを選ぶことになり、一人を選び、それがうまくいけば、愛になって、愛が赤ちゃんになる。あたしが求めているのはそれだけあたしは可愛い赤ちゃんを抱きしめたかったのよ、ものすごく。

前みたくきれいじゃないってことはよくわかってる。それに時が経つにつれ、前は知らなかった言葉を覚えてしまった

ファック、コック、シット、肛門《リーム》ぜめ、強姦《ラヴイッジ》、肛門性交《アスファック》

それから、心のなかでだけだけど、こうしたことが行われている怪しい場所も知るようになった裏道の奥にある薄暗くて酒臭いところ

そういうところが好きになった

そうしたところに行きたくてたまらない。だから、すごく頭にくる。

楽しめなかったから。ぜんぜん。

行くのが早すぎて
楽しめなかった
たったの十四。
歳でね
またぜひいらしてね、お知り合いになれてうれしかったわ
でも、あのジジイたちはクソ食らえよ（もう連れて来ないでね）。あいつらはあたしに色目を使ったり、あざけったり、詐取《スウインドル》してくれって言ったり——言葉を間違えたわ、薄弱《スレンダー》する、侮辱《スランダー》する、あたしがしてるのはそれ。あいつらがやってるのもまさにそれよ。そうじゃない？　あたしがいましてることを一所懸命続けたら、ずっと求めていたことがきっと実現すると思うの、あそこに戻ることが
緑の草と優しい目に。

エリーズ・トレイナー

14

その場から離れると、子供は黙り込んだ。
あれが僕にも起きるの？　そう彼は訊ねた。

確かに起きるだろうな、とミスター・ヴォルマンが言った。
それは――ある意味、それはすでに起きていますよ、と牧師さんが慎重に付け加えた。

ロジャー・ベヴィンズ三世

私たちは土の道が下り坂になるところまで来た。

エヴァリー・トーマス師

フリーリーの近く。スティーヴンスの近く。ネスビットの四人の子供たちと首の傾いた天使のあたり。

ロジャー・ベヴィンズ三世

マスタートンの近く。アムブスティの近く。方尖塔《オベリスク》と三台のベンチ、高慢そうなメリデールの胸像が高いところに置いてある。

ハンス・ヴォルマン

じゃあ、あなたたちが言うようにするべきだと思う、と少年は言った。
いい子だ、とミスター・ヴォルマンが応えた。

ロジャー・ベヴィンズ三世

15

我々は少年の白い石の家のドア口で彼を抱きしめた。

ハンス・ヴォルマン

少年は恥ずかしそうに笑みを浮かべたが、これから起きることに対して恐れおののいている様子も隠せなかった。

エヴァリー・トーマス師

行きなさい、とミスター・ベヴィンズが優しく言った。そうするのが何よりいい。

ハンス・ヴォルマン

行け、とミスター・ヴォルマンが言った。ここにはおまえの居場所はない。

ロジャー・ベヴィンズ三世

じゃあ、さようなら、と子供は言った。

怖いことは何もないよ、とミスター・ベヴィンズが言った。完璧に自然だ。

ハンス・ヴォルマン

それからあれが起きた。
ロジャー・ベヴィンズ三世

異常な出来事。
ハンス・ヴォルマン

まったく前例がない。
エヴァリー・トーマス師

少年の視線は我々を素通りした。
ハンス・ヴォルマン

向こうにある何かに気づいた様子だった。
ロジャー・ベヴィンズ三世

彼の表情は喜びでパッと明るくなった。
ハンス・ヴォルマン

お父さん、と彼は言った。
エヴァリー・トーマス師

16

並外れて背が高く、不恰好な男が、闇のなかを我々に向かって歩いて来た。

ハンス・ヴォルマン

これはとても変則的なことだった。開園時間は終わっていて、正面玄関には鍵がかけられるはずだった。

エヴァリー・トーマス師

少年はその日に届けられたばかりだった。ということは、あの男はおそらくここに――

ロジャー・ベヴィンズ三世

つい先ほどから。

ハンス・ヴォルマン

この午後から。

実に変則的だ。

ロジャー・ベヴィンズ三世

その紳士は道に迷っている様子だった。何度か立ち止まり、あたりを見回し、来た道を引き返し、逆コースをたどった。

エヴァリー・トーマス師

彼は静かにすすり泣いていた。

ハンス・ヴォルマン

すすり泣いてはいなかった。私の友人の記憶は間違っている。紳士は息を切らしていた。泣いていたのではない。

ロジャー・ベヴィンズ三世

彼は静かにすすり泣いていて、道に迷っているために不安が募り、さらに悲しみが増している様子だった。

ハンス・ヴォルマン

紳士の動作はぎこちなかった。肘と膝をガクガク動かしていた。

ロジャー・ベヴィンズ三世

子供はドア口から飛び出すと、その紳士に向かって駆けて行った。顔は喜びで輝いていた。

エヴァリー・トーマス師

その顔は驚愕に変わった。紳士が彼を抱き上げようとしなかったからだ。察するに、それが二人の習慣だったのだろう。

ロジャー・ベヴィンズ三世

少年は男の体を通り抜けてしまったのだ。男はそのまま歩き続け、すすり泣きながら白い石の家に向かって行った。

エヴァリー・トーマス師

すすり泣いていなかった。かなり自分を抑制することができていて、威厳と自信に満ちた態度で──

ロジャー・ベヴィンズ三世

我々から十五ヤードのところに迫っていた。まっすぐこちらに向かっていた。

ハンス・ヴォルマン

牧師さんが道を譲ろうと言った。

ロジャー・ベヴィンズ三世

自分の体を通り抜けられるのはみっともないと、牧師さんは強く思っていた。

ハンス・ヴォルマン

ロジャー・ベヴィンズ三世

男は白い石の家にたどり着き、鍵を開けて中に入った。子供も彼を追って中に入った。

ハンス・ヴォルマン

ミスター・ベヴィンズとミスター・ヴォルマンと私は少年の身を案じ、ドア口から忍び込んだ。

エヴァリー・トーマス師

男はそれからあることをした——どうしたらそんなことができるのか、私にはよくわからない——

ハンス・ヴォルマン

彼は大男だ。とても強靭《きょうじん》そうだった。だから、それくらいの力はあったのだ。少年のあれを動かすくらい——

エヴァリー・トーマス師

病箱を。

ハンス・ヴォルマン

男は病箱を壁のへこみから引っ張り出し、それを床に下ろした。
ロジャー・ベヴィンズ三世

そして蓋を開けた。
ハンス・ヴォルマン

箱の前にひざまずき、箱のなかを見下ろした。そこには——
エヴァリー・トーマス師

彼は病箱のなかに横たわる少年を見下ろした。
ハンス・ヴォルマン

そうだ。
エヴァリー・トーマス師

そのとき彼は泣き始めた。
ハンス・ヴォルマン

前からずっと泣き続けていた。
ロジャー・ベヴィンズ三世

一度だけ、心を引き裂くような泣き声をあげた。

ハンス・ヴォルマン

あるいは、喘《あえ》ぎ声だ。私には喘ぎ声のように聞こえた。悟りによる喘ぎ声。

エヴァリー・トーマス師

あるいは追憶による。

ハンス・ヴォルマン

突如として自分の失ったものを思い出した喘ぎ。

エヴァリー・トーマス師

そして愛おしそうに顔と髪に触れた。

ハンス・ヴォルマン

明らかに、同じことを何度もしてきたのであろう。少年がこれよりも――

ロジャー・ベヴィンズ三世

病気じゃなかったときに。

ハンス・ヴォルマン

悟りの喘ぎ声だ。まるでこう言っているかのように。息子が戻って来た。かつてと変わらぬ姿で。また息子に会えたのだ、あんなに愛おしかった息子に。

エヴァリー・トーマス師

まだこんなに愛おしい息子に。

ハンス・ヴォルマン

そのとおり。

ロジャー・ベヴィンズ三世

彼が息子を失ったのは、つい最近のことだったのだ。

エヴァリー・トーマス師

17

ウィリー・リンカーンはどんどん衰弱していった。

エプスティン前掲書

一日一日がどんよりと過ぎていきました。お坊ちゃんはどんどん弱り、影のようになっていきました。

ケックリー前掲書

リンカーンの秘書、ウィリアム・ストッダードは、みながこの質問を口にしそうになっていたと回想している――「もう望みはないのか？　まったくない。そう医者たちは言っている」。

ドリス・カーンズ・グッドウィン
『好敵手らのチーム――エイブラハム・リンカーンの政治的才能』

今日の午後五時、オフィスのソファでうたた寝をしていたときのことでした。大統領が入って来て、私は目を覚ましました。「ニコレイ」。大統領は悲しみのあまり声を詰まらせていました。「息子が逝った――本当に逝ってしまった！」そう言うと大統領は泣き崩れ、私に背を向けてご自分のオフィスに入って行きました。

マイケル・バーリンゲーム編
ジョン・G・ニコレイ『ホワイトハウスのリンカーンとともに』

お坊ちゃんはほんの少し前に亡くなりました。ご遺体はベッドに横たわり、上掛けが外されていました。淡い青色のパジャマをお召しになっていました。腕は両脇に置かれ、頬はまだ火照っていました。床には三つの枕が積み上げられています。小さなサイドテーブルは、まるで乱暴に押しのけられたかのように、曲がっていました。

ストーン・ヒルヤード編『歴史の目撃者――リンカーン家のホワイトハウス』より
メイド、ソフィ・レノックスの回想

私はお坊ちゃんの体を洗い、服を着せるお手伝いをしました。それからお坊ちゃんをベッドに寝かせると、ミスター・リンカーンが部屋に入って来ました。こんなに悲しみで打ちひしがれた人を私は見たことがありません。大統領はベッドに歩み寄ると、お坊ちゃんの顔にかかっている布を持ち上げ、長いこと愛おしそうに、真剣に見つめていました。そしてこう囁きました。「可哀想な息子よ。でも、この子は地上で生きるには善良すぎた。だから神が自分のもとに呼び寄せたのだ。天国にいるほうがウィリーには幸せだ。それはわかっている。だが、それでも私たちはこんなにこの子を愛した。だからウィリーに死なれるのは本当に、本当に辛い！」

ケックリー前掲書

ウィリーはお父上のお気に入りだった。二人は実に親密だった――手をつないでいる姿をよく見かけた。

ケックリー前掲書より
ナサニエル・パーカー・ウィリスの回想

ウィリーはまさに父親の分身だった。父親に似た魅力的な性格の持ち主で、父親の才能と趣味を受け継いでいた。

ルース・ペインター・ランドル

『リンカーンの息子たち』

ウィリーはリンカーンが愛情と希望のすべてを注ぎ込んだ子供だった。まさに彼自身を縮小した似姿であり、ウィリーには何でも率直に打ち明けることができたのだ。

タイロン・フィリアン

『当事者による困難な時代の回想』

ウィリーはあらゆる点でミスター・リンカーンと瓜二つだった。首をわずかに左肩のほうに傾けるところまでそっくりだった。

バーリンゲーム前掲書より

スプリングフィールドでの隣人の回想

小さな子供たちには大きな愛情を感じるものだ。人生の素晴らしさをすべて経験してほしいという期待。それぞれに現われる個性的な部分に対する愛。それは、空威張りをしたり、傷つきやすさを見せたりするところや、しゃべり方の習慣、発音を間違えるところにまで及ぶ。髪や頭の匂い、小さな手を握ったときの感触——それなのに子供が逝ってしまったら！　奪われたら！　こんな残酷な仕打ちがあり得るということに茫然とせずにいられない。これまでは情け深いと感じられていた世の中で、こんなことが起きるなんて。何もないところから大きな愛が生まれたのに、その源となるものが消え去ったのだ。その愛が、求め焦がれていた愛が、想像もできないほど底知れぬ苦しみに変わってしまう。

ローズ・ミランド夫人

『子供を失うことについて』

「これは私の人生における最大の試練だ」と彼は看護師に打ち明けた。そして心労と悲しみに打ちひしがれたこの男は、謀反を起こすような口調でこう叫んだのだ。「どうしてなんだ？　どうしてなんだ？」

ジェイムズ・モーガン
『エイブラハム・リンカーン――少年と男』

大統領はむせび泣き、言葉を詰まらせていました。両手に顔をうずめ、高まる感情で長身の体が震えていました。ベッドの足の側に立っていた私の目は涙でいっぱいになりました。そして畏怖の念と驚愕に心を打たれ、大統領の姿を黙って見つめていました。大統領は悲しみですっかり気力を失い、弱くて臆病な子供になってしまったのです。あの厳格な性格のお方がこんなにも動揺するとは夢にも思っていませんでした。この厳粛な時間を私は決して忘れないでしょう――偉大な天才的人物が愛する者を失って泣いている姿を。

ケックリー前掲書

18

ウィリー・リンカーンは、私が知っているなかで最も愛すべき少年だった。賢くて分別があり、気立ては優しく、物腰は穏やかだった。

ジュリア・タフト・ベイン
『タッド・リンカーンの父』

彼は、人々が子供を持つ前に、自分の子供はこうあってほしいと想像するような少年だった。

ランドル前掲書

彼の落ち着きは――フランス語でアプロンというものだが――並外れていた。

ウィリス前掲書

彼の精神は活発で探究心に満ち、誠実でした。心根は優しく、愛情に満ちていました。親切で寛容な心を持ち、言葉と振る舞いは穏やかで、人を惹きつけるものがありました。

フィニアス・D・ガーリー「ウィリー・リンカーンへの弔辞」
『イリノイ・ステート・ジャーナル』より

彼は私が群衆のなかにいても必ず見つけ出してくれた。そして握手をし、楽しい言葉をかけてくれるのだ。十歳の少年にこんなことをされたら、よく知らない人でも、少なくとも魅了されずにはいられないはずだ。

ウィリス前掲書

ウィリーはとてもだぶだぶした灰色の服を着ていた。流行の服を颯爽と着こなす巻き毛の奥様たちとはまったく異なる服装だ。

ローラ・シアリング（筆名ハワード・グリンドン）
『リンカーン夫人の真実』

ある日、ホワイトハウスを通りかかると、ウィリーが遊び友達と一緒に歩道に出ていた。ミスター・スアード（リンカーン政権の国務長官）がナポレオン公とその従者二人とともに馬車で乗りつけた。このとき国務長官は昔の英雄を気取った態度で帽子を脱ぎ——少年と長官とのあいだにはこうした親密な関係があったのだろう——ナポレオンも同じようにして、幼い大統領ご令息に儀式ばった挨拶をした。このように敬意を表されても、ウィリーは少しも動じることなく、背筋をまっすぐに伸ばし、気品と落ち着きをもって小さな帽子を取ると、地面に向かって深々とお辞儀をした。小さな大使のようだった。

ウィリス前掲書

ウィリーの顔には知性と感性の輝きがあり、そのため人々にとってことさら興味深い存在となった。見ず知らずの人までもが彼を素晴らしい少年だと語ったものである。

たった十一年間の人生で、この子の姿は彼をよく知る者たちの心にしっかりと刻まれるようになった。あのような天分に恵まれていたのだから、それも当然のことだ。

シアリング前掲書

ガーリー前掲書

太陽のような子供。可愛らしくて率直で、世界の魅力に対して旺盛に心を開いている。

キャロル・ドライサー『リンカーン兄弟を知っていた人々』より

サイモン・ウェバーの回想

小さくて甘いマフィンのような子。丸くて色が白く、長い巻き毛の房がしばしば目の前に垂れ下がる。感動したり恥ずかしくなったりすると、思わず目をせわしなく閉じたり開いたりする。パチクリ、パチクリ。

オーパル・ストラグナー

『大統領の息子たち』

ささやかでも不公平なことに出くわすと、彼の表情は不安のあまり暗くなり、目から涙が溢れ出てきた。まるでその不幸な出来事のなかに、もっと大きな組織の不正を感じ取ったかのように。一度、遊び仲間が石でコマドリを殺し、それを二本の棒にはさんで持って来たことがあった。ウィリーはその少年に対して冷淡に話しかけ、鳥を手で摑み取ると、埋葬しに行った。その日はずっと憂鬱そうで、口数が少なかった。

サイモン・アイヴァーネス
『リンカーンの失われた天使』

彼の主だった特徴は大胆かつ情け深い率直さである。すべてのものが好きなように異なっていてよいと考えているが、自分自身の心のひたむきさにおいては揺るぎないのだ。私はふと気づくと、惹きこまれるように彼を見つめていることがあった。子供時代の神秘的な愛らしさに魅了されているのだが、そのような神秘はごく稀なところにしか現われ出ないのである。

ウィリス前掲書

葬儀のすぐあと、ガーリー博士は内輪にだけ次のようなことを述べた。死の直前、ウィリーは彼に自分が貯金した六ドルを受け取ってくれと言ったのだそうだ。箪笥の上にある貯金箱からその額を取り、伝道師協会に寄付してください、と。

クンハート&クンハート前掲書

新しい家でこの坊ちゃんはきらびやかなものに取り囲まれていたが、とても勇敢に、見事なほど、いい、自分自身であり続けた――それ以外の何者でもなかった。平原地帯から温室に移植された野生の花のように、彼は平原地帯の習慣を守り、死ぬまで変わることなく純粋で素朴なままだった。

ウィリス前掲書

何カ月も経ってから、リンカーン奥様のために古い衣服を整理していて、私はコートのポケットに丸めて詰め込まれた小さなミトンを見つけました。たくさんの思い出が甦ってきて、私は泣き崩れました。あのお坊ちゃんを、そしてその可愛らしさを、永遠に忘れることはできないでしょう。

ヒルヤード前掲書より
メイド、ソフィ・レノックスの回想

ウィリー様は完璧な子供ではありませんでした。だって、小さな男の子なのですよ。乱暴なときもあれば、いたずらしたり、興奮しすぎたりすることもありました。男の子ですから。でも――これは言っておかなければならないでしょう――彼は本当に素晴らしい男の子だったのです。

ヒルヤード前掲書より
執事、D・ストランフォートの回想

19

正午頃、リンカーン大統領と奥様、ご子息のロバート様が一緒に現われ、亡くなられた愛おしい家族に最後の面会をした。この家で息子または弟の遺体と面会する最後の時間は、誰にも邪魔されたくないと三人は希望し、彼らだけで三十分ほど過ごした。そのあいだ、数年ぶりの激しい風雨がこの町を襲い、屋外の恐ろしい嵐は、屋内の悲しみの嵐とほとんど一致しているように思われた。

D・B・コール&J・J・マクドナウ編、ベンジャミン・ブラウン・フレンチ

『若き共和国の目撃者――ある北部人の日記、一八二八～七〇年』

家族が子供の遺体とともに部屋にこもっていたその三十分のあいだ、外では稲妻が暗い夜空を引き裂き、砲火のように恐ろしい雷鳴が陶器類を震わせ、北西からの激しい風が吹き荒れた。

エプスティン前掲書

その夜、広い廊下の隅々から悲しみの轟音が鳴り響いた。そのすべてが、茫然と横たわるリンカーン夫人の部屋から発せられていたわけではない。大統領の太い唸り声もまた聞こえてきたのである。

エリオット・スターンレット
『ホワイトハウスでの十年間』

百五十年ほど経っているが、それでもまだその恐ろしい情景に深く立ち入るのは僭越なように思われる――家族の衝撃、信じられないという思いと怒り、悲しみの絶叫。

エプスティン前掲書

寝る時間になると、いつもならウィリー様が現われ、お話をせがんだり、大騒ぎしたりします。その時間が来てようやく、ミスター・リンカーンは息子が本当に帰って来ないのだと気づいたようでした。

スタンリー・ホーナー
『奉公生活の回想から』

午前零時頃、私は大統領のお部屋に行き、何かお持ちしましょうかと訊ねました。そのときの彼の姿から受けた衝撃は忘れられません。髪の毛はボサボサ、顔は蒼白で、さっきまで泣いていたことが明らかでした。大統領の動揺ぶりに私は驚き、何らかのはけ口が見つからなかったらどうなるだろうかと心配になりました。最近、ペンシルベニア州の製鉄所を訪れたとき、蒸気を放出する弁を見せられましたが、大統領の状態を見ると、そのような装置が必要だと考えずにいられませんでした。

ヒルヤード前掲書より
執事、D・ストランフォートの回想

20

不恰好な紳士はあの小さな体に手を伸ばしていた。その髪を撫で、人形のような白い手を叩き、手の位置を直していた。

ロジャー・ベヴィンズ三世

子供は父親の近くに立ち、必死に訴えていた。僕のほうを見て、僕に注意を向けて、僕の頭を撫でて、と。

エヴァリー・トーマス師

その声は、紳士には聞こえないようだった。

ロジャー・ベヴィンズ三世

この辛い光景は、それだけでも心を騒がせるものだったが、新たな段階に――

ハンス・ヴォルマン

牧師さんがハッと息を呑む音が聞こえた。この人は見かけによらず、簡単には動揺しない人なのだが。

ロジャー・ベヴィンズ三世

子供を持ち上げようとしている、と牧師さんが言った。

ハンス・ヴォルマン

そのとおりだった。

男は小さな体をあそこから持ち上げようと――

ロジャー・ベヴィンズ三世

病箱から。

ハンス・ヴォルマン

男は身を屈め、小さな体を箱から持ち上げた。そして、こんなに不細工な人にしては驚くほど上品に、素早く床に座り、小さな体を膝に載せた。

ロジャー・ベヴィンズ三世

顎と首のあいだに顔をうずめ、紳士はすすり泣いた。最初は途切れ途切れに、それから見境なく泣き、感情に身を任せた。

エヴァリー・トーマス師

その間《かん》、子供はあちこち近くを動き回り、思うようにならないことに苛立っていた。

ハンス・ヴォルマン

ほぼ十分間、男はあれを抱きしめて——

ロジャー・ベヴィンズ三世

あの病体《びょうたい》を。

ハンス・ヴォルマン

少年は、自分にこそ相応しい注目を惹けないことに苛立ち、父親に寄り添ったり、体をもたせかけたりしたが、父親のほうはあちらを抱きしめ、静かに揺らし——

あの病体を。

エヴァリー・トーマス師

ある時点で、私は感動し、その光景から目を逸らした。すると、そこにいるのが自分たちだけではないことに気づいた。

ハンス・ヴォルマン

群衆が外に集まっていたのだ。

ロジャー・ベヴィンズ三世

みな黙り込んでいた。

エヴァリー・トーマス師

その間、紳士は子供を揺らし続けていた。

ロジャー・ベヴィンズ三世

子供のほうは黙り込み、男のほうに寄りかかっていった。

エヴァリー・トーマス師

ハンス・ヴォルマン

それから紳士がしゃべり始めた。

ロジャー・ベヴィンズ三世

子供は片腕を親しげに父親の首に巻きつけた。おそらくしょっちゅうそうしていたのだろう。そして、だんだんと顔を近づけていき、ついには顔と顔が触れ合うほどになって、男があれの首に向かって囁きかけている言葉をもっとよく聞き取ろうと――

ハンス・ヴォルマン

少年の苛立ちは耐えがたいほどになり、ついには――

ロジャー・ベヴィンズ三世

自分の体のなかに入り始めた。

ハンス・ヴォルマン

言ってみれば。

ロジャー・ベヴィンズ三世

少年は自分の体に入り始めた。そして、完全に入ってしまうと、そのとき紳士は改めて泣き始めた。まるで、自分が抱いている体の変化に気づいたかのようだった。

エヴァリー・トーマス師

これはすべて度を越していた。あまりに個人的《プライベート》なものだった。私はその場を離れ、一人で歩いて行った。

ハンス・ヴォルマン

私もそうした。

ロジャー・ベヴィンズ三世

私はそこにとどまった。動けなくなり、ただ祈りを唱え続けていた。

エヴァリー・トーマス師

21

その虫の耳元に口を近づけ、お父さんは言った。

私たちは愛し合っていたよね、可愛いウィリー。いま私たちには理解できない理由で、その絆が切れてしまった。でも、私たちの絆が完全に切れてしまうことはない。私が生きている限り、おまえはいつでも私と一緒にいるのだ。

それから泣き声を漏らした

大好きなお父さんが泣いている　見ているのがつらい　僕がどんなにお父さんを叩いたり、キスしたり、なぐさめようとしても、反応がない

おまえは喜びだった、とお父さんは言った。それは覚えていてくれ。おまえが喜びであったということ。私たちにとって。一分ごとに、季節ごとに、おまえは——おまえは素晴らしい仕事をしてくれた。知るだけで楽しいという、素晴らしい仕事を。

こういうことをみんな虫に話しかけたんだ！　僕に向かって話してほしいのに　僕に目を向けてほしいのに　だから僕は思った　ならいいや、僕のことを見せてやる　それで僕はなかに入った　ぜんぜん大したことじゃなかった　うん、いい感じだった　いるべき場所に戻ったみたいだ

そこに入って、ギュッと抱きしめられたんで、僕はお父さんのなかにも入りかけただからお父さんが考えていることもわかり

お父さんの長い脚の形も感じられ　あごひげを生やすとどんな感じかとか　コーヒーを口に入れるとどんな味かとか、そして、言葉で考えているのではないけど、お父さんの考えが——〈息子を腕に抱いた感触は良き効果を私にもたらした。確かにもたらした。これは間違っているだろうか？　罪深いことか？　いや、いや、息子は私のものだ。私たちのものだ。だからその意味で、私はここにおいて神の存在に違いない。息子に関する限り、何が最善かを私が決めてよいのだ。そして、それが私に良き効果をもたらしたと信じている。息子を思い出す。再び。彼が誰であったか。すでに部分的に忘れている。しかしここに来れば、息子の体の正確な輪郭、まだ息子の匂いがする服、私が指でつまんでいる前髪、居間で息子が眠ってしまったときによく抱き上げたので、体で覚えている息子の重み——

それは良き効果を私にもたらした。

そう私は信じる。

これは秘密だ。ほんのわずかな秘密の弱点。それが私を支えている。これに支えられて、私はほかのことでの義務を果たせるようになる。この弱気の時期を早く終わらせられる。誰かを傷つけるわけではない。ゆえに、間違ってはいない。そして私はこの場から、一つの決意を持ち帰る。好きなだけここに戻って来てよいのだ。誰にも言わずに。そして、これがもたらすどんな助けも受け入れよう。その効果がなくなるまで〉。

それからお父さんは頭で僕の頭に触れた。

愛しい息子よ、とお父さんは言った。また戻って来るからね。約束だ。

ウィリー・リンカーン

22

おそらく三十分ほど経ってから、この不恰好な男は白い石の家を立ち去り、よろよろと闇のなかへと歩いていった。

私がなかに入ると、少年は片隅に座っていた。

お父さんなんだ、と彼は言った。

そうだね、と私は言った。

また戻って来るって言ってた、と彼は言った。約束してくれた。
私は自分が計り知れぬほど、そして不可解なほど感動していることに気づいた。
奇跡だ、と私は言った。

エヴァリー・トーマス師

23

今夜の午前一時頃、この報告にあるとおり、リンカーン大統領が正門に現われ、入れてくれと言い、彼の地位を考えれば、それはつまり大統領だということを考えれば、ちょっとやそっとでつける地位ではないのだから、私はほかにどうしたらよいのかわからず、彼を入れてやることにしたのだけれど、トム、君も知ってのとおり、規定では門にひとたび鍵をかけたら、開けることになっている時間まで開けてはならないことになっていて、それはつまり朝が来るまでなのだけど、何しろ大統領直々の頼みなのでしんたいきわまり、大統領が私の顔を見つめてくるのだし、私も上に述べたように遅い時間だったのでけっこうへとへとだったし、前日はフィリップ、メアリー、ジャック・ジュニアという三人の子供たちと公園でいっぱい楽しんだということもあり、だから疲れていて、君の机でちょっとうたた寝してしまったくらいなのだよ、トム。大統領には、ここで何をするのかとかいったことは訊ねなかったけど、ただ目が合ったとき、彼は私に率直で親しげで、どことなく苦しそうな視線を向け、友人よ、これはかなりおかしなことだし、自分でもそれはわかっているよと言っているかのようで、でもあんな目で訴えかけられたら、彼を拒むことはできず、というのも彼の息子さんがその日に埋葬されたばかりだったのだし、だから君にしたってミッチェルを失ったらどうするかとか、私がフィリップかメアリーかジャック・ジュニアを失ったらどうするかと考えてみるのがいいのだけど、まあ、そんなことは考えても意味はない。

彼は御者を連れて来ず、一人で小さな馬に乗って現われ、それが大統領なので私はびっくりしたのだけれど、彼の脚はものすごく長いし、馬はとても小さいので、人間の大きさの昆虫があの可哀想な老いぼれ馬にまたがっているかのようで、馬はその重荷から解き放たれ、くたびれておどおどし、息を切らしながら、戻ったらほかの馬たちにこのすごい話をしてやろう、連中がまだ起きていればだが、なんて考えているかのようで、そのとき大統領はキャロル家の納骨所の鍵を貸してくださいと言い、私はそれに応じて鍵を手渡し、彼が墓地へと歩いて行くのを見送り、せめて彼にランプを貸すくらいの礼を尽くせばよかったと考えていて、彼はランプを持たずに地獄のような闇のなかに入って行き、その姿は道のない砂漠を歩く巡礼者のようで、ものすごく憐れだったのだよ、トム。

それで、ここがおかしなところなのだが、彼はずっと長いこと行ったきりなんだ。これを書いているいまもまだ戻ってない。どこにいるんだろう、トム。道に迷ったんだろうか。あそこで迷子になったか、転んで、怪我をして、倒れたまま叫んでいるか。

いま外に出て、耳を澄ませたけど、叫び声は聞こえなかった。

彼がどこにいるか、わからないんだよ、トム。

森に入って、墓参りの気疲れを癒しつつ、一人で思う存分泣いているってとこかな?

オークヒル墓地の警備員の業務日誌、一八六〇～七八年より

一八六二年二月二十五日夜、ジャック・マンダーズによる記載
ミスター・エドワード・サンシベルの許可を得て引用する

24

この訪問が我々の仲間にもたらした生々しい影響については、誇張しようにもしようがないほどだ。

ハンス・ヴォルマン

何年も見ていなかった人々が歩いて、あるいは這って、外に出て来た。みな信じられないという嬉しそうな表情を浮かべ、恥ずかしそうに両手をもみ合わせていた。

エヴァリー・トーマス師

かつて、一度も見たことがなかった人々も、不安げな顔でデビューを飾った。

ロジャー・ベヴィンズ三世

イーデンストンが緑の服を着た小男で、鬘が歪んでいるなんて、誰が思った？　クラヴウェルが

眼鏡をかけたキリンみたいな女だとは？　自分で書いた戯詩《ざれうた》の本を抱えているとは？

ハンス・ヴォルマン

お世辞、敬意を払う言葉、微笑み、甲高い笑い声、愛情のこもった挨拶などが、その日は盛んに飛び交った。

ロジャー・ベヴィンズ三世

空高く光る二月の月の下、男たちはあたりをうろつき、互いの服を褒め合ったり、お馴染みの仕草をしたりしている。土を蹴り、石を投げ、パンチするふりをする。女たちは手を握り、顔を上に向け、互いを〈かわいい〉とか〈きれい〉とか言い合っている。あるいは、木々の下で立ち止まり、長年の隔離の期間封じ込めていた奇妙な打ち明け話をし合っている。

エヴァリー・トーマス師

人々は幸せだった、まさにそうだった。幸せという概念を取り戻した。

ハンス・ヴォルマン

それはまさに、あの人がもたらした概念で——

ロジャー・ベヴィンズ三世

あの別の場所からもたらしたもので——

ハンス・ヴォルマン

その別の場所から来た人はもったいなくも――

ロジャー・ベヴィンズ三世

異常だったのは〈触れたこと〉なのだ。

エヴァリー・トーマス師

あのかつての場所から来た人がこのあたりをぶらつくのは異常じゃなかった。

ハンス・ヴォルマン

そう、彼らはしょっちゅうぶらついていた。

エヴァリー・トーマス師

葉巻、花輪、涙、喪章、重い馬車、門のところで足を踏み鳴らす黒い馬たちなどとともに。

ロジャー・ベヴィンズ三世

彼らの噂話、不快そうな顔、ヒソヒソ声でしゃべることなど、私たちとはまったく関係ないのだ。

エヴァリー・トーマス師

彼らの温かい肉体、蒸気を発する呼気、湿った眼球、肌にひりひりする下着。

ロジャー・ベヴィンズ三世

無造作に私たちの木々に立てかけられた彼らの恐ろしいシャベル。

エヴァリー・トーマス師

しかし、触れるとは。なんてことだ！

ハンス・ヴォルマン

彼らが我々にまったく触れなかったというわけではない。

ロジャー・ベヴィンズ三世

ああ、確かに触れるよな。君を病箱に詰め込むときとか。

ハンス・ヴォルマン

自分たちの好きなように服を着せて、必要なら縫ったり塗ったりして。

ロジャー・ベヴィンズ三世

しかし、自分たちの好きなようにしてしまえば、二度と君に触ろうとしない。

ハンス・ヴォルマン

ただ、ラヴェンデンのときは。

エヴァリー・トーマス師

ラヴェンデンにはもう一度触った。
ロジャー・ベヴィンズ三世

しかし、あのような触られ方は——
ハンス・ヴォルマン

あんな触られ方は誰だってされたくない。
エヴァリー・トーマス師

彼の石の家が水漏れしていて、病箱が破損したんだ。
ロジャー・ベヴィンズ三世

だからお日様の下に引きずり出して、蓋を開けた。
エヴァリー・トーマス師

秋だった。あの可哀想な男の上に落ち葉がハラハラと落ちていたよ。自尊心の強そうなやつだった。銀行家で、豪邸の持ち主だったと自慢していた。その場所は——

ハンス・ヴォルマン

彼らは箱から彼を引っ張り出し、新しい箱に落とした——ドスッと。それから、からかってこう訊ねた。痛かったか？　痛かったなら、苦情を申し立てるかい？　それから彼らはゆっくりと煙草を吸った。そのあいだ、可哀想なラヴェンデンは（箱に半分入り、半分出ている状態で、首が実に不自然な形に曲がっていた）弱々しく彼らに対して呼びかけ続けた。お願いだから、もうちょっとみっともなくない姿勢で寝かせてくれ――

エヴァリー・トーマス師

あんな触られ方は――

ロジャー・ベヴィンズ三世

誰だってされたくない。

ハンス・ヴォルマン

だが、これは――これは違った。

ロジャー・ベヴィンズ三世

抱きしめ、その場に居残り、優しい言葉を耳に直接囁きかける？　何ということだ！　何ということだ！

エヴァリー・トーマス師

あんなに愛情を込めて触られるなんて。あんなに愛おしそうに。まるで相手がまだ――

ロジャー・ベヴィンズ三世

健康であるかのように。

ハンス・ヴォルマン

相手がまだ愛情と尊敬に値するかのように？
それは実に励みになった。私たちに希望を与えてくれた。

エヴァリー・トーマス師

我々は愛されない存在なのだと信じるようになっていたが、実はそうでもないかもしれない、と。

ロジャー・ベヴィンズ三世

25

誤解しないでいただきたい。私たちは母であり、父であった。長いあいだ夫としての務めを果たし、人から敬われてきたので、ここに最初に来たときは大勢の人々に付き添われていた。みんな悲しんでいて、少しでも前で弔辞を聞こうと殺到し、修理不能なくらい柵を壊してしまった。若い妻であったのに、出産のときにこちらに来てしまった人もいた。その穏やかな性質は、あの状況の剝き出しの苦痛によって奪われた。あとに残された夫たちは彼女らに魅了され、最後の瞬間の恐ろしさに苦しみ（妻たちが苦痛によって自分自身から切り離され、おぞましいブラックホールに落ちていったという観念に苦しみ）、その後は人を愛せなくなった。体は大きいが、騒ぎ立てることはなく、現状に満足している男たちもいた。ごく若いうちに自分が特別ではないと悟ってしまい、喜んで（重荷をぼんやりと受け入れるかのごとく）人生の照準を変えてしまった人たち。偉大な人になれないのなら、自分は役に立つ人になろう、というわけだ。金持ちになろう、親切になろう、そうしてささやかな善をもたらそう。微笑み、両手をポケットに入れ、自分の力で少しだけよくなった世界を眺めつつ退場する（貧しい娘の持参金をいっぱいにしてやったとか、教育資金をこっそりと貯めてやったとか）。愛想がよく、冗談をよく言う召使いたちもいた。主人たちが重要な一日を始めるに当たって、気の利いた言葉をかけることで、主人にすっかり気に入られた人たち。寛容で率直な祖母たちもいた。判断を下さずに聞いてやることで、ある種の暗い秘密を知ることになった人たち。彼女らは無言の赦しを与え、それによって光明をもたらした。私が言いたいのは、私たちがみな重要な人間だったということだ。私たちは愛されていた。孤独ではなかったし、取り乱していたわけでも、気まぐれだったわけでもなく、それぞれの流儀で賢かった。私たちの退場は大いなる苦痛をもたらした。私たちを愛していた者たちはベッドに座り込み、頭を抱えた。テーブルに顔を突っ伏し、獣のような声をあげた。私たちは愛されていたんだ。そして私たちを思い出すことで、何十年経っていても、人々は一瞬だけ思い出にひたり、微笑むのだ。

エヴァリー・トーマス師

それでも。

ロジャー・ベヴィンズ三世

それでも、ここに来て我々を抱きしめ、あんなに優しい声で話しかけた者は、これまでいなかった。

ハンス・ヴォルマン

一人として。

ロジャー・ベヴィンズ三世

26

やがて私たちの仲間がうようよと出て来て、白い石の家を取り囲んだ。

エヴァリー・トーマス師

そしてそのままずんずん進んで行き、詳しいことを教えろと少年に迫った。あんなふうに抱きしめられるのって、どんな感じがした？　あの訪問客は本当にまた来ると約束したのか？　少年の根本的状況を変えられるかもしれないという、何らかの希望が与えられたのか？　もしそうだとしたら、前述の希望は我々にも及ぶのか？

ロジャー・ベヴィンズ三世

我々は何を求めていたのか？　少年に、我々を見てもらいたかったのだと思う。彼の祝福が欲しかった。我々がここにとどまっている特殊な理由について、魔法で守られているように見えるこの少年がどのように考えるか。それを知りたかったのだ。

ハンス・ヴォルマン

本当のところを言うと、ここにとどまっている多くの者たちのなかで、一人として——最も強い者であっても——心の疑惑を消し去ることができた者はいなかった。自分の選択が賢かったのかどうかについての疑惑である。

ロジャー・ベヴィンズ三世

あの紳士が愛情をこめて少年に接していたので、少年に対する私たちの評価は大きく高まっていた。ふと気づくと、我々はわずかばかりでもつながりを持ちたいと強く求めていたのだ。

エヴァリー・トーマス師

この王子となった少年と。

ロジャー・ベヴィンズ三世

じきに少年と話をしようとして並ぶ人々の長い列ができ、エヴァーフィールドの褐色砂岩の家まで続いた。

ハンス・ヴォルマン

27

簡単に済ませるから。

ジェイン・エリス

どうだか。

アビゲイル・ブラス夫人

ミセス・ブラス、お願いします。一人残らず会え――

エヴァリー・トーマス師

「かつてクリスマスシーズンに、パパが村の楽しいお祭りに私たちを連れて行ってくれました」。ゲェー。

アビゲイル・ブラス夫人

押さないで。列にちゃんと並んでください。みんな話を聞いてもらえますから。

ハンス・ヴォルマン

あの女はギャーギャー喚いて、いつでも一番になろうとする。どんなことでもだよ。教えてほしいよ、どうしてあの女があんなに――

アビゲイル・ブラス夫人

あなたも彼女から学べることが一つや二つはあると思いますよ、ミセス・ブラス。彼女の姿勢を見てごらんなさい。

ハンス・ヴォルマン

いつでも落ち着いていますし。

エヴァリー・トーマス師

服はいつでも清潔ですしね。

ロジャー・ベヴィンズ三世

紳士のみな様?

よろしいかしら?

かつてクリスマスシーズンに、パパが村の楽しいお祭りに私たちを連れて行ってくれました。肉屋の玄関先には、鳥獣の死体がたくさんぶら下げられていて、それは見事な天蓋となっていました。

腸を引き出され、鮮やかな赤い花輪のように体に巻きつけられている鹿。頭を下にしてぶら下げられ、ワイヤを使って翼が広げられている雉と鴨——ワイヤにはフェルトが巻かれ、その色はそれぞれの羽の色に対応していました（見事な職人技です）。二匹の豚が玄関の両側に立っていて、その上にミニチュアの騎手のように食肉用の鶏が乗っていました。これらすべてが植物で飾り立てられ、蠟燭《ろうそく》を灯されていたのです。私は白を着ていました。白をまとった美しい娘。髪は長いロープのように結って、背中に垂らし、それをわざと振ったものです。私は家に帰るのが嫌で、駄々をこねました。そうしたらパパが私をなだめようとして鹿を買ってくれ、馬車の後ろに結わえつける手伝いをさせてくれたのです。いまでも目に浮かびます。私たちの背後では、夕方の霧に包まれた田園風景が次々に通り過ぎて行き、だらりとした鹿が血を滴らせ、血の筋をつけていきます。星がまたたき、私たちが橋を通るとき、その下の小川では水が流れたり跳ねたりしています。切ったばかりの木で作られた橋は、私たちがよろめきながら通ると唸り声をあげ、私たちは人込みのなかを家に向かって進んで行き——

ジェイン・エリス

ゲェー。

アビゲイル・ブラス夫人

私は自分が新種の子供のように感じていました。少年ではなく（それは当たり前ですが）、でも（ただの）女の子でもない。永遠にお茶を供しつつ歩き回っているスカートに縛られた者たちは、私とまったく関係ありません。

私には大きな希望がありました。

世界がものすごく広く感じられました。私はローマを、パリを、コンスタンティノープルを訪ねよう。地下のカフェが私の心に浮かびました。湿った壁際にぴったりとくっついて（ハンサムで寛大な）友達と私が座り、話し合うのです――いろいろなことを。深いことを、新しい考え方を。街では奇妙な緑色の灯りが輝いていて、近くの海からはひたひたという音が聞こえてきます。傾き、油で汚れた係船に波が当たっているのです。そして動乱が迫っています。革命です。友人と私はそれに飛び込んでいき――

まあ、よくある話ですけど、私の希望は……実現しませんでした。夫はハンサムでも寛大でもありません。退屈な男でした。私に乱暴はしませんが、優しくもありません。ローマにもパリにもコンスタンティノープルにも行かず、年老いた彼の母を訪ねるためにヴァージニア州のフェアファックスとこちらを永遠に往復し続けるだけでした。夫は私のことを見ている様子はなく、ただ所有しようとするだけ。そして私が「愚か」なことをしたと決めつけるやいなや（しょっちゅう決めつけていたのですが）、丸め上げた口髭を私に向かってくねくね動かすのです。真実と価値を含むと感じられることを私が言っても――たとえば、彼が職場でなぜ出世できないかの理由を言っても（彼は不平屋で、いつでも自分が陰謀の犠牲者だと想像し、尊重されていないと考えては、些細なことで喧嘩して解雇されていました）――あの口髭をくねらせ、私の考えは「いかにも女の考えそうなことだ」と言って、それで終わりでした。私の意見は却下です。どこかの小役人に向かって、彼が自分では「気の利いた」言葉だと思っていることを言い、小役人に好印象を与えたと自慢している姿ときたら――そして、実際にその場にいて、その言葉を聞き、小役人とその妻がこの尊大な阿呆に対する嘲りの笑いをこらえているのを見たら……憐れ以外の何物でもありません。私は白い服を着た美しい娘だったのですよ。コンスタンティノープル、パリ、そしてローマを心に抱いていました。その当時はまだ、自分が「劣った部類の」人間であり、「ただの」女であることに気づいていなかったのです。そしてある夜、夫が私にある種の視線を向けたとき――それは（私にはよくわかっていましたが）「心の準備をしろよ、すぐにおまえに飛びかかるから、全身を尻と舌にして、口髭は自己増殖したかのようにあらゆる挿入点を襲い、そのあともう一度おまえに迫って、よがり声を出させるから」と言っている視線でしたが――私はもう我慢できなくなりました。

それから子供たちが生まれました。

子供たち――そうです。素晴らしい女の子たちでした。

この子たちに私は自分のローマを、パリを、コンスタンティノープルを見出しました。

夫は娘たちにまったく関心がありませんでした。ただ、人々の前で自分の引き立て役として使うだけ。ちょっとした悪さをしたというだけである娘を厳しすぎるほど叱るかと思うと、別の娘がおどおどと発した意見を却下し、明白な事実をみんなに大声で教え込むのです（「いいか、娘たち、星に囲まれて浮かんでいるのが月だぞ」なんて）。まるで、そのとき発見した事実であるかのように。そして、あたりをうかがい、男らしい男だっていう印象を周囲の人々に与えているかどうか確かめるのです。

ジェイン・エリス

お願いよ。

たくさんの人たちが待ってるんだから。

アビゲイル・ブラス夫人

夫が娘たちの面倒を見るでしょうか？

私が不在のあいだ？

キャスリンはもうすぐ学校に行くようになります。あの子がちゃんとした服を着ているかどうか、誰が確かめてくれるのでしょう？　マリベスは足が悪く、それを気にしていて、よく泣きながら家に帰って来ます。あの子は誰の胸で泣けばいいのでしょう？　アリスは詩を投稿したことがあり、返事を待ってピリピリしています。あまりいい詩ではありません。だからあの子にはシェイクスピアを読ませ、それからダンテを読ませる計画があるのです。そして、一緒に詩作に取り組んでみようと思っています。

娘たちのことはいま特別に愛おしく感じられます。この中休みの期間には。幸いなことに、ちょっとした手術を受けるだけです。めったにない機会ですよね、こういう中休みを取り、じっくりと吟味できる——

ジェイン・エリス

エリス夫人はいかめしく、堂々とした風采の女性であった。体のまわりにいつでも三つのゼラチン状の球体が浮かんでいて、それぞれに娘の似姿が入っていた。ときどきこの球体が巨大なサイズになり、彼女にのしかかって、血や体液を搾《しぼ》り出《だ》すこともあった。すさまじい重量を受け止めて彼女は身悶《みもだ》えし、しかし不快感を示すような叫び声はあげまいとしていた。こうした球体が離れていってしまうときもあり、そうなると彼女は大いに苦しんで、あちこち走り回って探す。そして見つかると、安堵して泣き出すのだが、球体がまた彼女にのしかかる。しかし、エリス夫人が最も苦しむのは、球体の一つが目の前で実物大になり、完全に透明になったときだ。そうなると彼女はなかにいる娘の服装や顔の表情、気分なども細かいところまでよくわかるようになる。そして娘は最近陥った窮状に関して、心を込めて訴え始める（特にエリス夫人が突如としていなくなったために起きたことだ）。エリス夫人は悩める子供がいかに状況に取り組むべきかを、情け深い声で説明し、鋭い判断と豊富な愛情を示す——だが、いかんせん（ここが最も苦しい部分なのだが）子供には彼女がまったく見えないし、声も聞こえない。そして子供はエリス夫人の目の前で絶望を募らせていき、ついには発作を起こす。憐れな母親はあちこち走り回り、球体を避けようとするのだが、球体のほうは彼女をしつこく追い回す。サディスティックな知性としか言いようのないものを発揮して、彼女の動きをすべて予想し、常に彼女の目の前に現われるのだ。そして私が見たところ、彼女は目を閉じることができないようなのである。

エヴァリー・トーマス師

彼女が会ったことのあるすべての人が、脚の生えた巨大な口髭となって現われたこともある。

ハンス・ヴォルマン

そう、彼女の進む道は険しい。

ロジャー・ベヴィンズ三世

そんなに険しかないよ。あの女は金持ちなんだ。あの声を聞けばわかる。

アビゲイル・ブラス夫人

お若い方、よろしいかしら——頼みごとをしても？

ジェイン・エリス

自惚《うぬぼ》れ屋《や》だよ。

アビゲイル・ブラス夫人

あなたがかつての場所に戻ることを許されたら、キャスリンの服装がちゃんとしているか見てやってくれますか？　マリベスを慰めてやり、アリスには最初の試みで失敗しても罪ではないと言ってやってくれますか？　娘たちを励ましてください。お母さんはここに来てからもずっとおまえたちを思っている、そして家に戻ろうとしている、と言って。そして、麻酔がかけられているときでも、おまえたちのことを考えている。おまえたちのことだけを――

ジェイン・エリス

金を取ってください、と私は言った。私は落ち着いてますから。

ミスター・マクスウェル・ボイズ

また押しのけるのかい？
私が小さいからか？

アビゲイル・ブラス夫人

あなたが汚いからでしょうよ。

ロジャー・ベヴィンズ三世

あたしゃ、地面の近くで生きてるんだよ。あんたもそれくらい――

あなたの履き物は汚物で真っ黒じゃないか。

アビゲイル・ブラス夫人

金を取ってください、と私は言った。私は落ち着いてますから。

ロジャー・ベヴィンズ三世

だからあなたも落ち着いてください、お願いです、と私は言った。私の知る限り、私たちのあいだに敵対関係はないはずです。これを単なるビジネスの取り引きだと考えましょう。あなたに私の財布を渡しますから、そうしたらあなたの許しを得て、私は先に進む――

いや、いや、いや。
違う、違う、違う。
それは完全に間違っているし、筋が通っていない――
低空の星々、ぼやけた屋根。
そして私は穴を開けられた。

ミスター・マクスウェル・ボイズ

いまなら大丈夫そうだ、ミセス・ブラス。

ロジャー・ベヴィンズ三世

ブラス夫人は悪名高き倹約家であった。不潔で白髪頭で小さい（赤ん坊よりも小さい）。夜にはそこらを走り回り、石や枝をかじったり、こうしたものを集めたりして、それを熱心に守ろうとする。そして、こういうわずかな所有物を数え、数え直して、何時間も過ごすのだ。

エヴァリー・トーマス師

祝祭のときのような群衆の前で、ついにこの少年と話す機会に恵まれ、この小柄な女性は突如として舞台負けに似た感情に襲われた。

ハンス・ヴォルマン

あなたはファーストバンクに千三百ドルの預金がある、ですよね？

エヴァリー・トーマス師

はい。

ありがとう、牧師さん。

私はファーストバンクに千三百ドルの預金があります。どれとは特定しませんが、階上の部屋に金貨で四千ドル貯えています。二頭の馬、十五頭の山羊、三十一羽の鶏、十七着のドレスを持っていて、合わせて三千と八百ドルほどの価値があります。でも、私は未亡人です。豊富にあるように見えても、実は僅かしかない。物の流れは外に出るばかりで、入っては来ないのです。石は下り坂を転げ落ちるけど、のぼることはありません。だからわかっていただきたいのです、私が浪費に耽ろうとしない理由を。私は小枝を四百本以上、さまざまな大きさの石を六十近くため込んでいます。鳥の死体の欠片《かけら》を二つに、数えられないほどの土の粒も持っています。床に就く前に私は鳥の死体、小枝、石、土の粒などを数え、一つひとつを歯で噛んで、すべてがまだ本物であることを確かめます。朝起きて、物が減っていることに気づくのも稀ではありません。それは泥棒がいることを証明し、私がこのように振る舞うのを正当化しています。もっとも、この傾向のせいで私は多くの人に厳しく非難されるのですけど（それはわかっています）。でも、彼らは弱ってきている老いた女ではない。敵に囲まれ、物がどんどん外に出て行ってしまうわけでも……

アビゲイル・ブラス夫人

たくさんの人がまだ待っていた　揺れ動く灰色と黒の群れ　目で見えるかぎり遠くまで
月の光を浴びた人々が押し合いへし合いし、つま先立ちして見ようとする
僕を
悲しい話をしようと玄関先に首を突っ込んで　あれやこれや　誰も満足してない　みんな
悪いことをされた　無視された　見過ごされた　誤解された　たくさんの人が古い時代の
きゃはんやかつらや

ウィリー・リンカーン

青春の真っ盛り、素敵な赤いベルベットのジャケットを着て、明るい花の咲く生け垣を通り過ぎる俺は、実に颯爽とした姿を見せていた。見た者はみな、俺に好印象を持った。町の人々は俺が近づいて来るとどぎまぎし、俺が通り過ぎるとき、俺の欠片たちは恐れおののいて道を空ける。

これを俺はあの若い兄ちゃんに知ってもらいたい。

そして夜になると、俺は欲望に任せて振る舞い、いい思いをすることがよくあった。俺の良き妻とまぐわいし、あいつにその気がなければ、欠片たちとまぐわいをする。俺がやつらを欠片と呼ぶのは、本当に夜のように真っ黒で、石炭の欠片がたくさん集まったみたいにものすごい熱を発するからだ。欠片の女を襲い、欠片の男の叫び声など無視して――

セシル・ストーン中尉

なんということだ。

ハンス・ヴォルマン

彼は今晩、絶好調だ。

ロジャー・ベヴィンズ三世

中尉、心してくれ。彼はまだ子供なのだ。

ハンス・ヴォルマン

んで、これはいいことなんだ。そういうふうに欠片の男をほかの者たちの目の前で辱めると、教訓が広まり、やつらの行儀がよくなる。それで次の労働の日には、欠片たちのなかで一番でかいやつでも目を伏せるようになる。鞭とピストルを持っているのは俺だし、俺を怒らせたら高くつくってやつらに思い知らせたからだ。悪さをしたら、夜にその代償を払ってもらう。そいつにとって一番大切な者で支払うんだ。俺はそいつのドアを蹴破り、やつの女を引きずり出して俺の家に連れて行く。夜の楽しみの始まりさ。その欠片は火花を発せざるを得なくなる。その結果、俺の畑は静かになり、命令が与えられれば、何十本もの手が急いでそれをやり遂げようとする。そして、くたびれた黄色い目がこちらを見上げ、俺がそれに気づいたかどうか、自分や自分の女が俺の快楽から免除されるかどうかと探っている。

このように俺は欠片を仲間に変え、欠片同士が敵対するようにしたんだ。

セシル・ストーン中尉

こうした大胆かつ攻撃的なエピソードのあいだ、自分の自慢話にすっかり熱くなって、セシル・ストーン中尉の体はどんどん上方へと伸びていき、ついには細長い、直立した髪型のような体になった。しかし体の質量は同じなので、背が伸びれば伸びるほど痩せていき、部位によっては文字どおり鉛筆のように細くなった。背の高さは、私たちの最も高い松の木と同じくらいだ。話し終えたとき、彼は元の体の形に戻り、平均的な男性の大きさになった。美しく着飾ってはいるが、歯はおぞましい。

エヴァリー・トーマス師

お若い方、お話しさせていただいてよろしいか？　この女と俺だが？

エディ・バロン

おっと、駄目だ、駄目だ。それはここでは許されない――

エヴァリー・トーマス師

なによ、この××野郎！

ベッツィ・バロン

みんなに順番が回るって言ったろ！

エディ・バロン

あたしたちは貧しかったたし、さらに貧しくなった。だからこそその話をしたい――

ベッツィ・バロン

俺たちは川べりの××溜めみたいな家に俺たちの××家具を運び込むことさえしなかった。あのスウェーデン人が俺たちをG通りの家から追い出したあとのことだ。

エディ・バロン

あの××みたいにきれいなソファは、川べりの××溜めみたいな家の××みたいなドアには入らないからね。

ベッツィ・バロン

俺はあの川べりの××溜めの××みたいなドアなんか、ドアだと考えもしねえよ。あのG通りの家のドアを考えてみればな。すげえドアだった！　川べりの××溜めのドアがあのG通りの家の××みたいに素晴らしいドアを見たら、自分をドアと呼ぶのも恥ずかしくなっただろうよ。
それでも、俺たちは楽しんだ。

エディ・バロン

川べりで。

ベッツィ・バロン

みんな酔っ払って、あの××みたいな川に互いを投げ込んだよな？　葉巻を吸ったりしてさ？　で、チェルニェフスキの野郎は「ポトマック」って発音しようと頑張ってたっけ。

エディ・バロン

みんながあの洗濯婦たちに石を投げつけて。

ベッツィ・バロン

覚えてるか？　あのなんとかテンティーニって野郎が溺れそうになったときのこと？　B大佐がやつを蘇生させたら、やつが最初に言ったのは、あの××パンチのジョッキをくれって。

エディ・バロン

もうこれくらいにしておこう、と牧師さんが冷たく言った。

ロジャー・ベヴィンズ三世

ちっちゃなエディを練兵場に置き去りにしたときのこと、覚えてる？

ベッツィ・バロン

あのポークのしゅうにんしきとやらのあとだ。

エディ・バロン

何杯かひっかけたわよね。

ベッツィ・バロン
あいつに怪我はさせなかった。
エディ・バロン
助けになったかもしれないわ。
ベッツィ・バロン
たくましい男にしたよな。
エディ・バロン
馬に踏まれたって、死にはしないものね。
ベッツィ・バロン
足を引きずることになるかもしれないがな。
エディ・バロン
そのあと馬を怖がるようになる。
ベッツィ・バロン
それから犬も。

エディ・バロン

でも、人込みのなかを五時間歩き回ったって、それで死にはしないわ。

ベッツィ・バロン

わかるか？　こういうのは役に立つんだ。そうすりゃ、人込みのなかを五時間歩き回っても、泣いたり慌てたりしなくなる。

エディ・バロン

まあ、あの子はちょっと泣いたし、慌てたけどね。家に戻ってからだけど。

ベッツィ・バロン

ったく、××くらえだ。××ガキどもをあらゆることから守ってやってると、あいつらはおまえを野外便所に呼んで、××の穴を拭いてくれって言うようになる。

エディ・ジュニアとメアリー・マグに関して言えることはな、やつらはいつでも自分の××の穴を拭いてたってことだ。

エディ・バロン

まあ、うちには野外便所はなかったけどね。

ベッツィ・バロン

ああ、好きなところで××してた。

エディ・バロン

どうしてあの子たちは会いに来ないの？　それが知りたいよ、あたしは。あたしたちがここに来てから、どれだけ経つ？　××みたいに長い時間よ。それなのにあの子たちは一度だって——

ベッツィ・バロン

やつらなんか××くらえだ！　あの親不孝の××どもには俺たちを責める資格なんぞ××ほどもねえ。俺たちの××靴をはいて（「俺たちの立場になって」ということ）一マイル、歩いてみるまではな。やつらの一人として、俺たちの××靴で半マイルも歩いてねえんだ。

エディ・バロン

ここまでだ、と牧師さんが言った。

ハンス・ヴォルマン

これがバロン夫妻だ。

ロジャー・ベヴィンズ三世

酔っ払って意識を失い、道路で寝ていて、同じ馬車に轢《ひ》かれた。そして怪我を治すようにと、あの評判の悪い共同病穴《やまいあな》に収容されたんだ。恐怖の鉄柵のすぐ向こう。あそこにいる唯一の白人で、肌の黒い人たちと一緒に放り込まれた。あそこにいる誰一人として、肌が白くても黒くても、病箱に入れられている者はいない。きちんとした快復は望めないんだ。

ハンス・ヴォルマン

バロン夫妻があの少年に話しかけようとするとは、礼儀《コム・イル・フォー》にかなったこととは言えない。

エヴァリー・トーマス師

塀のこちら側に入って来たことも。

ハンス・ヴォルマン

それは裕福かどうかの問題ではない。

エヴァリー・トーマス師

私は裕福ではなかった。

ハンス・ヴォルマン

振る舞いの問題なのだ。こう言おうか、「心の豊かさ」の問題だ、と。

エヴァリー・トーマス師

しかしバロン夫妻は、好きなように出入りしていた。塀は彼らの妨げにならないのだ。

ハンス・ヴォルマン

あのかつての場所で、好き勝手に振る舞っていたのと同じように。

エヴァリー・トーマス師

ハッ。

ロジャー・ベヴィンズ三世

ハッハッ。

ハンス・ヴォルマン

バロン夫妻のあと、矢継ぎ早にさまざまな人が話をしていった。ミスター・バンティング（「私には恥ずかしく思うことなど何もない」）、ミスター・エレンビー（「私は七ドルをズボンに縫い込んでここにやって来たんだから、その金がどこにあるのか教えてもらわない限り、ほかの場所に行く気はない」）、ミセス・プロパー・フェスビット（「お願いします、臨終のときに激しい痛みに襲われませんように。そうでないと、愛する人たちに愛想よく別れの挨拶ができませんから」）。このご夫人は不機嫌そうな顔と胎児のような姿勢をまったく崩さず、ドア口へとにじり寄って行った。あのかつての場所で、寝たきりになっていた最後の日々、彼女はこの姿勢でずっと過ごしたのだった。

ロジャー・ベヴィンズ三世

何十人もの人々がまだ興奮し、少年と話そうと待っていた。新たな希望に胸を躍らせていた。

ハンス・ヴォルマン

しかし悲しいかな、そうはならなかった。
エヴァリー・トーマス師

28

やがて我々は気づいた。お馴染みの兆候によって、厄介事が起ころうとしていることに。

ロジャー・ベヴィンズ三世

それはいつも起きているとおりに起きた。
エヴァリー・トーマス師

敷地じゅうに沈黙が降りた。
ロジャー・ベヴィンズ三世

冬の枝と冬の枝のこすれ合う音が聞こえた。
ハンス・ヴォルマン

温かいそよ風が吹いてきた。安らぎを与えてくれる、ありとあらゆる香りを運んでくる――草、太陽、ビール、パン、キルト、クリームなど。どういう香りを嗅ぐかは人によって違い、その人なりに安らぎを感じるのだ。

ロジャー・ベヴィンズ三世

並外れた色と大きさ、形、そして芳香を持つ花々が、地面から完璧な形で飛び出してきた。

エヴァリー・トーマス師

二月の灰色の木々に花が咲き始めた。

ハンス・ヴォルマン

それから果実が実った。

エヴァリー・トーマス師

果実は人の望むとおりのものが生《な》る。精神をある色（たとえば銀色）と形（たとえば星形）の方向に向けると、その瞬間、星型で銀色の果実がたっぷりと生り、さっきまで冬枯れして実などなかった木の枝がたわむようになる。

ロジャー・ベヴィンズ三世

私たちの塚のあいだを通る小道、樹木の下の空間、ベンチの座席、木々の大枝や屈曲部などに

（つまり、少しでも空間があればどこにでも）、ありとあらゆる食べ物が自ずから現われ、食べ物でいっぱいになった。鍋に入っていたりきれいな皿に載っていたり、枝と枝に渡した串に刺さっていたり、金の桶に、ダイヤモンドの鉢に、小さなエメラルドのボウルに入っていたりした。

エヴァリー・トーマス師

北から水が壁のように押し寄せてきて、軍隊のような正確さでいくつかの支流に分かれた。すると、それぞれの石の家と病塚《やまいづか》はそれ専用の支流を持つようになり、こうした支流の水は華々しくコーヒー、ワイン、ウィスキーなどに変わって、また水に戻るのだった。

ハンス・ヴォルマン

こうしたものすべてが（果実の生った木々、温かいそよ風、無限の食べ物、魔法のような小川が）、これから現われるもののいわば先発部隊にすぎない。このことは私たちも承知していた。

エヴァリー・トーマス師

これから現われる人々の。

ハンス・ヴォルマン

緩和する効果を及ぼすために派遣される者たち。

エヴァリー・トーマス師

したがって我々は気を引き締めた。

体を丸めてしまうのが一番いい。耳を押さえ、目を閉じ、顔を地面に押しつけて鼻も塞ぐのだ。

ハンス・ヴォルマン

ロジャー・ベヴィンズ三世

みんな、力を振り絞れ！　とミスター・ヴォルマンが叫んだ。

エヴァリー・トーマス師

そして彼らが襲ってきた。

ハンス・ヴォルマン

29

彼らは長い隊列を組んでやって来た。

ハンス・ヴォルマン

彼らがどのような姿で見えるかは、私たち一人ひとりで違っている。

エヴァリー・トーマス師

夏服を着た若い娘たちが来たわ。小麦色の肌の陽気な子たち。髪は結んでなくて、草の茎を編んでブレスレットにしている。クスクス笑いながら通り過ぎていく田舎の娘たち。楽しそうにはしゃぎまわっている。

私みたい。

かつての私みたい。

アビゲイル・ブラス夫人

薄めの服をまとった若くて美しい花嫁たちの群れ。絹の襟がパタパタとはためいている。

ハンス・ヴォルマン

奇妙に実体のある翼を持った天使たち。女性一人につき一翼ずつで、翼にはよく注意を払っている。翼を引っ込めると色の薄い旗となり、背骨に沿ってしっかりと巻き上げられる。

エヴァリー・トーマス師

私の最初の（唯一の！）恋人、ギルバートの正確な複写が何百人も。馬車置き場で最高の午後を過ごしたときの彼の姿だ。腰のところに灰色の馬用のタオルを無造作に巻いている。

ロジャー・ベヴィンズ三世

私の娘たち、キャスリン、マリベス、アリス。それぞれの複製が何人もいて、手をつないで歩いている。髪はトレントン風に編み、それぞれが去年のイースターのドレスを着て、ヒマワリを一本握っている。

ジェイン・エリス

欠片の女たちのお出迎えだ（あいつらが好む質素なスモックをまとい、わざと淫らに肩を晒している）。俺にひれ伏しにやって来た。しかし俺はやつらの同類を何度も見てきたし、やっつけてきた。今回、やつらの贈り物に対するお返しは、茶色い糞をたっぷりと。そして家に引っ込んで、やつらがいなくなるのを待つことにした。

セシル・ストーン中尉

花嫁たちは狩人のようにこそこそと動き回った。弱点をどこかに見出そうとしていた。

ハンス・ヴォルマン

私の愛しい牧師さんはどこ？　先頭の天使が呼びかけた。彼女の声は、私たちがイースターの日曜日にいつも鳴らしていたか細いガラスのベルの音を思い出させた。

エヴァリー・トーマス師

たくさんいるギルバートの一人が歩み寄り、私のかたわらにひざまずいて訊ねた。耳を塞ぐのをやめて、僕のことを見てくれないか、と。

彼の声の何かに動かされ、私は従わないわけにはいかなくなった。

彼は計り知れぬほど美しかった。

一緒に来てくれ、と彼は囁いた。ここには野蛮なことや妄想しかない。君はもっと優れた人間だ。一緒に行こう、すべては許される。

僕たちは君がやったことを知っている、と二番目のギルバートが言った。それでいいんだ。

僕はやってない、と私は言った。やり切ってないんだ。

やり切ったよ、と一番目のギルバートは言った。

それについては取り消させてもらうかも、と私は言った。

なんてこった、と二番目が言った。

抑えて、抑えて、と三番目が言った。

君は岸壁に砕けた波なんだよ、と四番目が言った。

お願いだから、構わないでくれ、と私は言った。こういう話はもうさんざん聞いた——

ひとこと言わせてくれ、と二番目のギルバートが厳しい声で言った。君は床に寝転がっているわけではないし、台所にいるわけでもない。そうだろ？　まわりを見回してみろ、この馬鹿。君は思い違いをしている。あれは完璧だった。君はやり切ったんだ。

僕たちがこういうことを言うのは、君に急いでもらうためさ、と一番目が言った。

ロジャー・ベヴィンズ三世

田舎娘の一人はミランダ・デブだった！　私の横で泥みたいにどっしり座ってる。昔と同じように。当時お気に入りだった色の褪せた黄色いスカートをはき、その下で脚を組んでいる。ただし、いまの彼女のほうがずっと大きく見える。私と比べると、まさに巨人だ！

困ったことになったようね、アビゲイルちゃん？　そうミランダは言った。朝起きるたびに、自分の持ち物が少しずつなくなってるんじゃないかしら？　あたしたちと一緒に行きましょう。あたしたちはあなたを自由にするために来たの。あたしたちの腕を見て、脚を見て、笑顔を見て。あたしたちは嘘つきかしら？　こんなに健康な人はいる？　あたしたちくらいあなたのことを長く知っている人はいる？　夏の日に干し草の山で隠れたの、覚えているかしら？　あなたのお母さんがあなたを呼びに来たでしょ？　隠れているのが楽しくて、干し草にもぐり込んだわよね？

あたしたちがあなたを連れて行く場所は、その百万倍くらい楽しいわよ、と別の娘が言った。いま気づいたんだけど、それは誰あろう、私の結婚式で付添人を務めてくれたシンシア・ホイントンだ！

アビゲイル・ブラス夫人

エディ、あれは××クイーニーじゃない？　俺のベッツィがそう言った。

そのとおりだ！　クイーニーってのは、パーディの店で働いている娼婦の一人。前にひざまずいて口でするのが得意なんだ。

そろそろ諦める潮時のようよ、隊長《スキッパー》さん、とクイーニーが言った。

××くらえってんだ、と俺は言った。

エディ、とベッツィが言った。

口出すな、と俺は言った。自分が何をしてるかくらいわかってたら。

で、あなたは何をしてるの？　とクイーニーが言った。

おまえなんか××に落ちろ、と俺は言った。

あなたの奥さんはあなたと違うお考えのようよ、と彼女は言った。

そんなこたあねえ、と俺は言った。口出すな、俺たちは旅の道連れなんだ。

どうかしら、と彼女は言った。

ベッツィは目を伏せた。

いい子だ、と俺は言った。目を伏せてろ。そうすればこの××女はおまえに手出しできねえ。

あたしたちは手出しするために来たんじゃないわ、とクイーニーが言った。

じゃあ、口でしろ、と俺は言った。

あたしたちの助けが入り用になったら連絡してね、と彼女はベッツィに言った。

失せろ、と俺は言った。この××野郎め。

エディ・バロン

天使たちが一斉《アン・マス》に退いて月明かりを浴び、全員で輝くことによって私の心を捉えようとした。私は空を見上げ、白い石の家のまわりに驚くべき苦しみの情景が広がっているのに気づいた。何十人もの私の仲間たちが惨めな状態で凍りついているのだ。それぞれが被《こうむ》らんとする個別の窮状を前にして怯え、ひれ伏し、這いずり、たじろいでいる。

エヴァリー・トーマス師

ねえ、アビー、とミランダ・デブが言った。あなたに見せたいものがあるの。

そう言って、両手で私の顔をはさんだ。

私は見た！　あの女たちが私を連れて行こうとする場所。潮が流れ込み、流れ出ることはない場所。私はあの丘の上に住み、そこに向けて石はのぼって来る。石が私のところまで来ると、パカッと割れて、それぞれに薬が入っている。薬を飲むと、私は――素晴らしい！　必要なものがすべて手に入る。

そのときだけは。

人生においてそのときだけは。

ミランダは私の顔から手を放し、私はまたこの場に戻った。

気に入った？　とミランダは言った。

とっても、と私は言った。

じゃあ、あたしたちと一緒に来て、とミランダの仲間が言った。よく見たら、懐かしいスザンナ・ブリッグズだった（！）。髪を布で縛り、細長い草の葉を口にくわえている。ほかの二人が溝で鬼ごっこをしていた。あれはアデラとエヴァのマクベイン姉妹かしら？　そうだ！　牛たちが愛情たっぷりの視線で鬼ごっこを見つめていた。牛が愛情を持つなんておかしい感じがしたが、この可愛い娘たちがいる世界はそういうところなのだ！

あなたが年老いた未亡人だなんて信じられない、とミランダ・デブは言った。

それに、こんなに小さいなんて、とスザンナ・ブリッグズが言った。

いつもあんなに可愛らしかったのに、とミランダ・デブ。

ひどい目にあったのね、とシンシア・ホイントン。

潮は流れ出るばかりで流れ込まなかった、とスザンナ・ブリッグズ。

石は転がり落ちるけど、のぼって来ることはなかった、とシンシア・ホイントン。

人生で一度として豊かな暮らしができなかった、とミランダ・デブ。

私の目に涙が浮かんできた。

そのとおりだわ、と私は言った。

あなたは岸壁に砕けた波なのよ、とミランダ。

こうしたことを言うのは、あなたに急いでもらいたいからなの、とスザンナ。

こういうことはまったくわからないけど、と私は言った。でも、あの薬をもう一度もらえたらうれしいわ。

じゃあ、あたしたちと一緒に来て、とミランダが言った。溝のマクベイン姉妹は遊びをやめて聞き入っていた。牛たちも同じだった。どういうわけか、納屋も聞いていた。

私は疲れていたし、長いことずっと疲れたままだった。

一緒に行くわ、と私は言った。

アビゲイル・ブラス夫人

私の左側から叫び声が聞こえた——恐怖の叫びか勝利の叫びかはわからなかった——そのあと、これまでにも聞いたことはあるが、いつでも骨を凍らせるほど恐ろしい音がした。**物質が光となって花開く現象**に伴う発火の音。

誰が行ったのか？

私にはわからない。

私自身がまだ包囲されていて、気になどしていられなかった。

ハンス・ヴォルマン

この勝利に勢いづいたかのように、私たちを苦しめている者たちはその努力を倍加した。

エヴァリー・トーマス師

バラの花弁が降り注ぎ、こちらを浮き浮きとした気分にさせた。赤、ピンク、黄、白、紫。それから透き通った花弁、縞模様の花弁、水玉の花弁、そして（一枚を地面から拾ってよく見てみると）子供の頃の庭の細かい絵が描かれている花弁（茎の折れた花や落ちた玩具まで描かれている）。最後に金の花弁が降り注ぎ（本物の金だ！）、木や目印の石に当たって、カチカチと音を立てた。

ロジャー・ベヴィンズ三世

それから歌声だ。美しい歌声。憧れと約束、励まし、忍耐、そして深い同志愛に満ちていた。

ハンス・ヴォルマン

歌声は深く心を揺さぶった。

エヴァリー・トーマス師

××みたいに踊りたくなるのよ。

ベッツィ・バロン

しかし××みたいに泣きたくもなる。

エディ・バロン

踊りながらね。

ベッツィ・バロン

お母さんが来た　お母さんが十人くらい　でも一人としてお母さんらしい匂いの人はいなかった　どういう悪ふざけなんだろう　一人ぼっちの子のところに偽の母親を十人も寄こすなん

て
一緒にいらっしゃい、ウィリー、と一人のお母さんが言った
でもそれから　突如として　お母さんらしい匂いになった　ほんもののお母さんらしい匂いに　それからほんもののお母さんの匂いに体じゅうが包まれて
お母さん　ああなんてこと　なつかしい
あなたは岸壁に砕けた波なのよ、と二番目のお母さんが言った
可愛いウィリー、と三番目が言った
愛しい愛しいウィリー、と四番目が言った
それからお母さんたちがみんな僕をすごく愛してくれて、一緒に行かせようとし、僕の準備ができたらすぐにでも家に連れ帰ると言った。

ウィリー・リンカーン

あなたはいつになったら婚姻の床の喜びを充分に知ることになるの？　いつアンナの裸の体を見るの？　いつ彼女はあの状態であなたのほうを振り向くの——口元に飢えをたたえ、頬を火照らせて？　いつ彼女が淫らな仕草で髪をほどき、あなたの体にその髪がまとわりつくことになるの？（と語るのはエルスベス・グローヴ、私の妻の従妹——というか、エルスベスとまったく同じ姿をして人を惑わす生き物——薄めの服をまとい、絹の襟をパタパタとはためかせて。）いつだか教えてあげるわ、と二番目の花嫁が言った。いま私はそれが愛しい祖母であることに気づいた（勘弁してくれって感じだが、やはり薄めの服をまとい、絹の襟をパタパタとはためかせて）。決してそんな日は来ないのよ。終わったの。あなたは思い違いをしているのよ、クーゲル。最後に我々を訪れてから、彼らはどういうわけか私のニックネームを入手していた。

あなたがここにとどまるとアンナが困るのです、とエルスベスが言った。このメッセージを伝えるようにと彼女に頼まれました。

私は刻一刻と弱っていくように感じ、守りを増強しなければならないと思った。

彼女はそこにいるのか？　と私は言った。私を待っているのか？　君らがそのように言葉を尽くして私を行かせようとしている場所で？

これで彼女らを出し抜いた。というのも、彼女らは喜んで人を騙《だま》すのだが、できたら嘘はつきたくないと思っているのだ。

エルスベスは赤くした顔を伏せて、不安げな眼差しを祖母のほうに向けた。

それは――それはかなり難しいのよ、あなたの質問に答えるのは、とエルスベスは言った。

おまえたちは悪魔だ、と私は言った。こういう慣れ親しんだ人の姿で私を誘惑し、あちらへ連れて行こうとするのだ。

ねえ、でも、あなたって正直な子よね、クーゲル！　と祖母が言った。

自分の状況についても正直でしょう？　とエルスベスが言った。

あなたは「病気」かしら、クーゲル？　と祖母が言った。お医者さんたちは病気の人を「病箱」に入れる？

そのような習慣が私たちの時代に行われているなんて聞いたことがないわ、とエルスベスが言った。

だとしたら、どういうことかしら、クーゲル？　と祖母は言った。あなたはどういう状態？　どこにいるの？　認めなさい、坊や、信じなさい。それを声に出して言って、その恩恵を得るのよ。私たちに加わって。

こうしたことを言うのは、あなたに急いでもらいたいからなの、とエルスベス。

そこで私は究極の解毒剤を使わねばならないとわかった。　おまえたちは誰に向かって話しているのだ？　そう私は言った。誰がおまえたちの声を聞いている？　誰の言うことをおまえたちは聞く？　天国を指さす手が挙がるとき、おまえたちの目は誰の手を追うのか？　この声の源は何なのか――いまでもおまえたちの顔に浮かぶ驚愕の表情の原因となる声は？　それは私のだ。私は生きている。そうではないか？

これはいつもの効果をあげた。

花嫁たちは混乱し、意気挫かれて、一カ所に群がった。そして互いに囁き合い、新しい戦略を練ろうとした。

幸いなことに、その瞬間、詐欺師たちの会議は二つの音によって中断させられた。別々に起きた発火／**物質が光となって花開く現象**のはっきりとした音。一つは南から、一つは北西から。

ハンス・ヴォルマン

エディはその音を聞くと走って逃げた。

ときどき彼は××なことを××みたいに怖がる。

娼婦の一人があたしのほうに歩いて来た。よく見たら娼婦じゃなかった。あたしたちの娘のメアリー・マグだ！　××みたいに着飾ってる！　ついに会いに来たんだ！　××長い年月、来なかったくせに！

お母さん、とあの子は言った。ごめんなさいね、私たち、いい加減で。エヴァレットと私だけど。

エヴァレットって誰？　とあたしは言った。

お母さんの息子よ、とあの子は言った。私のお兄さん。

エドワードのこと？　とあたしは言った。エディ？　エディ・ジュニアのことなのね？

エドワード。そう、そうだったわ、ごめんなさい、とあの子は言った。ともかく、私たち、もっと前に来るべきだった。でも、すごく忙しかったのよ。仕事がうまくいってるし、愛されてるし。子供がたくさんできた。ものすごい美貌に恵まれた子たち。知性にも。エヴァレットと同じようにね。

エドワードよ、とあたしは言った。

エドワード、そうよ、とあの子は言った。ものすごく疲れてるの！　だって……だって、すごくうまくいってるから！

まあ、それはいいわ、とあたしは言った。ともかくここに来たんだから。

それでね、お母さん？　とあの子は言った。わかってほしいの。すべてはうまくいってるわ。お母さんはできる限りのことをしてくれた。お母さんのこと、私たちは何も責めてないわ。母親として欠けているところがあったと、お母さんがときどき自分を責めている――

あたしは××みたいな母親だったよね？　とあたしは言った。

お母さんが至らなかったと責任を感じていることがあるにしても、それはもう昔の話よ、とあの子は言った。すべては素晴らしくうまくいったの。私たちと一緒に来て。

来てって、どこへ？　とあたしは言った。あたしには――

お母さんは岸壁に砕けた波なのよ、とあの子は言った。

えっ、わからないわ、とあたし。

そのときエディが走って戻って来た。

あたしのヒーロー！

ハッ。

この××なところから出て行け、と彼は言った。

メアリー・マグよ、とあたし。

いや、違う、と彼は言った。見てろ。

エディは石を拾い上げて投げた。メアリー・マグめがけて！　石が通り過ぎるとき、彼女はもうメアリー・マグではなくなっていたけど、あたしにはその××が誰であるかわからなかった。あるいは、何であるか。ただ、××ドレスの形をした日光の染みだか揺らぎだかって感じ！

あなたって馬鹿よ、とその光の染みは言った。

それからあたしのほうを向いた。

あなたはそれほど馬鹿ではないわ。

ベッツィ・バロン

先頭の天使が私の顔を両手ではさんだ。彼女の翼はシューッと音を立てて行ったり来たりしており、私は馬が草を食んでいるときの尻尾の動きを連想した。

あなたはここで幸せですか、牧師さん？　と彼女は言った。翼は彼女の上で物憂げに広がっていた。あなたが生涯尽くしてきたあのお方はここにもいらっしゃるの？

そ――そう信じている、と私は言った。

もちろん、彼はどこにでもいらっしゃいますから、と彼女は言った。でも、あなたがここにとどまっているのは気に入らないようです。こんな下々の者たちと。

彼女の美しさはかなりのもので、しかも一秒ごとに美しさを増していた。私はここで対話をやめなければ大変なことになるとわかった。

放っておいてくれ、と私は言った。あなたに――あなたに用はない。

でも、すぐに来るわね？　と彼女は言った。

彼女の美しさは筆舌に尽くしがたいほどとなった。
私は泣き崩れた。

エヴァリー・トーマス師

始まったときと同じくらい唐突に、この襲撃は終わった。

ハンス・ヴォルマン

共通の合図があったかのように、私たちを苦しめていた者たちは立ち去り、彼らの歌声は陰鬱で物悲しいものとなった。

エヴァリー・トーマス師

彼らが立ち去ったあと、木々は灰色になり、食べ物はなくなり、小川の流れは退き、風はやみ、歌声も聞こえなくなった。

ロジャー・ベヴィンズ三世

そこには我々しかいなかった。

ハンス・ヴォルマン

そしてあたりはまた陰気に静まり返った。

エヴァリー・トーマス師

ミスター・ヴォルマン、トーマス師、そして私は誰が屈服したのかを見定めるべく、すぐに調査に乗り出した。

ロジャー・ベヴィンズ三世

30

最初に屈服したのは倹約家のブラス夫人だった。

エヴァリー・トーマス師

夫人の家があるところには、彼女のお宝が散らばっていた。鳥の死体の欠片、枝、土の粒など。うっちゃられ、もはや価値のあるものではなくなっていた。

ハンス・ヴォルマン

A・G・クームズが二番目に屈服した者のようだった。

エヴァリー・トーマス師

憐れな男だ。彼のことをよく知る者は誰もいない。ここに何年もいるが、めったに病箱から出て来ないのだ。

ハンス・ヴォルマン

そして出て来ると必ず、吠え声が聞こえてくる。「わしが誰か知らんのか？　ビンレイズでテーブルを確保してもらえる男だぞ。勲功章をもらったんだ！」いまでも覚えているのだが、彼にその場所は知らないと言ったら、ものすごくショックを受けていた。「ビンレイズは町で一番のレストランだぞ！」と彼は叫んだ。「どの町ですか？」と訊ねると、彼はワシントンだと言い、その場所を説明した。しかし、私はその交差点を知っているが、そこは馬屋だらけの場所に間違いなく、彼にそう伝えた。「あんたは気の毒な人だな！」と彼は言った。しかし、私は彼を動揺させたのだ。彼はしばらく自分の塚に座り込み、物思わしげに顎鬚を撫でていた。「だが、あんたもあの高名なハンフリーズ氏はご存じだろうな！」と彼は怒鳴った。

そして彼はいなくなった。

さようなら、ミスター・クームズ、あなたがどこに行ったにせよ、そこにビンレイズがありますように！

ロジャー・ベヴィンズ三世

私たちは意気消沈した人々のあいだを縫って歩いた。多くは自分の塚か石の家の階段に座り込み、抵抗に疲れ果てて泣き出していた。ほかの者たちは、自分たちがたったいま晒された魅惑的な幻影や誘惑の言葉の数々を反芻している様子だった。

エヴァリー・トーマス師

私は残った者たちに対して新たな愛情を感じた。

ロジャー・ベヴィンズ三世

価値のある者とない者が振り分けられたのだ。

エヴァリー・トーマス師

我々の道はすべての者に開かれた道ではない。多くの者たちは——彼らを軽んじるつもりはないのだが——とどまるのに必要な決意を欠いているのだ。

ハンス・ヴォルマン

彼らにはそこまで執着するものがない。それが問題だ。

ロジャー・ベヴィンズ三世

第三の犠牲者が誰かわからないでいるとき、我々はふと少年のことを思い出した。

ハンス・ヴォルマン

あんなに幼い子供があの無慈悲な襲撃に持ちこたえられるとは考えにくかった。

エヴァリー・トーマス師

これは望ましい結果なのだ——

ロジャー・ベヴィンズ三世

あんなに幼い子なのだから――

ハンス・ヴォルマン

別の選択肢は永遠に囚われの身になることだし――

ロジャー・ベヴィンズ三世

私たちは悲しいながらもホッとしたような気持ちで、彼が去ったことを確かめに行った。

エヴァリー・トーマス師

31

私たちの驚きを想像していただきたい。彼は白い石の家の屋根で脚を組み、座っていたのである。

ハンス・ヴォルマン

まだいたんだ、とミスター・ヴォルマンが驚いて声をかけた。

うん、と少年はそっけなく答えた。

彼の外見は驚くべき変化を遂げていた。

ロジャー・ベヴィンズ三世

抵抗の努力が高くついたのだ。

エヴァリー・トーマス師

こうした若者たちはここにとどまるようにできていないのである。

ハンス・ヴォルマン

彼は息を切らし、その手は震えていた。私が見たところ、体重は半分近く減ったようだった。頬骨は突き出し、首は突然杖くらいの細さとなって、シャツの襟がだらんと垂れ下がっていた。目の下には黒い隈が現われている。こうしたことが相まって、彼の風貌は奇妙な生霊にも見紛うものとなっていた。

エヴァリー・トーマス師

彼は丸々と太った男の子だった。

ロジャー・ベヴィンズ三世

しかしもはや太っているとは言えない。

ハンス・ヴォルマン

なんてことだ、とミスター・ベヴィンズがつぶやいた。

ロジャー・ベヴィンズ三世

トレイナー家の娘がこれくらい落ち込むまでにはほぼ一カ月かかった。

ハンス・ヴォルマン

君がまだここにいるという事実はすごいことだ、と牧師さんが子供に言った。
英雄的でさえある、と私が付け足した。
しかし、賢明なことではない、と牧師さんが言った。

ロジャー・ベヴィンズ三世

大丈夫だからね、とミスター・ヴォルマンが優しい声で言った。本当に大丈夫。我々はここに残る。心安らかに進みなさい。君は我々に希望をたくさん与えてくれた。それによって我々は何年も持ちこたえられるだろう。とてもいいことをしてくれたんだ。だから君に感謝するし、君の幸福を望む。そして君の旅立ちを祝福するよ。

ハンス・ヴォルマン

うん、でも僕は行かない、と少年は言った。

エヴァリー・トーマス師

これを聞いて、牧師さんの顔は驚きを露わにした。この地で通常示される驚きの最高レベルを上回るほどの驚きだった。

ハンス・ヴォルマン

お父さんが約束してくれたんだ、と少年は言った。お父さんが戻って来たときに僕がいなかったら、どうなると思う？

君のお父さんは戻って来ないよ、と私は言った。

少なくとも、すぐにはね、とミスター・ヴォルマンが言った。

お父さんが戻って来たとしても、そのとき君はお父さんを迎えられるような状態ではなくなっているよ、とミスター・ヴォルマンが言った。

君のお父さんが来たら、君は旅立たなければならなかったと伝えるよ、と牧師さんが言った。それが最善の策だったと説明する。

嘘つき、と少年は言った。

風貌の変化は少年の気質にも影響を及ぼしたようだった。

何だって？　と牧師さんが訊ねた。

あなたたち三人は最初から嘘をついたよね、と少年は言った。僕が旅立つべきだと言ったじゃないか。そうしたらどうなってた？　お父さんとまったく会えなかったよ。そして今度はお父さんに話をしてくれると言うわけ？

するとも、と牧師さんが言った。確かに伝え――

でも、どうやって？　と少年は言った。その手立てがあるの？　伝達の手段が？　僕にはなかったよ。お父さんのなかに入ったけどね。

ロジャー・ベヴィンズ三世

我々にはあるんだ、とミスター・ヴォルマンが言った。そういう手段を持ってるんだよ。

エヴァリー・トーマス師

（はっきりとしない手段だ。
確立されたとは言いがたい。）

ロジャー・ベヴィンズ三世

（この問題をめぐっては歴史的に多少の混乱があった。）

ハンス・ヴォルマン

ちょうどそのとき、この敷地全体に、ミセス・ディレーニーの声が響き渡った。ミスター・ディレーニーを呼んでいる。

エヴァリー・トーマス師

ずっと昔、彼女の夫は彼女よりも早くこの地に来た。しかし、ここにはもういなかった。つまり、ミスター・ディレーニーの病体は夫人が置いたままの場所に残っているが、彼自身は――

ロジャー・ベヴィンズ三世

別のところにいる。

エヴァリー・トーマス師

先に進んだのだ。

ハンス・ヴォルマン

しかし、憐れなミセス・ディレーニーは夫を追っていく決心がつかないでいる。

ロジャー・ベヴィンズ三世

おかしな事情のためにね。それは別のミスター・ディレーニーとのあいだに起きた一件だ。

エヴァリー・トーマス師

夫の弟。

ハンス・ヴォルマン

そのときは「おかしな」ことだとは感じられなかった。切羽詰まっていて、これが運命であり、素晴らしいことと感じられたのだ。

ロジャー・ベヴィンズ三世

しかしいま彼女の心は二つに割れている。かつての場所で長年過ごしているあいだ、ずっと別のディレーニーのことを恋い焦がれていた。しかし結婚という制度に惨めに縛られ――

エヴァリー・トーマス師

夫がここに来てから一カ月も経たぬうちに、彼女はその別のディレーニーと関係を持った。ところがその結果は、この男の評価がぐっと下がっただけだった。弟が兄の（彼女の夫の）思い出に対してまったく敬意を払わなかったためだ。こうして弟が道徳的に腐敗した強欲な男であることが明らかになった（夫のほうはあらゆる面でまっすぐな性格の人だったと、いまになって彼女にはわかったのだ）。

ハンス・ヴォルマン

夫のほうはかなり味気なく、臆病な人間で、あの（道徳的には怪しい）弟の見事な肉体の魅力はまったく具えていなかったけれども。

ロジャー・ベヴィンズ三世

ということで、彼女は八方塞がりになった。

ハンス・ヴォルマン

肉体的にはあのディレーニーを求めている（まだあそこ、あのかつての場所にいる）。

エヴァリー・トーマス師

しかし夫のもとに行き、謝りたいという思いもある。

ロジャー・ベヴィンズ三世

一緒に過ごした長い年月を、ほかの男に恋い焦がれることで無駄にしてしまったという罪の意識だ。

ハンス・ヴォルマン

簡単に言えば、彼女はとどまるのか行くのか決められない。

エヴァリー・トーマス師

行くのか待つのか。

ロジャー・ベヴィンズ三世

ただ、さまよい歩き、「ミスター・ディレーニー！」と叫ぶばかり。

エヴァリー・トーマス師

延々と。

ハンス・ヴォルマン

彼女がどちらのディレーニーに向かって叫んでいるのかはわからない。

ロジャー・ベヴィンズ三世

彼女にもわかっていない。

エヴァリー・トーマス師
あれっ、と少年が突然喘《あえ》ぐような声を出した。間違いなく恐怖の震えが声に含まれていた。
ハンス・ヴォルマン
少年のほうを見て、私の心は沈んだ。
まわりの屋根が液化し、彼は灰白色の水たまりに座っているように見えた。
ロジャー・ベヴィンズ三世
その水たまりのなかからつる草の巻きひげのようなものが現われた。
エヴァリー・トーマス師
少年に近づくにつれて巻きひげは太くなり、彼のふくらはぎが交差しているところに、コブラのように巻きついた。
ロジャー・ベヴィンズ三世
払いのけようとして手を伸ばすと、それはかなり硬く、蛇というよりは石のようだった。
エヴァリー・トーマス師
ゾッとするような展開だ。
ロジャー・ベヴィンズ三世

終わりの始まりだ。

ハンス・ヴォルマン

32

ミス・トレイナーの例が参考になるとすれば、このあとにも巻きひげが次々に現われ、少年を屋根にしっかり（ガリバーのように）縛りつけてしまうはずだった。

ロジャー・ベヴィンズ三世

縛りつけられたら、胎盤の光沢とでも呼べるものに急速に覆われてしまうはずだ。

エヴァリー・トーマス師

この光沢は硬くなっていって、甲殻状の甲羅となる。そして、甲羅はほかのものにどんどん変わっていく（つまり、落ちた橋、ハゲワシ、犬、恐ろしい老婆など）。変わるにつれてどんどん細密になり、恐ろしいものとなる。この変化は、彼の下降スパイラルを速める効果しかなく、甲羅がおぞましいものとなればなるほど、「光」が（つまりは幸福が、誠実さが、肯定的な願望が）入り込まなくなってくるのである。

ロジャー・ベヴィンズ三世

彼をどんどん光から遠ざけていく。

ハンス・ヴォルマン

こうしたミス・トレイナーの記憶のために私たちは気が滅入った。

エヴァリー・トーマス師

ずっと昔の夜の恥ずかしさが甦ってくるのだ。

ロジャー・ベヴィンズ三世

彼女を見捨てた夜。

ハンス・ヴォルマン

顔を伏せて、よろよろと立ち去った。

ロジャー・ベヴィンズ三世

彼女の運命を暗黙に受け入れた。

エヴァリー・トーマス師

彼女が落ちていくときに。

ハンス・ヴォルマン

最初の甲羅ができているあいだ、彼女がずっと楽しげに歌っていたのを覚えている。まるで起きつつあることを否定するかのように。

ロジャー・ベヴィンズ三世

「重い枝が垂れ下がる」という歌だった。

ハンス・ヴォルマン

いたいけな娘。

エヴァリー・トーマス師

美しい声。

ハンス・ヴォルマン

その声は甲殻化が進むうちに美しさを失っていき、ついに彼女は少女の大きさのカラスとなった。

ロジャー・ベヴィンズ三世

その曲を恐ろしい声でカーカーと歌うのだ。

ハンス・ヴォルマン

私たちが近寄りすぎると、その生き物はいつでも人間の腕一本と黒い翼を振り回した。

エヴァリー・トーマス師

我々は努力が足りなかった。

ハンス・ヴォルマン

当時、ここに来たばかりだったし。

ロジャー・ベヴィンズ三世

ここにいかにとどまるかで頭がいっぱいだった。

ハンス・ヴォルマン

それは些細な問題ではなかったのだ。

ロジャー・ベヴィンズ三世

そして、時の経過とともに楽になるわけでもなかった。

エヴァリー・トーマス師

あのときに自己評価がだいぶ下がったな。

ハンス・ヴォルマン

そうですね。

ロジャー・ベヴィンズ三世

礼拝堂の鐘が三時を鳴らした。

ハンス・ヴォルマン

私たちはビクッとして現実に引き戻された。いつもの奇妙で耳障りな響きがあとに残っていた。

エヴァリー・トーマス師

利己的だ、利己的だ、利己的だ。

ロジャー・ベヴィンズ三世

ミスター・ベヴィンズのたくさんの目のなかで、主要な二つのものが広がった。まるで、みなさん、退散する時間です、と言うかのように。

エヴァリー・トーマス師

しかし、我々はとどまった。
あのような巻きひげが現われたら、払いのけた。

ロジャー・ベヴィンズ三世

少年は黙り込んでしまった。

ハンス・ヴォルマン

思いを内側に向けていたのだ。

エヴァリー・トーマス師

意識を失ったり、取り戻したりしていた。

ハンス・ヴォルマン

ぶつぶつ言ったり、頭を揺らしたり、悪い夢にうなされている様子だった。

ロジャー・ベヴィンズ三世

お母さん、と少年は囁いた。

エヴァリー・トーマス師

33

お母さんは僕がキャンディの町のような味がするかもって言う　僕が起きて歩きまわるようになったら　僕にチョコレートの魚とハチミツの蜂をとっておいてくれた　いまに連隊を指揮するだろうって言う　大きな古い家に住むって　かわいい女の人と結婚する　自分の子供たちができる　ハッハッ　それはいいね　僕たちはみんな僕の大きな家に集まってすてきな私は最高に陽気なおばあさんになるわ、とお母さんは言う　男の子たちは私にケーキを持って来てね　一日じゅう　私はただ座ってる　どれだけおデブになるかしら　男の子たちは荷車を買って順番に私を運んでくれないとね　ハッハッ

お母さんはすてきな笑い方をする

僕たちは階段《ステップ》の三段目にいる　ステップ・ナンバースリー　白いバラが三つ置いてあるステップ・ナンバーワンからステップ・ナンバーファイブまでのあいだに白いバラが二つ、三つ、五つ、二つ、六つというふうに置かれてる

お母さんが近よってくる　鼻で僕の鼻にさわる　これは「ニーニー」っていって　赤ちゃんにするみたいだって思う　でも僕はまだときどきやらせてる

お父さんが来てこう言う、折り重なりごっこに入れてくれるかな?

いいよ

お父さんがステップ・ナンバーツーに膝をついて手を伸ばすと指でステップ・ナンバートウェル

ブにさわれる　それくらい背が高い　前にもやったことがある　何度も
もう折り重なりごっこはできない　強くならないと
だから何をしなきゃいけないかわかってる　ここにとどまらなきゃ　簡単じゃないけど
でも名誉が何かはわかってる　銃剣の組み立て方　勇気をどうやって出すか　簡単じゃない
エリス大佐のことは覚えてる　反乱軍に殺された　反乱軍の旗を兵士から勇敢に奪い取って
僕はとどまらなきゃ　帰りたいと思うなら　家に　いつ帰れる　いつ帰っていい
弱くちゃダメだ
強くなったら帰れるかも。

ウィリー・リンカーン

34

少年の目はパッと開いた。

ロジャー・ベヴィンズ三世

ここって変だね、と彼は言った。
変じゃないよ、とミスター・ベヴィンズは言った。本当の意味では。

誰でも慣れるんだよ、と牧師さんが言った。
ここに属するようになればね、とミスター・ベヴィンズ。
君はまだ属してないんだ、と牧師さん。

ハンス・ヴォルマン

ちょうどそのとき、三つのゼラチン状の球体が空中を通過した。まるで誰かを探しているかのように。

エヴァリー・トーマス師

そして我々は悟った。三番目に屈服したのはエリス夫人だったのだ。

ロジャー・ベヴィンズ三世

球体はいまや空っぽだった。つまり、娘たちの似姿は入っていなかった。

ハンス・ヴォルマン

球体は不機嫌そうに通り過ぎて行き、私たちを睨みつけているようにも見えた。そのまま浮かんで行って急な勾配を下り、小川へと降りた。そして次第にぼやけていき、ついには完全に消えた。

エヴァリー・トーマス師

変ではまったくないよ、とミスター・ベヴィンズがかすかに顔を赤らめて言った。

ハンス・ヴォルマン

35

そして帽子の雨が私たちに降り注いできた。

エヴァリー・トーマス師

あらゆる種類の帽子。

ロジャー・ベヴィンズ三世

帽子、笑い声、下品な冗談、口で出した放屁の音などが空高くから落ちてくる。これらは「三人の独身者たち」の登場を先触れするものなのだ。

エヴァリー・トーマス師

我々のなかで彼らだけが飛べるのだが、彼らを羨ましいと思わなかった。

ハンス・ヴォルマン

かつての場所でまったく愛さず、愛されることもなかったので、彼らは心に虚ろなものを抱えた青春期の状態のままでここにとどまっていた。自由、ふしだらな行為、どんちゃん騒ぎなどにしか興味がなく、あらゆる制限や約束に対して毒づく。

エヴァリー・トーマス師

ふざけたり笑ったりすることにばかり夢中で、真面目なことは何も信じず、人生の目標は浮かれ騒ぐこと、といった連中だ。

ロジャー・ベヴィンズ三世

彼らの騒々しい叫び声は、私たちの敷地じゅうにしょっちゅう鳴り響いた。

エヴァリー・トーマス師

帽子が雨のように降ってくるだけの日もあった。

ロジャー・ベヴィンズ三世

あらゆる種類の帽子。

ハンス・ヴォルマン

帽子に関しては、いくらでも在庫があるようだった。

ロジャー・ベヴィンズ三世

山高帽、金ぴかのつばを上に反らした帽子、そして素敵な羽をつけたスコッチキャップが四つ、相次いで落ちてきた。それに続いて「独身者たち」が白い石の家の屋根に勇ましく降り立った。それぞれが自分の帽子を少し持ち上げて会釈する。

失礼、とミスター・リッパートが言った。休ませていただきたい。

飛ぶのは疲れるんだ、とミスター・ケインが言った。

大好きだけどね、とミスター・フラーが言った。

こりゃ驚いた、とミスター・ケインが少年に気づいて言った。

この子はあんまり元気そうじゃないな、とミスター・フラーが言った。

僕、ちょっと病気だったんです、と少年が思い切って言った。

そのようだな、とミスター・ケイン。

このあたり、ちょっと臭いんじゃないか、とミスター・フラーが鼻をつまみながら言った。

お父さんが来てくれて、また来るって約束したんだ、と少年は言った。だからとどまろうって頑張ってる。

うまくいくように祈ってるよ、とミスター・リッパートが片方の眉を吊り上げて言った。

そこの脚がやばいぜ、坊や、とミスター・ケインが言った。

客人たちに気を取られていて、私たちは気づいていなかった。少年の左脚が新しい巻きひげに捕らわれ、屋根につながれていたのだ。巻きひげはどれも手首くらいの太さがあった。

まいったな、と少年は言い、顔を赤らめた。

彼を解放するのに要した労力は生半《なまなか》なものではなかった。ブラックベリーのもつれた根を掘り出すのとだいたい同じくらいであったろう。その作業の際にかなりの苦痛を味わったはずだが、少年は幼いにもかかわらず、兵士のように堅固な精神でこれに耐えた。せいぜい引っ張られるたびにストイックな唸り声を漏らすくらい。それから疲れ果て、また超然として何も感じていないという初期の状態に戻るのだった。

この子の親父さんって、脚の長い人かい？　とミスター・フラーが小声で言った。

ちょっと顔つきが痛ましい感じの？　とミスター・リッパート。

背が高くて、ちょっとだらしない感じの？　とミスター・ケイン。

そうです、と私は言った。

俺たち、さっき通り過ぎたよ、とミスター・フラーが言った。

何ですって？　と私は言った。

通り過ぎたんだよ、とミスター・ケインが言った。

ここで？　ミスター・ヴォルマンが信じられないという口調で言った。まだここにいるのか？

あのベリングウェザー、〈夫にして父であり、船大工でもあった〉ってやつの近く。とミスター・リッパート。

ただ黙りこくって座ってた、とミスター・フラー。

さっき通り過ぎたよ、とミスター・ケイン。

エヴァリー・トーマス師

じゃあね、とミスター・フラーが言った。

失礼させていただくよ、とミスター・リッパートが言った。夜のこの時間は、敷地内全体を急いで回らないといけないんだ。あの恐怖の柵から数インチのところにとどまって、誰が一番近くまでいけるか競い合ったり。あれに近づくと、吐き気を催すようなゾクゾクした感じになるけどね。

ハンス・ヴォルマン

こうして三人は飛び去った。口で出す放屁の音で完璧な長三和音を発しつつ、まるで別れを告げるかのように、祝賀用の帽子をばらまく――フレアのついたシルクハット、室内用のトルコ帽、さまざまな色のフランス陸軍帽、花を飾った麦藁帽など。ほかのものよりもゆっくりと落ちてくるこの麦藁帽には、夏を思わせる愛らしさがあった。

ロジャー・ベヴィンズ三世

少年の父親の話を聞いて我々は唖然とした。

ハンス・ヴォルマン

あの紳士がここに来たというのがそもそも奇妙だが、とどまるとなるともっと奇妙だ。

エヴァリー・トーマス師

「独身者たち」が完全に信用できるわけではない。

ハンス・ヴォルマン

退屈するのを恐れていたずらをしたがるのだ。

ロジャー・ベヴィンズ三世

一度など、テッセンボーム夫人が下着姿を晒していると本人に信じ込ませたことがある。

ハンス・ヴォルマン

あのあと、彼女は数年間、木の陰で縮こまって過ごした。

ロジャー・ベヴィンズ三世

ときにはブラス夫人の死んだ鳥の欠片とか、枝、小石や泥の粒などを隠した。

エヴァリー・トーマス師

すると彼女は敷地内を走って探し回る。彼らはその上を飛び、嘘の指示をして彼女を焚きつけるのだ。あの落ちた木の枝を飛び越えろとか、狭い小川を渡れ、とか。狭い小川といっても、あの可哀想な婆さんにはまったく狭くなく、大河の急流のようなものなのだが。

ロジャー・ベヴィンズ三世

だから「独身者たち」のどんな主張も眉に唾をつけて聞かなければならない。

ハンス・ヴォルマン

それでも、この話には好奇心をそそられた。

ロジャー・ベヴィンズ三世

さらに調査する価値があった。

ハンス・ヴォルマン

私は反対だ、と牧師さんが鋭い声で言った。まるで我々の意図を直観したかのようだった。

そして彼は意味ありげな視線を我々に向け、内密の話があるということを示した。
ロジャー・ベヴィンズ三世

36

我々三人は屋根を通り抜け、白い石の家のなかに沈んでいった。
ハンス・ヴォルマン

ここは外よりかなり涼しく、枯葉とカビの匂いがした。
ロジャー・ベヴィンズ三世

あの紳士の匂いもかすかにした。
ハンス・ヴォルマン

私たちは神の恩寵によってここにいる、と牧師さんは言った。ここにとどまる能力は保証されたものではまったくない。だから私たちは力を温存し、行動を限定しなければならない。私たちの主要な目的に直接かなう行い以外はしないようにするのだ。だから、軽率な行動をして、恩知らずのように見られてはいけない。ここにとどまり続けているという神秘的な恩恵に対して、感謝の念を示すようにする。私たちはここにとどまっているものの、どれだけ長くいられるのかとか、どんな特別なご配慮によるものなのかとかは、わかりようが——

ロジャー・ベヴィンズ三世

ミスター・ベヴィンズがたくさんの目のいくつかをぎょろつかせた。

ハンス・ヴォルマン

牧師さんの傲慢な態度が和らぐのを待ちつつ、ミスター・ヴォルマンは繰り返し自分の大きなペニスに石を置き、それが転がり落ちるのを眺めて、気を紛らわせていた。

ロジャー・ベヴィンズ三世

私たちは結束して行動しなければならない、と牧師さんは言った。そうすることによって、あの少年のことも守るのだ。この噂を彼の耳に入れてはいけない。そうしないと、彼は空しい希望を抱くことになる。私たちも承知しているとおり、完全に希望がなければ、彼はすべきことをする。だから、ひと言も言ってはならない。同意してもらえるかな?

我々は同意の言葉をつぶやいた。

ハンス・ヴォルマン

牧師さんは、必要とされるバネがその(年老いた)脚に欠けているため(彼はここに来たときすでにかなり年老いていた)、一つの壁を爪で引っ掻くようにしてよじのぼり始め、すぐに(といっても、それほどすぐにではなかったが）天井を通り抜けて消えていった。

ロジャー・ベヴィンズ三世

ミスター・ベヴィンズと私を下に残して。

ハンス・ヴォルマン

実を言えば、我々は退屈していた。ものすごく退屈していた。いつもいつも退屈だった。

ロジャー・ベヴィンズ三世

毎晩毎晩、嫌になるほど同じように過ぎていくのだ。

ハンス・ヴォルマン

我々はあらゆる木のあらゆる枝に座ってみた。あらゆる石の文字を読み、読み直した。すべての歩道、小道、草の生えた踏み分け道を歩いた（走った、這った、寝転がった）し、すべての小川に浸かったし、ここにある四種類の土壌の手触りと味わいについて広い知識を得た。同胞たちのあらゆる髪型、衣装、ヘアピン、懐中時計の小鎖、靴下留め、ベルトなどに関する完璧な目録を作った。ミスター・ヴォルマンの物語は何千回も聞いたし、恥ずかしながら私の物語も同じくらいたくさん話した。

ロジャー・ベヴィンズ三世

簡単に言えば、ここの生活は単調で、ほんの少しの変化にも飢えていた。

ハンス・ヴォルマン

新しいものは何でも貴重だった。どんな冒険であれ、冗談であれ、我々は求めてやまなかった。

ロジャー・ベヴィンズ三世

別に害はないだろう、と我々は思った。ちょっと散策に出ても。

ハンス・ヴォルマン

あの紳士が座っているところまで。

ロジャー・ベヴィンズ三世

牧師さんにわざわざ断る必要もない。
我々はただ……行くだけ。

ハンス・ヴォルマン

ちょっとだけにしろ、退屈から逃れられれば御の字だった。

ロジャー・ベヴィンズ三世

37

正面の壁から抜け出て、ミスター・ベヴィンズと私は歩き始めた。

ハンス・ヴォルマン

屋根の牧師さんは制止しようと怒声をあげたが、我々は無視した。

ロジャー・ベヴィンズ三世

我々はクローバーがはびこる谷を抜けていった。ここは洪水で病気になったパーマー家の七人がいるところだ。やがて、その下を走る灰色の薄い粘板岩の道にたどり着き、コーツとウェンバーグにはさまれた道を進んで行った。

ハンス・ヴォルマン

フェダリーのところを通り過ぎた――〈光のなかで死ぬるものは幸いなるかな〉。

ロジャー・ベヴィンズ三世

チェスの駒のような形の記念碑があった。上には花瓶が載っていて、その先っぽは乳首のような形になっている。

そしてM・ボイデン、G・ボイデン、グレイ、ヘバードが固まっているところを通り過ぎた。

ハンス・ヴォルマン

浅い窪地に入った。そこは春なら、ジギタリスとハンゴンソウが生い茂っているところだ。

ロジャー・ベヴィンズ三世

しかし、いまは絡み合った灰色の枯れ草に覆われている。

ハンス・ヴォルマン

我々が通り過ぎるとき、二羽の冬鳥が我々を物憂げに睨みつけた。

ロジャー・ベヴィンズ三世

鳥たちは我々の仲間に不信感を抱いている。

ハンス・ヴォルマン

ノースヒルの向こう側を走り降りるとき、我々は次の人々に挨拶をした。メルケル（雄牛に蹴られたのだが、まだ舞踏会を楽しみにしている）、ポスターベル（ダンディだった頃の容貌は失われたが、再び髪がふさふさになり、歯茎の後退がおさまって元に戻り、腕の筋肉がたるんだ革紐のようでなくなり、晩餐会用の背広が届けられ、香水の瓶と花束も入手して、再び求愛に出かけられることを切望していた）、ウェスト夫妻（暖炉の火の管理には細心の注意を払っていたので、火事が起きることなどあり得ないのに火事になった）、そしてミスター・ディル（大学でいい成績をあげている孫について満足そうにぶつぶつとつぶやいており、春の卒業式を楽しみにしている）。

ハンス・ヴォルマン

そしてトレヴァー・ウィリアムズを通り過ぎた。かつては狩人で、いまは全盛期に殺した動物たちの巨大な山の前に座っている。何百頭もの鹿、三十二頭の黒熊、三匹の子熊、数えられないほどのアライグマ、オオヤマネコ、キツネ、ミンク、シマリス、七面鳥、ウッドチャック、そしてクーガー。ほかにもたくさんのネズミ、山のように積まれた蛇、何百頭もの牛と子牛、一頭の子馬（馬車に轢かれた）、二万匹ほどの昆虫。それぞれを彼は愛情込めてしばらく抱きしめなければならない。その期間は数時間から数カ月のあいだだが、どれくらいの時間かは、彼がどのような愛情をもってその動物に関心を示すかと、その動物が死ぬときにどれだけの恐怖を感じていたかに依っている。そのように抱きしめられているうちに（つまり、時間が充分に費やされ、愛情と関心が注ぎ込まれると）、その特定の動物は起き上がり、歩くか飛ぶか、あるいはのたくるようにして立ち去る。こうしてミスター・ウィリアムズの山は少しずつ小さくなっていくのだ。

ロジャー・ベヴィンズ三世

これはものすごい山だ。教会の尖塔と同じくらいの高さがある。

ハンス・ヴォルマン

彼は天才的な狩人だったが、そのためにまだ何年も重労働を続けなければならないのだ。

腕いっぱいに子牛を抱えた彼は、我々にしばらく話し相手になってくれないかと呼びかけてきた。これはいい仕事だが、孤独なんだ、と彼は言った。というのも、立ち上がって、歩き回ることを許されていないから。

ロジャー・ベヴィンズ三世

我々は緊急の使命があり、遅れてはならないのだと彼に説明した。

ハンス・ヴォルマン

ミスター・ウィリアムズは（気のいい人で、憂鬱になるようなことはなく、穏やかな生活を送るようになってからはいつも陽気だった）子牛の蹄の一本を振って、よくわかったということを示した。

ロジャー・ベヴィンズ三世

ハンス・ヴォルマン

38

すぐに我々はコリアーの巨大な病家に近づいてきた。イタリアの大理石で作られた家で、三つのバラ園に丸く囲まれ、両側に装飾的な噴水があることで目立っている（いまは冬なので水がない）。

ロジャー・ベヴィンズ三世

家を四軒持ち、常駐の庭師を十五人雇って、七つの庭園と八つの人工の川を作ろうと企てたら、その男は必然的にたくさんの時間を家から家へ、庭から庭へ走り回って過ごすわけで、そうなればこんなことが起きても驚くべきではないのだろう。ある午後、その男のお気に入りの慈善団体理事会のために、男の雇っている料理人が準備しているディナーの進捗状況を確かめようとして、男は少し休憩しないではいられなくなる。しばらく片膝をつき、次に両膝をついて、前のめりに顔から倒れる。そして立ち上がれず、もっと長く休むためにここに来る。ところが、ここでもまったく休めない。見かけは休んでいるようでいて、実のところずっと自分の馬車や庭、家具、家などについて心配しているのだ。これらのものは、まだ（無関心で不注意な、所有者となる価値もない）他者の手に落ちておらず（そんなのとんでもない！）、すべて彼の帰りを辛抱強く待っている（と彼は望んでいる）のである。

パーシヴァル・「突貫《ダッシュ》」・コリアー

ミスター・コリアーは（倒れたときの泥の汚れがシャツの胸についており、鼻はほとんど平らになるほどつぶれていた）彼自身が羅針盤の針であるかのように、常に水平に浮遊することを強いられていた。頭のてっぺんが指し示しているのは、彼がその瞬間、最も心配している自分自身の財産のある方向だ。

彼の頭のてっぺんはいま西を指し示していた。しかし我々が到着したために彼の心配は薄れ、思わず喜びの喘ぎ声をあげて垂直に起き上がると、我々のほうを向いた。

ハンス・ヴォルマン

ミスター・コリアー、とミスター・ヴォルマンが言った。

ミスター・ヴォルマン、とミスター・コリアーが言った。

ロジャー・ベヴィンズ三世

そのとき財産に関する新しい懸念が心に芽生え、彼は前方に荒っぽく体を引っ張られて、腹を下にして浮かんだ。そして恐怖の唸り声をあげながら、くるりと回り、北を指し示した。

ハンス・ヴォルマン

39

次に我々は近道するために最下層の者たちが住む狭い沼地を通り抜けねばならなかった。

ハンス・ヴォルマン

彼らはじめじめとした感覚、月が出ない感覚を求めてここにいるのだ。

ミスター・ランドルとミスター・トウードがここで永遠に続く立ち話をしていた。

ロジャー・ベヴィンズ三世

我々には何やらわからない不幸によって、互いにはっきりと物が言えなくなっていた。

ハンス・ヴォルマン

顔はどちらも透き通り、読み取れない染みのようである。

ロジャー・ベヴィンズ三世

胴体は灰色で形が崩れているが、魚雷のようなものがぼんやりと突き出ていて、腕と脚であることを示している。

ハンス・ヴォルマン

二人はほとんど区別がつかないが、ミスター・トウードの動きのほうが若干精力的である。ときどき相手を説得しようとするかのように、腕のような付属物の一つがポンッと上にあがる。その動作は、ミスター・ランドルの注意を惹こうとして、棚の上にあるものを指し示しているかのようだ。

ロジャー・ベヴィンズ三世

ミスター・トウードは、我々の信じるところでは、小売店を営んでいた。

そのでかい看板を引っ張り出せ　すぐにまた片づけろ　また引っ張り出せ　手を滑らせるんじゃないぞ　今日は女性物の大セール。

ロジャー・ベヴィンズ三世

ミスター・ベンジャミン・トウード

それに応えて、かつてミスター・ランドルであった灰色の楔形のものがときどきちょっとしたダンスを披露する。

ロジャー・ベヴィンズ三世

席を譲ってください　鍵盤を見事にジャンジャンいわせる弾き手の登場ですよ　そしてピアノの前にいる男は席を譲り　それから僕の独り舞台。

ジャスパー・ランドル

ときどき夜明けの頃、ほかの沼地の住人たちがみな疲れ、消耗し、雷で倒れたブラックオークの木の近くに集まって黙りこくっているとき、お辞儀を繰り返すミスター・ランドルの姿が見受けられた。まるで想像上の聴衆に向かって挨拶しているかのように。

ロジャー・ベヴィンズ三世

このことから、彼はある種の演奏家だったのだろうと我々は推測した。

ハンス・ヴォルマン

ありがとう　ありがとう　ありがとう！

ジャスパー・ランドル

超お得商品

あなたの痩せてくたびれたお母さんを思い出してください。これらの商品があれば、救われるかもしれないのです。自動アイロン、手回しおろし金、保冷容器、自動塩かけ器。かつてのお母さんの美しい姿勢が甦り、優しくて愛想のよい笑顔が復活します。あなたが半ズボンをはいて、パイの匂いが漂うなか、枝のサーベルで遊んでいた頃のお母さんに戻るのです。

ミスター・ベンジャミン・トウード

ジャーンッと弾いて、アルペッジョ、煙草と酒のための小休止　僕がジャーンッと弾くと、前に置いてある金色の飲み物にさざ波が立ったものだ。

ジャスパー・ランドル

我々が彼らの忍耐力に対して感じていた称賛の気持ちは、とっくの昔に嫌悪感へと変わっていた。

ロジャー・ベヴィンズ三世

我々もあのようになる運命なのだろうか？

ハンス・ヴォルマン

そうではないと我々は考えていた。

ロジャー・ベヴィンズ三世

（定期的に互いの顔をじろじろ見て、顔が染みへと変わっていく兆候がないかどうか調べていた。）

ハンス・ヴォルマン

（常に自分たちの言動に注意し、言葉遣いの劣化のかすかな兆候も聞き逃さないようにしていた。）

ロジャー・ベヴィンズ三世

それでも彼らは最悪の者たちよりずっとましだ。

ハンス・ヴォルマン

ミスター・ペイパーズを見てみるといい。

ロジャー・ベヴィンズ三世

彼は仰向けになったままどんどん縮こまり、いまや灰色の線にすぎない。

ハンス・ヴォルマン

我々が彼に気づくのは、彼につまずいたときだけだ。

ロジャー・ベヴィンズ三世

たすけてくれねえか、にいさん？　おねがい、たすけてくれよ？　たすけてくれねえ？　だれかそこのひと？　たすけて。だれかたすけてくれねえ？　おれにてをかしてくれねえ？どうかたすけて。

L・B・ペイパーズ

ミスター・ペイパーズがかつて何をしていたのか、我々にはまったくわからない。

ロジャー・ベヴィンズ三世

彼の痕跡はもはやわずかなのだ。

ハンス・ヴォルマン

おい、そこの、おとなしくしろ、さもないとありがたくないメッセージを尻に受けることになるぞ、すぐそこにいって、おまえの下半身に穴をあけてやる。

フランダーズ・クイン

フランダーズ・クインだ。

ハンス・ヴォルマン

かつての強盗犯。

ロジャー・ベヴィンズ三世

ベヴィンズ、おめえの惨めったらしい手首の傷に毒のションベンをしてやる。ヴォルマン、おめえのチンポを摑んで、あの黒い塀に叩きつけてやる。

フランダーズ・クイン

私としては、この男が怖い。

ロジャー・ベヴィンズ三世

私としては怖くない。
正確には。
ただ、緊急の用事があるので、ここにとどまるわけにはいかない。

ハンス・ヴォルマン

クインに罵声を浴びせられながらも、我々は沼地の縁を歩きすべり続けた。すると、クインは態度を変え、我々に戻って来てくれと懇願するようになった。彼はこの場所にとどまるのが怖いのだが、自分のような罪人に何が起こるかを考えて、ここを離れる（そして立ち去る）のも怖がっている。何しろフレデリックスバーグ式馬車の壊れた車輪の脇で、商人とその娘の首を掻っ切った（そして娘のその首から真珠のネックレスを摑み取り、彼女の絹のスカーフで真珠の血を拭き取った）男なのだ。

ロジャー・ベヴィンズ三世

再び台地に戻り、我々は速度を上げた。傾いた道具小屋を通り過ぎ、砂利道を渡り、古い馬車道をすいすいと進んだ。この道を通るとき、私の鼻孔には、まだ新聞用紙の不思議な匂いがかすかに感じられた。

ハンス・ヴォルマン

40

左に傾いているキャファティの方尖塔《オベリスク》を過ぎると、手前に群衆が見えてきた。土をかぶせられたばかりの病穴に群がっているのだ。

ハンス・ヴォルマン

ミスター・ヴォルマンはその群衆に近づいた。
例の新参者はまだ……我々とともにいるのか？　と彼は遠回しに訊ねた。
ああ、いるよ、とトビン・「アナグマ《バッジャー》」・マラーが答えた。重労働のための結果、いつでも体をほとんど二つに折り曲げている男だ。
黙れ、あいつの言ってることが聞こえないだろ、とスパークス夫人が怒鳴った。四つん這いになり、耳を地面につけていた。

ロジャー・ベヴィンズ三世

41

心から愛する妻　ローラ　ローラ

あのようにばちあたりなぎゃく殺と恐怖の一日のあとで疲れきってるが、それでもペンを手に取ってるのは、ひとえにあなたたちみんなに対する深い愛情のためだ。そしてあなたには正直に言わねばならない。トム・ギルマンはあの恐ろしい戦いを生き抜くことができなかった。ぼくたちの陣地は雑木林の中にあり、ものすごいうち合いがあって、そのとき叫び声が聞こえた。トムがうたれて倒れたのだ。ぼくたちの勇敢で高貴な友人は地面につっぷして倒れてた。ぼくは部下に、たとえ地獄の門をくぐることになっても絶対に復しゅうするのだと指示した。

そのような心の状態だったので、敵の方向にその意図をもって飛び出したのはわかってるが、そのあと何があったかは覚えてない。ただ、すべてはうまくいき、ぼくは信頼するペンを握って、あなたにこの報告をしてる。ぼくはいま安全だし、愛する家族がこの手紙を受け取るとき、同じように神の祝福を受けてることを願ってる。

ぼくは長い道のりを旅してこの場所にたどり着いた。そして、ずっとそのあいだ閉じ込められてた。あなたにも書いたと思うけど、とてもひどい戦とうだった。トム・ギルマンは死んだが、これも書いたと思う。でも、気まぐれで人を助けたり殺したりするあのお方は、ぼくのことは助けようと思ったらしく、それでこの手紙をあなたに書いてる。閉じ込められてるけど、ありがたくも思う。ただ、とてもくたびれてて、自分がどこにいるのか、どうやってここにたどり着いたか、言う力がない。

看護師さんを待ってる。

木々が首をうなだれ、風がそよいでる。ぼくはなんとなくゆううつで怖い。

ああ、愛しい人、ぼくはいやな予感がする。ここにとどまるべきではないと感じてるのだ。この大きな悲しみの場所に。人を助けたり愛したりするあのお方はめったに姿をあらわさない。そしてぼくたちはいつでもあのお方とともに歩かなくてはいけないので、ここにとどまってはいけないと感じてる。でも、愛しい妻よ、ぼくは心も体も閉じ込められ、まるで手かせをかけられたかのように、この場所から去ることができない。

何とかして秘密を解明しないと。ぼくをこの悲しくて計り知れない場所にとどめているのは何なのか？

ウィリアム・プリンス大尉

盛り土の部分からいま人影が飛び出してきた。獰猛な動物が檻を破って出て来たかのように。その人影は行ったり来たりし、ミスター・マラー、ミセス・スパークスなど、いろいろな人々の顔をじっと見つめていた。

ロジャー・ベヴィンズ三世

兵士だ。

軍服を着ている。

ハンス・ヴォルマン
怖がらんでいい、と群衆のなかから誰かが物憂げな声で言った。おまえはかつてあの場所にいて、
いまはこの新しい場所にいる。それだけだ。
ロジャー・ベヴィンズ三世
兵士は見えなくなるくらい透明になった。真剣に考えすぎると、我々にはときどきこういうこと
が起こるのだ。そして兵士はまた病穴に頭から飛び込んだ。
それからすぐにまた出て来たが、顔には侘しげな驚きの表情を浮かべていた。

ハンス・ヴォルマン

心から愛する妻、おお、ローラバニーよ、
檻のなかにぼくの似姿があって、それをいま見てきた。頰のほくろや髪型もそっくり同じだ。見
ていて気持ちがいいものではない。悲しげな表情を（焼けただれた！）顔に浮かべてる。体には深
い傷があって、見てるのはとてもつらい
ぼくはここにいる、ここにつかまって、いまこの瞬間、自由になるために何をすべきかに気づく。
それは、**真実**を語ること。そうすればすべては
ああ、話せない。話せるだろうか、すべてを話せるだろうか？
話さなければと感じる。じゃないと
ずっととどまることに
この寂しくて恐ろしい

ローラ、子供たちを別の部屋にやって、これから話すことが聞こえないように気をつけておくれ。ぼくは二人のうちの小さいほうと交わった。そうなんだ。あの下卑た村で。二人のうちの小さいほうと交わって、あの娘はきみがいい奥さんかと訊いた。そのときもあの娘はきみがくれたロケットのことを訊ね、きみがいい奥さんかと訊いた。そのときもあの娘はぼくの上にのって、腰をぐいと動かし、ぼくの目をじっと見つめて、きみの名誉を汚そうとした。でも、言っとくけど、あの娘に（もう二回腰をぐいと動かして、じっとぼくのことを見つめてたんだけど）そんな満足感は与えなかったし、きみの名や思い出を汚すようなことはしなかった。ただ、**真実**に奉仕するために（それによってこの場所から逃れるために）たっぷりと告白しないといけないと思うのだけど、それから彼女は身を低く屈めて、女性ならではの魅力のものをぼくに差し出し、まず片方を、それからもう片方をぼくの口に含ませて、こう訊ねた。あんたの奥さんはこういうことしてくれる？　こんなに激しいことをする？　ぼくは息を吐き出し、それは**ノー**を意味するのだって、ぼくたちはどちらにもわかってた。ぼくの妻はこんなことはしない、こんなに自由じゃない。それからずっと、ぼくたちはあの汚い差し掛け小屋で交わって、そこのベビーベッドでは彼女の三人の赤ん坊が眠ってたし、彼女の青白い顔した妹二人と母親は庭でクスクス笑ってた。彼女はロケットを片手でつかんだままで、終わったあと、これもらっていい？　と訊ねた。でもけがらわしい欲望がぼくの体からしぼりとられたので、ぼくは、だめだ、と鋭く答えた。そして森に走っていって、泣いた。きみのことを本当にやさしい気持ちで思い、決心した。だますほうが親切なんだって。

きみをだますほうが。

ウィリアム・プリンス大尉

彼は頭を両手で抱え、つまずきながら、広い円を描くように歩いた。

ロジャー・ベヴィンズ三世

中天の月明かりの下、ぼくは自分にこう言い聞かせた。ときに男は愛する者から真実を隠し、それで平和を保つものなのだ、と。ぼくはそうしてきた。これまでは。このことをきみに手紙ではなく、直接話そうと思ってた。話すという温かみによって、しょうげきが少なくなるんじゃないかって。でもぼくのじょうきょうは極端に絶望的みたいで、ふるさとに戻れることはありそうもない。だからきみにすべて話す、真心をこめてきみにうちあける（ぼくは二人のうちの小さいほうとファックした、やった、やったんだ）。きみと、すべてを聞いて許してくれるあのお方が、すべてを聞いて許してくれ、この惨めな場所から立ち去ることを——

ウィリアム・プリンス大尉

そのとき目を眩ませるような閃光が近くの方尖塔《オベリスク》から光り、お馴染みの、しかしいつでも骨を凍らせるほどの恐ろしい音がした。**物質が光となって花開く現象**に伴う発火の音だ。

ロジャー・ベヴィンズ三世

そして彼はいなくなった。

ハンス・ヴォルマン

彼のみすぼらしい軍服のズボンが降ってきた。それから彼のシャツ、軍靴、安っぽい鉄製の結婚指輪。

ロジャー・ベヴィンズ三世

そこに集まった群衆のなかでも下々の者たちが暴れ回り始めた。あの兵士を嘲笑い、意地が悪く無礼な態度を彼の病塚の上でさまざまに示した――といっても、卑劣な気持ちからではない。彼らには卑劣な気持ちなどない。むしろ、感情が高まり過ぎたためだ。

この点に関して、彼らは食肉処理場に連れて来られた野生の犬のようだった――もうすぐ腹いっぱい食べられると信じて狂喜乱舞する犬。

ハンス・ヴォルマン

なんてことだ、と私は思った。可哀想なやつ！　君はこの場所をきちんと評価しようともせず、無造作に立ち去ってしまった。そしてこの世の美しいものを永遠に捨ててしまったのだ。

何のために？

それがわからない。

何という愚かな賭けだろう。

次のようなものを永遠に捨ててしまったのだから。たとえば、草が刈り取られたばかりの牧場で、毛を刈り取られたばかりの二匹の羊がメエと鳴くこと。昼日中、ブラインドが投げかける四本の平行な線の影が、眠っているしま猫の横腹を少しずつ移動していくこと。風に飛ばされた九つのドングリが色の抜けた石板の屋根を転がり、しおれたヒースの草原に落ちて弾むこと。髭を剃っている男の陰から熱したフライパンの匂いが漂ってくること（そして鍋がガチャガチャ鳴ったり、台所で働く娘がおしゃべりしたりする、早朝の物音）。近くの港では大邸宅並みの大きさの帆船が風によって左舷に傾き、この旗をはためかせ鐘を震わせる風のために港の脇の校庭では子供たちが一斉に金切り声をあげ、激しい吠え声はまるで十数匹の――

友よ。
いまはその時間ではない。

ロジャー・ベヴィンズ三世

大変申し訳ない。
だが（あなたもご承知かと思うが）これは私の力で抑えられるものではないのだ。

ハンス・ヴォルマン

群衆はそのひねくれた行為を中断し、目を丸くしてミスター・ベヴィンズを見つめていた。あのように語っているとき、彼の目や耳、鼻、手などは次々に増えていき、いまでは詰め込み過ぎた肉体の花束のようになっていたのだ。

ロジャー・ベヴィンズ三世

ベヴィンズはいつものやり方でことを収めようとした（目を閉じ、余分の手を使ってできるだけたくさんの鼻と耳を塞ぎ、それによってあらゆる感覚器からの情報収集を抑えて、心を落ち着かせようとした）。すると、余分な目、耳、鼻、手などは引っ込むか消えるかしていった（どちらなのか私にはわからない）。

群衆はまた兵士の病塚に対する無作法な行為に戻った。「アナグマ《バッジャー》」・マラーはそれに小便をするふりをし、スパークス夫人は塚の上にしゃがみ込んで顔を歪め、醜いしかめ面をした。見てごらん、と彼女は唸るように言った。あの臆病者へのプレゼントだ。

ハンス・ヴォルマン

42

そして我々は進んで行った。

ロジャー・ベヴィンズ三世

もはや我々とともにいない愚か者どものかつての住み家のあいだを（あるいは、避けられないときはその上を）かするように歩いて行った。

ハンス・ヴォルマン

グッドソン、レイナルド、スロカム、マッキー、ヴァンダイク、ピーサー、スライター、ペック、サフコ、スウィフト、ローズブーム。

ロジャー・ベヴィンズ三世

例を挙げれば。

ハンス・ヴォルマン

シムキンズ、ウォーナー、パーソンズ、ラニアー、ダンバー、シューマン、ホリングスヘッド、ネルソン、ブラック、ヴァンデューセン。

ロジャー・ベヴィンズ三世

これは認めなければならないが、彼らは多数派である。我々の仲間を、おそらくは圧倒的な数で上回っているのだ。

ハンス・ヴォルマン

トップエンデイル、ハッガーダウン、メッセーシュミット、ブラウン。

ロジャー・ベヴィンズ三世

そのことは、我々のように持ちこたえている者たちが特別な資質の持ち主であることを裏づけている。

ハンス・ヴォルマン

コー、マンフォード、ライズリー、ロウ。

彼らの場所はとても静かだ。日が暮れて、我々がそれぞれの住み家から飛び出るときも、彼らのところからは何も出て来ない。そして彼らのあれの中身は——

ロジャー・ベヴィンズ三世

病箱の中身は。

ハンス・ヴォルマン

ぴくりとも動かず、打ち捨てられ、無視されている。

ロジャー・ベヴィンズ三世

憐れなことだ。

ハンス・ヴォルマン

まるで愛する騎手が戻って来るのを空しく待っている、捨てられた馬のように。

ロジャー・ベヴィンズ三世

エッジモント、トウディ、ブレイジンゲーム、フリー。

ハンス・ヴォルマン

ヘイバーノット、ビューラー、ダービー、カー。

ロジャー・ベヴィンズ三世

彼らは全般的に陽気で、活気や欲求に欠ける連中だった。ここにとどまるにしても、ほんの少しのあいだだけ。というのも、かつての場所で過ごした時間に満足し切っているからだ。

ハンス・ヴォルマン

感謝の気持ちでニコニコ笑いながら、びっくりして周囲を見回していた。そして、最後に我々に好意的な眼差しを向けてから、彼らは――

ロジャー・ベヴィンズ三世

降参した。

ハンス・ヴォルマン

屈服した。

ロジャー・ベヴィンズ三世

黙従した。

ハンス・ヴォルマン

43

話に聞いていたとおり、〈夫にして父であり、船大工でもあった〉というベリングウェザーの近くに、例の紳士を見つけた。

ハンス・ヴォルマン

背の高い草が生い茂っているところに脚を組んで座り、打ちひしがれていた。

ロジャー・ベヴィンズ三世

彼は頭を抱えていたが、我々が近づくと顔を上げ、深い溜め息をついた。その瞬間の姿は、喪失を主題とする彫像と言ってもよいものだった。

ハンス・ヴォルマン

やろうか？　そうミスター・ヴォルマンが言った。

私はためらった。

牧師さんは反対するでしょうね、と私は言った。

牧師さんはここにいないよ、と彼は言った。

ロジャー・ベヴィンズ三世

44

この紳士の体をできるだけたくさん占拠できるように、私は彼の膝のところに体を沈め、彼と同じように脚を組んで座った。

ハンス・ヴォルマン

二人はこうして一人の座る男となった。ミスター・ヴォルマンの大きな体は紳士の体からはみ出していた。彼の巨大なペニスは紳士の体から外に突き出し、月を指し示している。

ロジャー・ベヴィンズ三世

こいつはすごい。
このなかは本当にすごい。
ベヴィンズ、入って来い！　そう私は呼びかけた。こいつを逃す手はないぞ。

ハンス・ヴォルマン

私も同じ脚を組む姿勢を取り、なかに入った。

ロジャー・ベヴィンズ三世

そして我々三人は一つになった。
ハンス・ヴォルマン

まあ、そうとも言える。
ロジャー・ベヴィンズ三世

45

この男には大平原地帯の雰囲気があった。
ハンス・ヴォルマン

確かに。
ロジャー・ベヴィンズ三世

夏の夜遅く、納屋に入るような感じだ。
ハンス・ヴォルマン

あるいは、カビ臭い平原地帯の事務所に。明るい蠟燭がまだ燃えているようなところ。

ロジャー・ベヴィンズ三世

巨大で、風が吹きすさび、新しくて、悲しい。

ハンス・ヴォルマン

広々としていて、好奇心が強く、運命にこだわる傾向にあり、野心的である。

ロジャー・ベヴィンズ三世

かすかに猫背。

ハンス・ヴォルマン

右のブーツが擦り切れている。

ロジャー・ベヴィンズ三世

先ほど（若い）ミスター・ベヴィンズが入ったために、紳士の心は自分の（元気がよかった）青春時代の一場面に戻っていった。物静かだが堕落した（頰は汚れているが、目は優しげな）若い娘が恥ずかしそうに彼を導き、泥道を歩いて行く。彼女の揺れるスカートにイラクサの種がくっつき、彼の心に恥ずかしい気持ちが湧き起こる。それは、この娘が本当のところ自分に相応しくないと感じていたからだ。彼女はレディというより獣であり、字も読めないのである。

ハンス・ヴォルマン

自分がそれを思い出しているのに気づき、男の顔は赤くなった（赤くなるのを我々も感じられた）。自分が（こんな悲劇的な状況の真っただ中で）こんな卑しい出来事を思い出しているなんて。

ロジャー・ベヴィンズ三世

そして彼は急いで自分の（我々の）心を別の方向へと向けた。この不適切な考えを退けようとしたのである。

ハンス・ヴォルマン

46

息子の顔を「見よう」とした。

ロジャー・ベヴィンズ三世

できなかった。

ハンス・ヴォルマン

息子の笑い声を「聞こう」とした。

ロジャー・ベヴィンズ三世

できなかった。

ハンス・ヴォルマン

息子に関わる特定の出来事を思い出そうと試みた。望むらくは、それによって――

ロジャー・ベヴィンズ三世

〈初めて背広を試着させたとき。〉

と紳士は考えた。

(これがうまくいった。)

〈初めて背広を試着させたとき、息子はズボンを見下ろし、それから驚いたように私の顔を見上げた。まるで、お父さん、僕、大人のズボンをはいてるよ、と言っているかのようだった。シャツは着ておらず、裸足で、色が白くて丸い腹は老人のもののようだった。それからカフスをつけた小さなシャツを着て、ボタンを留めていった。

さよなら、お腹さん、シャツ包みしてあげるね。

シャツ包み？　それってちゃんとした言葉じゃないよ、お父さん。

私は小さなネクタイを締めた。それから息子を一回りさせた。

野生児に背広を着せたって感じだな、と私は言った。

息子は怒って唸り出しそうな顔をした。髪はまっすぐに立ち、頬は赤かった。(少し前に店を走り回り、靴下の棚をひっくり返したのだ。）仕立て屋は打ち合わせどおり、小さなジャケットを大げさな動作で取り出した。

私がそのジャケットを着せてやると、息子は恥ずかしそうに微笑んだ。

ねえ、と息子は言った。僕、かっこいいかなあ、お父さん？〉

それから紳士はしばらく何も考えず、周囲をただ見回した。紺色の空に枯れ木が黒々と浮き上がっていた。

〈小さなジャケット、小さなジャケット、小さなジャケット。〉

この言葉が我々の頭のなかで鳴っていた。

一つの星が瞬いて消え、また明るくなった。

〈あそこで彼がいま着ているのと同じだ。

フウ。

同じ小さなジャケットだ。でも、それを着ている者は――

（これが真実でないことを心から望んだ。）

壊れた。

青白くて壊れたものだ。

どうして動かなくなったのだろう。どんな魔法の言葉がそれを動かしていたのか。その言葉の番人は誰なのか。これのスイッチを切ることはあの方にどんな利益をもたらすのか。何という仕掛けだろう。どのようにこれまでは動いていたのか。どんな火花がそれを動かしたのか。小さいながら偉大な機械。そう設定されているもの。火花を受け、生命を得るのだ。

何がその火花を消したのか？　何という罪だろう。誰が敢えて。こんな驚異的なものを壊すのか。ゆえに殺人は禁忌だ。神よ、私は絶対にこのように嘆かわしい罪を犯さないように――〉

ハンス・ヴォルマン

そのとき何かが我々を悩ませていた――

ロジャー・ベヴィンズ三世

そのときちょうど湧き上がってきた考えを押さえつけるかのように、我々は片手で顔を荒っぽく撫でまわした。

ハンス・ヴォルマン

その努力は実を結ばず――

ロジャー・ベヴィンズ三世

我々はその考えに呑み込まれた。

ハンス・ヴォルマン

47

ウィリー・リンカーン少年は、北軍が勝利したドネルソン砦での死傷者一覧が発表された日に埋葬された。この出来事は当時、大衆にすさまじい衝撃を与えた。今回の戦争において、ここまで人命の犠牲を出したことはまだなかったからである。

ジェイソン・タム「記録を正す——回想、誤謬、回避」
『アメリカ史ジャーナル』より

北軍の犠牲者に関する詳細は、ウィリー少年の遺体が防腐処理されているあいだも大統領に伝えられた。

アイヴァーネス前掲書

どちらの側も千人以上の兵士が死に、その三倍の兵士が負傷した。これは「最も血なまぐさい戦闘でした」と若い北軍兵士の一人は父親に語っている。彼の中隊にとってはあまりに壊滅的で、勝ちはしたものの、彼は「悲しくて寂しく、意気消沈した」ままであった。彼の部隊の八十五人のうち七人しか生き残らなかったのである。

グッドウィン前掲書

ドネルソン砦における死屍累々《ししるいるい》のすさまじさよ。死体は脱穀された小麦のように積み上げられ、重ねられていた。三体の上に二体、その上に一体。私はやるせない気持ちでそのあいだを歩いた。神よ、これをやったのは私です。私はそう思った。

ダニエル・ブラワー中尉
『戦闘の思い出』

千人の死者。これはいままでにないことだった。いまや本当の戦争だという感じがした。

マーシャル・ターンブル
『兵士たちが語った大戦』

死者たちは倒れたままの姿勢で横たわっていた。考えられる限りのあらゆる形で。撃とうとしているかのように銃を摑んでいる者もいれば、凍った手に弾薬筒を摑み、装塡している最中の者もいた。表情が穏やかで、嬉しそうに微笑んでいる者もいれば、鬼のような憎悪の表情を浮かべている者もいた。死神の使いに打ち倒されたとき、彼らの心によぎった考えを、それぞれの表情がそのまま表わしているかのようだった。にこやかな顔で空を見上げている、あの高貴な顔をした若者は――光沢のある巻き毛は自分の生き血にまみれていたが――その若き命が失われる瞬間、感覚器のすべてを母の祈りが満たすように感じたのであろう。彼の近くには、自分の妻と赤ん坊への祈りを口にしたまま死んだ若き夫がいた。若さや年齢、美徳や悪徳が、それぞれの恐ろしい表情に現われているのだ。私たちの前には、生きたまま焼かれた者たちの黒く焦げた死体があった。あまりにひどい傷を負ったために動けず、激しい炎に焼かれてしまったのだ。

ロバート・E・デニー編
『南北戦争の年月――ある国の人生の一日ごとの年代記』より
ドネルソン砦の戦闘で第十五イリノイ志願兵部隊D中隊の一員として戦った
ルーシャス・W・バーバー伍長の証言

私はそれまで死体を見たことがありませんでした。そして、あのとき一生分の死体を見ました。

一人の憐れな青年は目を大きく開け、自分の傷を見下ろす姿勢で硬く凍りついていました。内臓の一部はこぼれ出て、脇腹に紫と赤の染みを作り、それを薄い氷が覆っています。私の家の化粧台にはイエス様の聖なる心臓を描いた絵が飾ってありますが、この男はそれに似ていました。ただし、彼の赤と紫の染みはイエス様の心臓よりも下にあり、もっと大きく、少し片側に寄っていました。そして、彼は怯えた顔でそれを見下ろしていたのです。

ブライアン・ベル&リビー・トラスト編
『恐ろしき栄光——南北戦争の兵士たちの手紙』

そして凍りついて横たわる死者や負傷者を母なる火がそのまま舐め尽くしました。我々はそのなかにまだ足を蹴っている者を見つけ、彼を生きているまま連れ戻すことができました。体じゅう焼かれていて、ズボンの片側以外は服が残っていなかったので、どちら側の兵士なのかもわかりませんでした。彼が生き残れたのかどうかも知りません。ただ、あの憐れな青年が生き延びる見込みは高くなさそうでした。

サム・ウェストフォール編『あるイリノイ兵士の手紙』より
第十五イリノイ志願兵部隊F中隊のエドワード・ゲイツ一等兵の証言

我々のうちの二、三人は、生きている男を見つけたら、すぐに引っ張り出すようになった。とても寒く、死体は完全に凍りついていたからだ。その日、人間はどんなことにも慣れる、ということを私は知った。これらがじきに普通なことと思われるようになり、冗談のネタにさえするようになったのだ。我々は死体の外見に従って、それぞれに名前をつけるようになった。あそこにいるのは「うずくまり《ベントオーヴァー》」、あれは「愕然《ショックト》」、あれは「半男子《ハーフボーイ》」といった具合に。

ブラワー前掲書

我々は手を握り合っている二体の小柄な死体に出会いました。どちらもそれぞれ十四歳、十五歳といったところでしょう。二人が手を握り合うさまは、まるであの暗い入り口を一緒に通り抜けようと決意したかのようでした。

ゲイツ前掲書

48

やめるまでにどれだけの死人を作り出すつもりなのですか？　あのとき、わたしらのネイトは橋の上で生きていて、釣竿を持っていたのに、いまはどこにいるのでしょう？　そしてあの子をここに呼んだのは誰でしょう？　オービスで彼が受け取った令状には、あなたの名前がありました。「エイブラハム・リンカーン」と。

ジョゼフィン・バナー&イヴリン・ドレスマン編
『リンカーン大統領への国からの手紙』より
メリーランド州ブーンズボロ在住、ロバート・ハンスワージーの手紙

〈彼は一人だけだ。

それなのに、この重みに私は死にそうになる。

この悲しみをこれまでは閉め出してきた。三千回ほど。いまのところ。これまで。山のような少年たち。誰かの息子たち。これを続けなければならない。耐えられないかもしれないが。結果がわからずに始めるのは簡単だ。だが、私の命令によって起きた一つの好例がここにある――

これに耐えられないかもしれない。

どうする？　停戦を命じるか？　三千の死をゴミ箱に捨てる？　和平を求める？　方向転換する愚か者となる？　優柔不断の王様に、何世代もの笑いものに、煮え切らない田舎者に、薄っぺらな変節漢に？

もう抑えがきかない。誰がこれをしているのか。誰が始めたのか。誰の登場によってこれが始まったのか。

私は何をしているのか。

私はここで何をしているのか。

いまやすべてが無意味だ。弔問客たちがやって来る。両手を広げて。彼らの息子たちは無事だ。顔に無理やり悲しみの仮面をつけ、自分たちの幸せがどんな形であれ現われないようにしている――彼らの幸せは続く。幸せで生き生きとしている。それは隠せない。まだ生きている自分たちの息子の可能性に対して抱く幸せ。最近まで私もその一人だった。口笛を吹きつつ、殺戮の場を歩き過ぎた。死体から目を背け、笑ったり、夢を見たり、希望をもったりできた。それがまだ自分に起きていなかったから。

自分たちに。

罠だ。恐ろしい罠だ。生まれた途端に罠の仕掛けが跳ねる。最後の日がいつか来なければならない。この肉体から脱け出さなければならなくなる日。それだけでも辛い。それなのに我々は赤ん坊をこの世にもたらす。罠の仕掛けはなおさら入り組む。その赤ん坊もいつかこの世を去らなければならない。それを知ることで喜びは汚される。しかし希望に溢れた我々はそのことを忘れてしまう。

神よ、これは何でしょう？　歩き回ったり、努力したり、微笑んだり、お辞儀したり、冗談を言ったりといったすべてのことは？　テーブルに向かって座ったり、シャツにアイロンをかけたり、ネクタイを結んだり、靴を磨いたり、旅の計画を立てたり、風呂場で歌を歌ったりすることは？

彼はこの場に取り残されるのに？

それでも人は頷いたり、踊ったり、理屈を言ったり、歩いたり、議論したりするのでしょうか？　前と同じように？

パレードは過ぎ去る。彼は立ち上がって、それに加わることはできない。私はパレードのあとを追うべきなのですか？　それに加わり、膝を高く上げ、旗を振り、ラッパを鳴らすべきなのですか？

彼はあんなに愛しい存在だったではないですか？

なら、私を二度と幸せにしないでください。〉

ハンス・ヴォルマン

49

実に寒かった。（あの紳士のなかに入っていたのだが、それはずいぶんと――

ハンス・ヴォルマン

久しぶりだった。

ロジャー・ベヴィンズ三世

我々自身も寒かった。）

ハンス・ヴォルマン

彼は取り乱し、震えながら座っていた。何らかの慰めが得られないかと足掻いていた。

〈息子はいま幸せな場所にいるか、何もない場所にいるのだろう。〉

そう紳士は考えた。

〈いずれにせよ、もはや苦しんではいない。

最後、あれだけ苦しんだけれども。

（激しい咳、震え、嘔吐、震える手で必死に口を拭こうとしていた。怯えた目であたりを見回し、私の目を見つめた。お父さん、できることは本当にないの、と問いかけているかのように。）〉

心のなかで紳士はただ一人、草原に立ち（我々も一緒に立ち）、我々の肺の限りを尽くして叫んだ。

　それから黙り込み、ぐったりとなった。

〈すべて終わった。息子はいま喜びの世界か無の世界か、どちらかにいる。

（なら、なぜ悲しむのか？

　息子にとって最悪の部分は終わったのに。）

　それは、私が息子をこんなにも愛しているからだ。そして、彼を愛するのが習慣になっており、愛するというのは大騒ぎしたり、心配したり、いろんなことをするものなのだ。

　もはや何もすることがない。

　自分なりにこの闇から脱け出し、有益な人間であり続けよう。自分を見失うことなく。

　息子のことを考えるときは、こう考えよう。どこか明るい場所にいて、苦痛から逃れ、新しい存在の形を得て、きらきら輝いている、と。〉

　このように紳士は考えた。

　物思いに耽るように、草を手で引っ掻きながら。

ロジャー・ベヴィンズ三世

50

悲しい。

ロジャー・ベヴィンズ三世

とても悲しい。

ハンス・ヴォルマン

特に我々はあのことを知っているだけに。

ロジャー・ベヴィンズ三世

彼の息子は「どこか明るい場所にいて、苦痛から逃れ」ているわけではない。

ハンス・ヴォルマン

そうだ。

ロジャー・ベヴィンズ三世

「新しい存在の形を得て、きらきら輝いている」のでもない。

ハンス・ヴォルマン

それどころか《オー・コントレール》。

ロジャー・ベヴィンズ三世

我々の頭上では乱れた風が吹き始め、嵐によって折れた枝を吹き飛ばした。

ハンス・ヴォルマン

その枝がいろいろな場所に落ちた。

ロジャー・ベヴィンズ三世

新たに目覚めた動物たちが森にひしめいているかのように。

ハンス・ヴォルマン

あれだろうか、とミスター・ヴォルマンが言った。
何が起こるのか私にはわかっていた。

ロジャー・ベヴィンズ三世

51

我々は少年がここを立ち去り、それによって自分を救うことを望んでいた。彼の父親は彼が「どこか明るい場所にいて、苦痛から逃れ、新しい存在の形を得て、きらきら輝いている」のを望んでいた。

うまく望みが合致した。

一緒に白い石の家に戻るよう、紳士を説得しなければならない。我々にはそう思われた。そこに戻ったら少年を促し、紳士のなかに入らせる。望むらくはなかにいるあいだに、父親の望みを漏れ聞き、確信するのではないか——

ハンス・ヴォルマン

いい考えです、と私は言った。だが、それを成し遂げる手段が我々にはありません。

ロジャー・ベヴィンズ三世

(この問題については、歴史的に多少の混乱があった。)

ハンス・ヴォルマン

混乱なんてありませんよ、先輩。

単純に言えばこういうことです。我々には、あの種族の者たちと意思を伝え合う術《すべ》がない。まして彼らを説得し、何かをさせることなどできない。
あなたもご存じのはずです。

ロジャー・ベヴィンズ三世

52

失礼ながら同意しかねる。
覚えていないのなら言うが、我々は一度婚姻を成立させたではないか。

ハンス・ヴォルマン

それは非常に怪しい。

ロジャー・ベヴィンズ三世

男女がここを歩いていた。婚約を破棄しそうになっていた二人だ。それが我々の影響によって、決心を覆した。

ハンス・ヴォルマン

あれはまず間違いなく偶然の産物です。

ロジャー・ベヴィンズ三世

我々の何人かは——ハイタワーと、我々三人と、それから——何ていう名前だったっけ？ 首をはねられたやつ？

ハンス・ヴォルマン

エラーズ。

ロジャー・ベヴィンズ三世

エラーズ、そうだ！

退屈していた我々は、あの二人に飛びかかり、なかに入った。そして我々が力を合わせ、願望を一つのことに集中させた結果——

ハンス・ヴォルマン

ここまでは真実です。

あの二人は突如として激情に駆られ、石の家の陰にもぐり込んだ。

ロジャー・ベヴィンズ三世

その激情に従って行動した。

ハンス・ヴォルマン

我々はじっと見つめていた。

ロジャー・ベヴィンズ三世

それについては憂慮している。見ていたことに関しては。

ハンス・ヴォルマン

憂慮など、あの日にはまったくなかったようですけどね。あなたのペニスは驚くべき大きさに膨れ上がっていました。普通の日だって、かなり膨れ上がって――

ロジャー・ベヴィンズ三世

私の記憶によれば、君だって見ていたではないか。それに、嫌悪感のようなものはまったくうかがえなかったように記憶している。君のそのたくさんの、たくさんの――

ハンス・ヴォルマン

本当のところを言えば、あのような激情を目にすると元気づけられます。二人の抱擁の激しさは特筆に値しました。

ロジャー・ベヴィンズ三世

そのとおり。

二人のすさまじい歓喜の悶え声のために、鳥たちが木から飛び去ってしまったほどだ。

ハンス・ヴォルマン

ことが終わってから、二人は関係を新たなものとし、手をつないで帰って行った。すっかり和解し、改めて婚約した。

ロジャー・ベヴィンズ三世

それは我々がやったことなのだ。

ハンス・ヴォルマン

待ってください。あの二人は若く、性欲旺盛で、人気《ひとけ》のないところで二人きりでした。あの美しい春の夜に。助けなどまったくいらなかったのです、我々のような――

ロジャー・ベヴィンズ三世

友よ。

我々はここにいる。

すでにここにいる。

なかに。

列車がものすごい速度で壁に向かって走っているとする。君は手にスイッチを握っているが、それが何のためのものかはわからない。スイッチを入れるか？　このままでは、確実に大惨事が起こる。

そして、スイッチを入れても、何も失うものはない。
なら、試してみないだろうか？

ハンス・ヴォルマン

53

紳士のなかに入ったまま、ミスター・ベヴィンズは私の手を取った。

ハンス・ヴォルマン

そして我々は始めた。

ロジャー・ベヴィンズ三世

紳士を説得し出した。

ハンス・ヴォルマン

紳士の説得を試みた。

ロジャー・ベヴィンズ三世

二人一緒に、あの白い石の家のことを考えた。
ハンス・ヴォルマン

それから少年のことを。
ロジャー・ベヴィンズ三世

少年の顔を、髪を、声を。
ハンス・ヴォルマン

灰色の背広を。
ロジャー・ベヴィンズ三世

内向きの足を。
ハンス・ヴォルマン

擦り切れた靴を。
ロジャー・ベヴィンズ三世

〈立ち上がれ、あそこに戻れ〉と我々は一斉に考えた。〈息子が助けを求めている。〉
ハンス・ヴォルマン

〈息子が重大な危険に晒されている。〉

ロジャー・ベヴィンズ三世

〈子供がここに残るのは禁忌である。〉

ハンス・ヴォルマン

〈彼の頑固な性格は、かつての場所においては美徳だが、ここでは彼を危機に晒す。ここでの自然の法は厳しく、気まぐれで、どんな反抗も受け入れない。我々は法を遵守するしかないのだ。〉

ロジャー・ベヴィンズ三世

〈なので我々は立ち上がってくださいと要請する。〉

ハンス・ヴォルマン

〈そして一緒に戻りましょう、息子さんを救いましょう、と。〉

ロジャー・ベヴィンズ三世

しかし、相手には伝わっていない様子。

ハンス・ヴォルマン

紳士は座ったまま草を引っ掻いていた。放心した様子だった。

もっと直接働きかけないといけないようだ。

ロジャー・ベヴィンズ三世

我々は互いの合意によって、共有するミス・トレイナーの記憶に精神を集中させることにした。

ハンス・ヴォルマン

この前のクリスマス、祭日の訪問をしていて、我々は彼女がこれまでより前進したことに気づいた。聖なる祭日特有の雰囲気のなか、落ちた橋やハゲワシ、大型犬、ブラックケーキにかぶりつく恐ろしい老婆、洪水にやられたトウモロコシの山、我々には感じられない風に引き裂かれた傘などではなく――

ロジャー・ベヴィンズ三世

古い修道院の姿で現われた。なかでは十五人の尼僧たちが激しく口論しており、修道院の建物はこれから焼け落ちるのだ。

ハンス・ヴォルマン

娘の体がアグレダの修道院のような形の建物になっていて、そのなかで小さな尼僧たちが朝の祈りを捧げようとしているところだった。

ロジャー・ベヴィンズ三世

突然、この建物（娘）が燃え上がる。叫び声、金切り声、唸り声、助けてくれるのなら尼僧の誓いは放棄しますといった言葉が飛び交う。

ロジャー・ベヴィンズ三世

しかし、一人も助からない。みなが失われる。

ハンス・ヴォルマン

我々はそれをもう一度思い浮かべようとした。見て、匂いを嗅ぎ、音を聞く。香の匂い、壁に並ぶセージのかぐわしき香り、丘から漂ってくるバラの香りのそよ風。尼僧たちの甲高い叫び声。小さな尼僧たちの足が、町につながる道の硬い赤土をパタパタと踏む音——

ロジャー・ベヴィンズ三世

何も起こらない。

ハンス・ヴォルマン

彼はただ座っていた。

ロジャー・ベヴィンズ三世

そのとき、我々はあることに気づいた。

ハンス・ヴォルマン

彼のズボンの左ポケット。
ロジャー・ベヴィンズ三世

そのなかに錠がある。
ハンス・ヴォルマン

あい、あの錠だ。白い石の家の。
ロジャー・ベヴィンズ三世

重くて冷たい。
鍵がまだ刺さっている。
ハンス・ヴォルマン

元の場所に引っかけるのを忘れたのだ。
ロジャー・ベヴィンズ三世

これで我々の議論は簡単になった。
ハンス・ヴォルマン

我々はその錠に注意を集中させた。

ロジャー・ベヴィンズ三世

〈鍵がかかっていないドア〉の危険性について。

ハンス・ヴォルマン

私はフレッド・ダウンズを思い浮かべた。酔っ払った解剖学の学生たちが、袋に入った彼の病体を乱暴に荷馬車に放り入れたこと。馬が匂いに驚いて、前足を高く上げた。この学生たちの所業にフレッドは怒り狂っていた。

ロジャー・ベヴィンズ三世

私は狼に引き裂かれたミセス・スコヴィルの胴体を思い描いた。自分の家のドア枠に寄りかかっている姿。片腕は引きちぎられ、わずかに残った白髪のなかで小さなベールがはためいている。続いて森のなかでいまでも群がり、風に鼻を向けている狼たちを思い描く――

白い石の家に向かって行く。

唸り声をあげ、よだれを垂らしながら。

そして石の家になだれ込む。

などなど。

ハンス・ヴォルマン

紳士はそのポケットに手を入れた。

ロジャー・ベヴィンズ三世

錠を握りしめた。

ハンス・ヴォルマン

辛そうに首を振った。
〈どうしてこんな簡単なことをし忘れたのか——〉

ロジャー・ベヴィンズ三世

立ち上がった。

ハンス・ヴォルマン

そして歩き去った。

ロジャー・ベヴィンズ三世

白い石の家の方角へ。

ハンス・ヴォルマン

ミスター・ヴォルマンと私をその場に残して。

ロジャー・ベヴィンズ三世

54

我々が——我々がやったのか?

ハンス・ヴォルマン

おそらく我々がやったのだろう。

ロジャー・ベヴィンズ三世

55

我々はまだ互いに混じり合っていたので、ミスター・ヴォルマンの痕跡が自然に私の心のなかに浮かび上がってきたし、私の痕跡も自然に彼の心のなかに浮かび上がってきた。

ロジャー・ベヴィンズ三世

互いがそのような形になったことはこれまでになかった。

ハンス・ヴォルマン

これがもたらしたものは驚きだった。

ロジャー・ベヴィンズ三世

私はまるで初めてのように、この世界の物象の偉大な美に気づかされた。周囲の木々の葉からポタポタと落ちる水滴。青白く、おずおずと光っている低空の星々。火や乾いた草、川の泥などの名残りを運ぶ風の香り。強まる風に乾いた藪がシューッと鳴り、枝がカタカタと音を立て、少し離れたところでは、川渡しの橇を引く老いぼれ馬が首を振って鐘を鳴らす。

ハンス・ヴォルマン

私は彼の妻、アンナの顔を見て、彼女を残して行きたくないという気持ちがよくわかった。

ロジャー・ベヴィンズ三世

私は男の匂いと力強い抱擁を望んだ。

ハンス・ヴォルマン

私は印刷機の機能がよくわかっていたし、それを動かすのが好きだった。（圧胴、ローラーの鉤、くわえ爪、締め枠の台の機能もわかっていた。）仕事場の中央の梁が落ちてきたときの、信じられない気持ちも思い出した。あの驚愕の一瞬と薄れていく意識！　顎が机に叩きつけられた。誰かが

（ミスター・ピットだ）控室で叫び、ワシントンの胸像が粉々になって周囲に飛び散った。

ロジャー・ベヴィンズ三世

ストーブがカチカチと音を立てている。激しい痛みに動転し、私は椅子をひっくり返していた。血が床板の隙間を流れていき、隣りの部屋の絨毯でせき止められ、血だまりを作っている。まだ助かるかもしれない。間違いを犯さなかった者などいるだろうか？　世界は優しく、許しを与えるもので、二度目の機会に満ちている。お母さんの花瓶を割ってしまったとき、私は果物貯蔵庫を掃除することで許された。メイドのソフィアに意地悪なことを言ってしまったときは、彼女に手紙を書き、それでうまくいった。

ハンス・ヴォルマン

明日になったらすぐ、快復したらだが、彼女をモノにするのだ。そして印刷所を売り、二人で旅に出る。行ったことのない都市をたくさん訪れよう。彼女にさまざまな色のドレスを着せる。そのドレスは繰り返し床に脱ぎ捨てられる。すでに友人だが、我々はそれ以上になる。これから毎日、「私たちの幸せの境界線を広げる」（と彼女が美しく表現してくれたが）ために努力する。そして――子供だって作れるかもしれない。私はそれほど年寄りではない。まだ四十六歳だし、彼女のほうは女盛りで――

ロジャー・ベヴィンズ三世

どうして我々はもっと前にこれをしなかったのだろう？

ハンス・ヴォルマン

この人のことをずいぶん前から知っているのに、本当の意味ではまったくわかっていなかった。

ロジャー・ベヴィンズ三世

これは実に楽しかった。

ハンス・ヴォルマン

しかし役に立ってはいない。

ロジャー・ベヴィンズ三世

紳士は行ってしまった。
白い石の家に戻って行った。

ハンス・ヴォルマン

我々がそう促したのか！

ロジャー・ベヴィンズ三世

なんと素晴らしい夜！

ハンス・ヴォルマン

私はミスター・ヴォルマンから出た。

ミスター・ベヴィンズが外に出た途端、彼を求める気持ちでいっぱいになった。彼がいることで起きる現象にも焦がれた。これは、初めて両親の家を離れ、ボルティモアで奉公を始めたとき、両親に対して抱いた思いにも匹敵するものだった――ものすごく強く求める思い。

ロジャー・ベヴィンズ三世

我々の共生はこれほどまでに強烈だったのだ。

これから彼を見るときは、必ずや彼のすべてを見ることになるだろう――親愛なるミスター・ベヴィンズ！

ハンス・ヴォルマン

親愛なるミスター・ヴォルマン！

私は彼を見つめ、彼は私を見つめた。

ロジャー・ベヴィンズ三世

我々には互いの痕跡が永遠に染み込んだままになるのだ。

ハンス・ヴォルマン

しかし、それがすべてではなかった。

ロジャー・ベヴィンズ三世

我々は紳士に関する知識も得たようだった。

ハンス・ヴォルマン

ヴォルマンと紳士の両方から離れたとき、私は内部から驚くべき新知識が湧き起こるのを感じた。あの紳士？　ミスター・リンカーン？　ミスター・リンカーンは大統領だという。そんなことがあり得るだろうか？　あり得ないことだろうか？　しかし、私は心の底からわかっていた。大統領はミスター・テーラー（一八四九～五〇年の大統領）だ。

ロジャー・ベヴィンズ三世

あの尊い地位に就いているのはミスター・ポークだ（一八四五～四九年の大統領）。

ハンス・ヴォルマン

それでも、私は心の底からわかっていた。ミスター・リンカーンは大統領だ。我が国は戦争中である。我が国は戦争中ではない。すべては混沌としている。すべては落ち着いている。離れた場所でも連絡が取り合える機械が発明された。そのような機械は存在しない。そんな機械はあり得ない。考え自体が馬鹿げている。それでも、私はそれを見たことがある。使ったことがある。それが動いているときの音を心に思い浮かべることができる。
それは――電報だ。
なんということだ！

ロジャー・ベヴィンズ三世

梁が落ちたとき、ポークが大統領だった。しかしいま、私には（目くるめくほど明白に）わかった。ポークのあと、テーラーが大統領になった。テーラーはフィルモアに受け継がれ、フィルモアはピアスに――

ハンス・ヴォルマン

そのあと、ピアスはブキャナンに受け継がれ、ブキャナンのあとは――

ロジャー・ベヴィンズ三世

リンカーン！

ハンス・ヴォルマン

リンカーン大統領！

ロジャー・ベヴィンズ三世

鉄道はいまバッファローの先まで伸び――

ハンス・ヴォルマン

ずっと先まで！

ロジャー・ベヴィンズ三世

ヨーク公の寝帽をかぶる人はいなくなった。いまは「切れ目のついたパメラ袖」と呼ばれるものがある。

ハンス・ヴォルマン

劇場の照明はガス灯になった。それに伴って〈ストリップライト〉や〈グラウンドロウ（ステージ照明用のガス灯の列）〉なども使われている。

ロジャー・ベヴィンズ三世

その結果、舞台の光景は素晴らしくなった。

ハンス・ヴォルマン

劇場に革命を起こした。

ロジャー・ベヴィンズ三世

俳優の表情もはっきりと見えるようになった。

ハンス・ヴォルマン

演技に関して完全に新しい水準のリアリズムを導き出した。

ロジャー・ベヴィンズ三世

こうした事実を突きつけられ、我々が抱いた困惑を表現するのは容易ではない。

ハンス・ヴォルマン

我々は回れ右をし、白い石の家に向かって、走りすべって行った。口角泡を飛ばして語り合った。

ロジャー・ベヴィンズ三世

ミスター・ベヴィンズの髪と多数の目、手、鼻などは彼の背後で激しくはためいていた。

ハンス・ヴォルマン

ミスター・ヴォルマンはその巨大なペニスを両手に摑み、それでつまずかないようにしていた。

ロジャー・ベヴィンズ三世

我々はすぐにミスター・リンカーンに追いつき、彼の匂いが嗅げるくらいに近づいた。

ハンス・ヴォルマン

石鹼、ポマード、豚肉、コーヒー、煙草。

ロジャー・ベヴィンズ三世

牛乳、香、革。

ハンス・ヴォルマン

第2部

56

一八六二年二月二十五日の夜は寒かったが、雨は上がった。このところ荒れた天気が続いた首都にとっては、ありがたい小休止だ。ウィリー・リンカーンは埋葬され、それに伴う儀式の数々もすべて終わった。国はいま息を呑み、大統領の様子をうかがっていた。この状況で彼はまた国という船の舵を取り、適切に操ることができるだろうか――国が最も困っているときに。

C・R・ディペイジ
『霊的リンカーン――核心への旅』

57

午前二時になっても大統領はホワイトハウスに戻っていませんでした。私はリンカーン奥様を起こしたものかと考えました。もっとも、大統領が夜に一人で馬に乗りに行くのは、珍しいことではありません。大統領はいつもお供を拒むのです。その夜、大統領はお気に入りのリトル・ジャックに乗りました。夜は寒く、じめじめしていました。防寒用の外套を着ずにお出かけになり、外套はまだ留め釘に掛かっています。帰って来られたときには凍えていらっしゃるでしょう。それだけは確かです。とても頑丈な体の持ち主でいらっしゃいますけどね。私はドアのそばの持ち場に着き、ときどき外に出て、リトル・ジャックの蹄の音がしないかと耳を澄ませました。また半時間が経ちましたが、ミスター・リンカーンは現われません。私が大統領の立場だったら馬に乗り続け、帰って来ないかもしれない。そんなことを私は考えました。このまま西部まで走り、これほど重い責任も厄介事もない人生に戻るのでは、と。午前三時が過ぎると、私は大統領が本当にそれをしたのではないかと考え始めました。

私はまたリンカーン奥様を起こそうかと考えました。しかし、憐れみが私を押しとどめました。奥様はかなりひどい状態です。こんなときに奥様を置いて大統領が出かけるとは、なんとも奇妙だと感じました。しかし、奥様は鎮静剤をたっぷりと投与され、ご主人がいないこともわかっていなかったのだと思います。

ヒルヤード前掲書より

ホワイトハウスの警備員、ポール・ライルズの回想

58

メアリー・リンカーンの精神の健康状態はいつも危ないものだった。そして幼いウィリーの死により、有能な妻で母としての彼女の人生は終わりを告げたのだ。

ジェイン・コスター
『母の試練――メアリー・リンカーンと南北戦争』

午後二時頃、病気の子供が寝ている一画がひどく騒がしくなりました。どうやらその時が来たようです。リンカーン奥様は下を向いて私の前を走って通り過ぎ、聞いたこともないような音を出しました。あとにも先にも、人間の喉から発せられるのを聞いたこともない音でした。

ヒルヤード前掲書より
メイド、ソフィ・レノックスの回想

大統領の叫び声はまだ言い表わしようがあったが、夫人のは言い表わせなかった。

エプステイン前掲書

亡くなられた坊やの青白い顔を見て、奥様はひきつけを起こしました。

ケックリー前掲書

メアリー・リンカーンはベッドに倒れ込んだ。

ヴォン・ドレエリ前掲書

完全に別人になってしまいました。

ケックリー前掲書

アヘンチンキが与えられたが、この強い薬でさえ、彼女の苦悩の叫びを鎮めたり、事実を信じられず泣き喚くのを抑えることはできなかった。

コスター前掲書

リンカーン夫人は衰弱し、葬式には参列できなかった。

リーチ前掲書

メアリー・リンカーンは葬式のあとの十日間、ずっと床に臥していた。

ケヴィン・スウォーニー
『作り直された令嬢――メアリー・リンカーンの旅』

あの悲劇のあと何週間も、リンカーン夫人は部屋を出ることができず、ベッドから起き上がることもできなかった。

スローン前掲書

一カ月後、ようやく姿を現わしたとき、奥様は機械のように動き回り、見知らぬ人を見るかのように我々のことを見つめました。

ヒルヤード前掲書より
執事、D・ストランフォートの回想

弱い人たちに対して重い打撃が放たれるときがあるのだ。

コスター前掲書

メアリー・リンカーンは横たわり、このすべてが夢であってほしいと切望していた。それが起きたとは信じないときもあれば、起きたと新たに確信するときもあった。壁も、寝具も、天井も、窓も、いつもと変わらないのに。彼女は起き上がれず、部屋から出られなかった——外の世界はあまりに恐ろしいものとなってしまった。心の平和を取り戻すために頼れるのは薬の入った飲み物だけで、それを彼女はちびちびとすすっていた。

スウォーニー前掲書

私の坊やはどこ？　奥様はそう訊ね続けていました。どこに行ったの？　誰か見つけられない？すぐに私のもとに連れて来て。どこかにいるはずでしょう？

ヒルヤード前掲書より
メイド、ソフィ・レノックスの回想

59

親愛なるお兄様。すっかり静まり返りました――暖炉で火がパチパチと鳴る音と、お兄様の部屋に寝かせている可愛いグレースの寝息しか聞こえません――あの部屋にグレースを寝かせることにしたのは、そうすればこうした厳しい夜、彼女が楽に私の面倒を見られるからです――道の向こうの敷地が月の光で照らされ、昨日の大嵐の残骸が遠くまで広く散らばっているのが見えます――木の大枝が納骨所にのしかかったり、墓石に倒れかかったりしています――古代ローマの服を着た禿げの男の彫像を覚えてないでしょうか（私たちはこの男を「モーティ」と呼んだものです）――片足で蛇の首を踏みつけている男で、いたずら好きの若者が彼に向かってセーターを何度も放り投げ、ついに「モーティ」の刀の先端をセーターでかぶせてしまったことがありました――その「モーティ」ももはやいません――というか、少なくともかつての彼ではありません――落ちてきた大枝があの勇敢なローマ人の腕に当たり、刀もろとも腕がもげてしまったのです――一緒に蛇の頭も落ちてしまいました――腕と刀と蛇の頭はいま瓦礫の山に埋もれています――そしてモーティ自身も、自分が不滅ではない証拠を見せられて衝撃を受けたかのように、足下が少し傾いています。

少しうたた寝していたようです――もう四時近くになりました――道の向こう側に馬がいて、墓地の柵にロープでつながれています――おとなしいけれど疲れている様子で、首を上下に動かしています――こんな真っ暗闇に死者の庭に連れて来られたけど、僕は馬だから従わなきゃならないんだ、とでも言うかのように。

ということで、私はこの不思議な光景に気を取られました――いったい誰がこんな時間にここに来たのでしょう?――心から愛した人のお墓に詣でる若い紳士ならいいのに、と私は思いました。マンダーズの小さな見張り所で灯りが燃えており、彼が窓の前を行ったり来たりしています――これが彼の習慣なのです――先ほどモーティの刀にセーターがかぶせられた話をしましたが、梯子をかけてそのセーターを外したのは彼でしたよね――マンダーズはだいぶ歳を取り、外見も老けてきました――家族の心配事がいろいろとあるのだと思います――いま彼は見張り所から出て来ました――ランタンの光が遠ざかっていきます――おそらく「真夜中の訪問者」を探しているのでしょう――ものすごく好奇心をそそられます――私のように心に傷を負うと興奮もしなくなるなんて思う人は、この窓のところで今晩私と一緒に座ってみればいいのです――このまま起きていようと思います、そしてマンダーズが訪問者を連れ帰ってくるとき、その顔を一瞥できないものかと。

パーキンズ前掲書

60

白い石の家の屋根に取り残された私は、少年にもう一度だけ物の道理を言い聞かせようと決心した。彼はほとんど意識を失った状態で、私の足下に横たわっている。その茫然とした表情は、堕落したオスマン・トルコ高官の御曹司のようだった。

ミスター・ベヴィンズとミスター・ヴォルマンの子供っぽい、人を欺く行為によって、私の感情は傷ついていた。彼らはわずかばかりの娯楽を追い求め、私をとてもまずい状況に取り残したのだ。古い時代の庭師のように私は腰を曲げ、両手で巻きひげを摑んで作業した。すでに巻きついてしまったものを外しにかかるか、新しく生えてきたほうに取りかかるか、常に判断を迫られていた。実を言えば、私が何をしようと大差はなかった。この子の時間はあとわずかだ。

彼と率直に話し合わなければならない時がすぐに訪れた。

無能なベヴィンズとヴォルマンの姿を求めて地平線を見やると、森のなかからクラッチャー兄弟が這い出て来たのだ。いつものようにリーディ夫妻も一緒だ。この四人は、旗竿の近くに住む堕落したグループの中心メンバー。乱痴気騒ぎが大好きな者たちである。

見物に来たよ、とマット・クラッチャーが言った。

最後のところをね、とリチャード・クラッチャーが言った。

私たちには面白いから、とミセス・リーディが言った。

このあいだのを見たんだ、とマット・クラッチャーが言った。あの娘のをね。

すごく刺激的だった、とミスター・リーディ。

本当に景気づけになったわ、とミセス・リーディ。

誰だって、ちょっとした景気づけが必要だし、とミスター・リーディ。

こんな糞ためにいるんだからさ、とマット・クラッチャー。

俺たちを裁かないでくれよ、とミスター・リーディ。

裁いてもいいわよ、とミセス・リーディ。

いけないことしてるって感じがするからな、とマット・クラッチャー。

それぞれ好みが違うわけだから、とリチャード・クラッチャーは言い、ミセス・リーディのほうに体を寄せた。

かもね、とミセス・リーディは言い、手を彼のズボンのポケットに滑り込ませた。四人は物欲しげな顔をして、じっと観察しようと屈みこんだ。少年の不幸に引き寄せられた醜いハゲワシといったところ。それから立ち上がり、互いに手を交差させて、一頭の恐ろしい動物のような姿になった。腕を一斉に上下させ、リズミカルに喘ぎ声を出して、全体で機械のような印象を作り出している。

君はどう思う？　私は少年に訊ねた。ここはいい場所だろうか？　健康的な場所か？　こうした人々は正気に見えるだろうか？　君が手本にするような人か？

でも、あなたもここにいますよね、と少年は言った。

私は違うのだ、と私は言った。

僕と違うの？　と彼は言った。

みんなと違うのだ、と私。

どういうふうに違うの？　と彼。

こうして私は彼に打ち明けずにいられなくなった。

エヴァリー・トーマス師

61

なぜなら、私は違うのだ。

こうした者たち（ベヴィンズ、ヴォルマン、そのほかここに暮らしている何十人もの愚か者たち）と違って、私は自分の状態がよくわかっている。

私は「病気」ではないし、「台所の床に横たわっている」のでも、「病箱のなかで快復しつつある」のでも、「蘇生されるのを待っている」のでもない。

違う。

あの最後のとき、うちの客間にいたときでさえ——隣りのレッドネル邸の煉瓦が見え、そこには蔓植物が花を咲かせていた（六月上旬だった）——私にはわかっていた。私は生涯、牧師という仕事を通して安定した精神状態を、そして感謝の気持ちを培おうとしてきた。だからすべてを従順に受け入れる態度で、自分の状態をよく理解したのだ。

私は死んでいる。

私は立ち去ろうという衝動を感じた。

立ち去った。

そう。**物質が光となって花開く現象**（この経験を詳しく語ろうとは思わないが）に伴う、骨を凍らせるほど恐ろしい発火音の原因であると同時に（恐れおののく）傍観者ともなって、私は立ち去った。

気づくと私は高い山の道を歩いていた。私の前には二人の男が歩いていて、私との差はほんの数秒にすぎないようだった。一人の男はとても安っぽい喪服を着て、観光客のように左右をキョロキョロ見回し、奇妙なことに鼻歌を歌っていた。虚ろな幸福感、進んで無知でいようとする感覚がそこに現われていた。死んでいるのに、彼の態度はこんな感じなのだ――ハッハッ、それで、これはどういうこと？　もう一人は黄色い水着を身につけ、燃えるように赤い顎鬚を生やした男で、怒ったように体を動かしていた。まるで、行くだけで腹の立つ場所に急いで行こうとしているかのようだった。

最初の男はペンシルベニア州出身で、後者はメイン州（バンゴーのあたり）出身だった。人生の大半を畑で過ごし、しばしば海岸に出かけて、岩場に何時間も座っていた。

彼が水着を着ているのは、泳いでいて溺れたからだ。

どういうわけか私はこうしたことを知っていた。

その山道を進みながら、ときどき私はここにも戻った。私の墓に。そして棺に横たわっているもの（あの取り澄まし、乾いた顔をした遺物）を見て、びっくりして墓の外に出た。墓を上から見下ろし、あたりをそわそわしながら歩きすべる。

妻と会衆が最後の別れの言葉を述べていた。彼らの泣き声によって、緑の小さな剣が私に打ち込まれた。本物の剣だ。一つの泣き声ごとに、泣いている者から剣が放たれ、私に突き刺さる。激しい痛みを伴って。

それから私はそこに戻った。あの山道に、二人の連れとともに。視線を下に向けると、遠くに谷が見え、そこが目的地であると私はなぜか知っていた。石の階段が見えてくる。連れの二人は立ち止まり、私のほうを振り返る。私が聖職者だと気づいて（私は法衣のまま埋葬されたのだ）、こう問いかけているようだ。進むべきなのか？

私は進むように指示した。

谷底から、ある種の祈りの声が聞こえてきた。興奮した声と、鐘を鳴らす音。こうした音に私は満足感を覚えた。私たちは旅し、到着し、これからお祝いが始まるのだ。私の心は幸福感でいっぱいになった。私の人生は、このような華々しい終わりを迎えるに値すると見なされたのだ。

それから、悔しいことに、私はここに戻っていた。妻と会衆たちは馬車で帰途についていたが、ときどき唐突に緑の剣を放ってくる。どんなに遠ざかっても、剣を受けるときの衝撃は変わらない。やがて弔問客たちはポトマック川を渡り、プレヴィの店で会葬後の食事をともにするはずだ。私は墓の前を行ったり来たり歩いていたが、こうしたことがわかっていた。そして、ここに取り残されるのではないかと考えて愕然とし、あそこに戻りたいと願った。あの階段で、あの友人たちと一緒にいたい。この場所はもはや完全に魅力を失った。死体置き場、納骨所、ゴミ捨て場、私がまさに目覚めようとしていた悪夢の残滓にすぎない。それは嫌になるほど露骨に唯物論的な悪夢だった。

その途端（そう考えたときに）私はそこに戻っていた。友人たちとともに階段を降り、陽を燦々と浴びる草原に入ろうとしていた。そこには、見たこともない形の大きな建造物が建っていた。純粋なダイヤモンドの板を組み合わせ、楔が打ち込んである。さまざまな色を発しているが、日光の質に少しでも変化が生じると、その瞬間に色も変わる。

私たちは腕を組んで近づいていった。群衆がまわりに集まり、私たちを導いていく。入り口に近づくと、そこを守る儀仗兵の顔がパッと笑顔になる。

玄関が開く。

なかには広大なダイヤモンドの床が広がり、奥にダイヤモンドのテーブルが置かれていた。そのテーブルに向かって座る男が王子であると、私にはわかっている。キリストではないが、キリストに直接仕える使者。部屋はハートリーの倉庫の面影があった。私が子供の頃に知っていた場所。とてつもなく広い空間で、天井が高く、近寄りがたい雰囲気があったが、それは権威の具現者の存在によっていっそう近寄りがたくなった（その当時はハートリー氏であり、いまはキリストの使者の存在である）。その人物は熱と光を発するものの近くに座っている（その当時は暖炉、いまはギザギザのトパーズ――純金の台の上に載っていて、内部からの炎で燃え上がっている）。

私たちはかつて歩いていたときの順番で一人ずつ前に出るのだとわかった。

赤い顎鬚を生やし、滑稽な水着姿の友人が最初に進み出た。

彼がテーブルに近づいていくと、両側から見目麗しき者たちが一人ずつ現われ、彼と完璧に歩調を合わせて歩いて行った。背が高く、痩せて、光を発し、黄色い陽光を足にして動く者たち。

あなたはどのように生きてきた？　そう一人が訊ねた。

正直に答えなさい、ともう一人が言った。そして彼らは両側から頭を優しく近づけていき、頭で彼の頭に触れた。

そして感じ取ったものに満足し、ニコニコと微笑んだ。

では、確認していいかな？　と右側の者が言った。

もちろん、と赤鬚の友人が言った。私もそれを望みます。

右側の黄色い足の者が楽しげな音を一声発すると、その者自身の小型版が何人か踊るように現われた（「踊る」という言葉を使ったのは、彼らの動きの優美さを表現するためだ）。彼らは高価な宝石で縁取られた大きな鏡を抱えていた。

左側の黄色い足の者が彼なりの楽しげな音を一声発すると、その者自身の小型版が何人か躍り出た。体操選手のように優美な動きを次々に決めつつ、秤を運んでいる。想像しうる限り最も精妙な動きの連続だ。

素早く測定しろ、とキリストの使者がダイヤモンドのテーブルの席から言った。

右側の者が赤鬚の男の前に鏡をかざした。左側の男は赤鬚の男の胸のなかに手を突っ込んだ。そして器用だがどことなく申し訳なさそうな動作で、男の心臓を引っ張り出し、それを秤の上に置いた。

右側の者は鏡像を吟味し、左側の者は秤の数字を読んだ。

大変よろしい、とキリストの使者が言った。

私たちはあなたの結果にとても満足している、と右側の者が言った。そのとき周囲に鳴り響いた喜びの音を私は適切に表現することができない。この宮殿の四方八方には広大な王国が広がっているのだと、私はそのとき気づいた。

広間の向こう側に並んでいる荘厳なダイヤモンドのドアが一斉に開き、その奥にあるさらに大きな広間が見えてきた。

そのなかに純白の絹のテントがあることに私は気づいた（とはいえ、これを絹と呼ぶのは、テントの美しさを貶めることになる——これは地上にある絹ではなく、もっと高品質で、より完璧なものであり、地上の絹はこの憐れな模造品にすぎない）。そのテントのなかでは大きな宴が始まろうとしており、高くなった台座にはここの主《あるじ》である王が堂々と座っていた。王の隣りには誰も座っていない椅子が置かれている（金で覆われた見事な椅子だが、この金は光を紡いで作られ、光の粒子の一つひとつが喜びを発散し、喜びの声を出しているといった感じなのだ）。この椅子は——私はいま気づいたのだが——赤鬚の友人が座るためのものだった。

キリストはなかにいる王だった。キリストは（そのとき私は気づいたのだが）テーブルに座っている王子／使者でもあった。変装しているというか、第二の姿というか。

私にはうまく説明できない。

赤鬚の男は彼らしい体を揺さぶる歩き方でダイヤモンドのドアに向かって行き、通り抜けるとドアが閉まった。

地上での八十年近い人生で、私は幸福（こんなに遠くからだが、あの喜びに沸き返るテントを一瞥しただけでも私が感じた幸福）と悲哀（自分はあのテントの外にいるのであり、この状態はほんの数秒でも永遠のように恐ろしく感じられた）の差をここまで大きく、そして苦々しく感じたことはなかった。

私は泣き始め、喪服を着たペンシルベニア出身の友人もまた泣き始めた。

しかし、彼の泣き声は少なくとも期待感によって変化していった。次は彼の番なのであり、その分、あの場所と彼のあいだの距離は私よりも近いのだ。

彼は前に進み出た。

あなたはどのように生きてきた？　そう右側の者が訊ねた。

正直に答えなさい、ともう一人が言った。そして彼らは両側から頭を優しく近づけていき、頭で彼の頭に触れた。

その途端、彼らはパッと飛びのき、大広間の両側に置いてある灰色の石の鉢のところまで退いた。そして鉢に向かって、鮮やかな色の液体を吐いた。

彼らの小型版が何人か現われてタオルを手渡し、彼らはそれで口を拭った。

では、確認していいかな？　と右側の者が言った。

待って、何を見たんですか、と彼は言った。何か不都合な――

しかし、もう遅すぎた。

右側の者が不吉な音を一声発すると、その者自身の小型版が何人か現われた。だが、今回は足を引きずり、しかめ面をして、汚物にまみれた鏡をみんなで抱えている。次に左側の者が彼なりの（陰気で耳障りな）音を一声発し、その者自身の小型版が何人か躍り出た。体操選手のような動きをギクシャクと不器用に——そしてどことなく相手を責めるように——決めつつ、秤を運んでいる。

素早く測定しろ、とキリスト王子が厳粛な声で言った。

指示を完璧に理解できたかどうかわからないのですよ、と喪服の男が言った。もし許していただけるのでしたら——

右側の者が喪服の男の前に鏡をかざし、左側の男は赤鬚の男の胸のなかに手を突っ込んだ。そして器用だが乱暴な動作で、男の心臓を引っ張り出し、それを秤の上に置いた。

何ということだ、とキリストの使者は言った。

蔑みと嘆きの恐ろしい声が王国じゅうに響き渡った。

ダイヤモンドのドアが一斉に開いた。

そのなかの変わりようが信じられず、私は目をパチクリさせずにいられなかった。テントはもはや絹ではなく、肉でできていた（腐った血でまだらになり、ピンク色だった）。宴は宴とは言えず、テント内の長いテーブルには人間たちがはりつけにされている。みんな皮を剥がされている最中で、それぞれが皮剝ぎの違う段階にある。主《あるじ》は王でもキリストでもなく野獣で、手は血にまみれ、長い牙があった。はおっている硫黄の色のローブにはところどころ臓物がへばりついている。奥には三人の女と腰の曲がった老人が見え、（自分自身の）腸を長いロープのようにして持っている（恐ろしい！）。なかでも最も恐ろしいのは、喪服の男が自分たちのほうに引きずられて来るとき、彼らがあげる喜びの叫び声だ。一方、憐れな男が捕獲者たちに取り入るかのように微笑み続けているのもまた恐ろしい。彼はペンシルベニアで暮らしていたときに行った数々の慈善行為を数え上げ、自分のために証言してくれる良き人々、特にウィルクスバリ近郊の人々の名前をたくさん挙げている。彼らを呼び出してくれさえすれば、と。ねじ伏せられ、皮剝ぎのテーブルに無理やり連れて行かれるあいだも、そういうことを言い続けている。彼をねじ伏せているのは数人の儀仗兵。見たところ、体のすべてが火でできているので、彼らに摑まれると（その炙るような手によって彼の喪服はすぐに焼き払われ）、激しい苦痛によって、彼はもはやもがくこともまったくできなくなる。ただ、顔を一瞬だけ私のほうに向け、そのとき彼の（恐怖に満ちた）目が私の目と合った。

ダイヤモンドのドアがバタンと閉まった。

次は私の番だ。

あなたはどのように生きてきた？　そう右側の者が訊ねた。

近くから見ると、彼は私がかつて通っていた学校のプリンドル先生のような風貌を帯びてきた。先生は私たちを正確に鞭打とうとするとき、残虐な顔をし、薄い唇をすぼめたものだ。

正直に答えなさい、ともう一人が警告した。その声は、陰気なジーン伯父さんのものになっていた（伯父さんはいつでも私に厳しく、一度酔っ払ったとき、私を穀物倉の階段から投げ落としたことがあった）。彼らは両側から頭を近づけてきて、私の頭にぶつけた。

私は彼らを完璧に受け入れようとした。何一つ偽ったり、隠したりしないようにしよう、と。私の力でできる範囲で、できるだけ私の人生を正確に伝えるのだ。

彼らは以前よりも激しく飛びのいた。そして彼らの小型版たちが現われ、さらに大きな灰色の石の鉢を持って進み出た。黄色い足をした審判員たちは激しく体を痙攣させ、鉢のなかに嘔吐し始めた。

私はキリストの使者を見た。

彼は目を伏せていた。

確認していいかな？　と左側の者が言った。右側の者が汚物にまみれた鏡を取り出した。左側の者は秤を取り出した。

素早く測定しろ、とキリストの使者が言った。

私は彼に背を向けて走った。

追跡はされなかった。なぜかはわからない。その気になれば、彼らは簡単に私を捕まえられたはずだ。できないはずがない！　走っている私の耳元を火の鞭がかすった。そこに込められた囁き声から、鞭の伝えようとしている言葉がわかった。

〈このことを他言してはいけない。

さもないと、おまえが戻って来たとき、もっとひどい結果になる。〉

（戻って来たときだって？　と私は考えた。恐怖の棘が私の心に刺さり、そこにいまでも刺さったままだ。）

私は何日も走った。何週間も、何カ月も。あの山道を登り、ついにある夜、休もうとして立ち止まり、眠りに就いて目を覚ますと……ここにいた。

ここに戻っていた。

ありがたかった。心からありがたかった。

それ以来、私はずっとここにいる。そして指示されたとおり、このことについてはまったくしゃべっていない。誰にも。

そこにどんな意味があるのだろう？　ここにいる私たちの誰にとっても、進路を変えるにはもはや遅すぎる。すべては終わってしまった。私たちは影であり、実体のない者たちである。そして、審判はあのかつての（実体のある）領域で私たちがしたこと（あるいは、しなかったこと）に基づいているので、私たちは永遠にそれを変えることはできない。そこでの仕事は終わり、私たちはただその報いを待つだけなのである。

私は長いこと必死に考えた。あのようなひどい罰を受けるに値することを、何かしただろうか。

わからない。

私は人を殺していないし、盗んでいないし、騙していないし、姦淫も犯していない。いつでも慈悲深く、公正であろうとしてきた。神を信じ、神の意志に従って生きるよう四六時中、能力の限りを尽くして努力してきた。

それなのに地獄に落とされるのだ。

私が（ときどき）疑いを感じたせいなのだろうか？　それとも、たまに欲望を抱いたせいか？　欲望に打ち勝ったときに抱いた誇りのせいか？　欲望に従わないことによって見せた臆病さのせいか？　私は外見を取り繕うことで人生を無駄にしたのか？　家族に関わることで分別が足りなかったり不注意だったりし、何か失敗をして、それを忘れているのだろうか？　（精神と肉体に囚われて）あそこで生きていたとき、ここで起きることを想像できると信じ込んだ傲慢さ（それ以外の何物でもない！）のせいか？　私の能力では到底理解できない何らかの罪を犯していて、それにいまでも気づいておらず、ゆえにまた罪を犯そうとしているのか？

わからない。

何度となく私は誘惑に駆られてきた。ミスター・ベヴィンズとミスター・ヴォルマンに真実をばらしてしまいたい。〈恐ろしい審判が待っているのだぞ〉と言ってやりたい。〈ここにとどまっていても、先延ばしにしているだけだ。あなた方は死んでいて、あのかつての場所には決して戻れない。夜が明けて、自分の体に戻らなければならないとき、そのおぞましい状態に気づかなかったのか？　あの恐ろしい残骸がもう一度あなたをあちこちに連れて行ってくれるなどと、本当に信じられるのか？　そのうえ（と、許されるのなら言いたい）あなた方はここに永遠にとどまるわけにはいかない。誰一人としてそうなのだ。私たちは神の意志に逆らっているのであり、だからいずれは打ち負かされ、ここを立ち去らなければならない。〉

しかし、指示されたように、私は沈黙を守ってきた。

これが私にとっておそらく最悪の苦しみだ。真実を言うわけにはいかない。しゃべるのは許されても、本質的なことを話してはいけないのだ。ベヴィンズとヴォルマンは私を博識ぶって威張り散らす傲慢な男だと考えている。だらだらとしゃべり続ける老人だ、と。私が助言しようとすると、目を上目使いにくるくるさせる。しかし、彼らはわかっていない。私の助言には、辛く並外れた経験が染み込んでいるのだ。

それで私は萎縮し、言い訳をして、ここに隠れるようになる。その間、ずっとわかっている（最も恐ろしいのはここだ）。どのような罪を犯したのかは依然としてわからないのだが、私の人生の記録はあの恐ろしい日以来まったく変わっていない。それを改善するようなことは何もしていない。というのも、できることは何もないのだから。この場所では、行動は意味を持たないのだ。

恐ろしい。

恐ろしすぎる。

ほかの人の経験が私のと違っているということはあり得るだろうか？　ほかの人は別の場所に進むといったことが？　そして、まったく違う経験をする？　つまり、私が見たものは空想の産物にすぎないといったことがあり得るだろうか？　私の精神が、信念が、希望が、密かな恐れがあれを作り出した？

そんなことはない。

あれは現実だった。

私の頭上で揺れている木々と同じくらい現実だった。足下の白っぽい砂利道と同じくらい現実だった。足下で浅い寝息を立てている少年と同じくらい現実だった。野蛮なインディアンに囚われた者のように、胸のところでしっかりと縛られ、巻きひげに巻きつかれて消えかかっている少年と同じくらい。これは私の怠慢のせいだ（上記のような思索にすっかり没頭していたため、私は彼のために働くことをかなり前から忘れていた）。そして、いま走りすべりながら道をやって来る、ミスター・ヴォルマンとミスター・ベヴィンズと同じくらい現実だった。その表情は、これまでに見てきた彼らのどんな表情よりも幸せそう（はるかに幸せそう）だ。

やったよ！　とヴォルマンが言った。本当にやったんだ。

我々がね！　とベヴィンズが言った。

我々があの人のなかに入り、説得した！　とヴォルマンが言った。

二人とも嬉しくてたまらない様子で、並んで屋根の上に飛び乗った。

そして、彼らの言うとおりだった。奇跡中の奇跡。彼らはあの紳士を連れ戻したのだ。彼は錠を握って、私たちの眼下の開けた場所に入って来た。白い石の家のドアの錠だ。彼はその錠を（悲しみにうなだれながらも）片手でリンゴのように小さく投げたり摑んだりしていた。

明るい月の光が射し込み、おかげで彼の顔をじっくりと見ることができた。

何ともすごい顔だった。

エヴァリー・トーマス師

62

鼻は太く、どことなくローマ人的だった。頬はこけて深い皺を刻み、肌は褐色に焼けていた。唇は厚く、口は大きかった。

ジェイムズ・R・ギルモア
『エイブラハム・リンカーンと南北戦争――個人的回想』

彼の瞳は暗い灰色だった。とても澄んでいて、表情に溢れ、その時々の気分によって変化した。

アイザック・N・アーノルド『エイブラハム・リンカーンの生涯』

目は輝き、鋭く、明るい灰色をしていた。

ロイド・オステンドーフ『リンカーン全写真』より
マーティン・P・S・リンドローブの回想

灰色がかった茶色い瞳が分厚い瞼の下に沈み込んでいた。深くて暗い皺に取り巻かれているかのようだった。

シャンブラン侯爵
『ミスター・リンカーンの個人的な思い出』

彼の目は青色がかった茶色だった。

ダグラス・L・ウィルソン&ロドニー・O・デイヴィス編
『ハーンドンへの情報提供者』より、ロバート・ウィルソンの回想

彼の目は青みがかった灰色だった――しかし、上の瞼が異常なほど重そうで、いつでもその深い

影に覆われていた。

F・B・カーペンター
『ホワイトハウスでの六カ月――ある写真の物語』

優しそうな青い目に、瞼が半分ほどかかっていた。

ジョン・S・バーンズ
『一八六五年、リンカーンとともにワシントンからリッチモンドへ』

リンカーン大統領の目は青みがかった灰色というより、灰色がかった青色と言いたい。というのも、青色の光が目立ちはしないのだが、常にそこに感じられたのだ。

ルース・ペインター・ランドルの書類より
エドワード・ダルトン・マーチャントの回想

これまでに見た人間の目のなかで最も悲しい目である。

ジョシュア・ウルフ・シェンク
『リンカーンのメランコリー――憂鬱症がいかに試練となり、偉大な大統領へと導いたか』より、ジョン・ウィドマーの証言

彼の写真は一つとして彼の姿を正しく伝えていない。

『ユーティカ・ヘラルド』紙

我々が見る彼の写真は彼の半分しか表現していない。

シェンク前掲書より
オーランド・B・フィクリンの証言

その顔は落ち着いているとき、私が見てきたなかで最も悲しいものだった。泣かずしてその顔を見られない日が何日もあった。

カーペンター前掲書

しかし彼が微笑んだり、声を出して笑ったりすると……

オステンドーフ前掲書より
ジェイムズ・マイナーの証言

活動的になると、その顔は火のついたランタンのように輝いた。

ドン・ピアット『人間リンカーン』より
あるジャーナリストの証言

だるそうにしているときと活動的なときとで、リンカーンほど顔の表情が違う人を私は見たことがなかった。

ウィルソン&デイヴィス前掲書より
ホレス・ホワイトの証言

彼の髪は焦げ茶色で、禿げそうな兆候はまったく見られなかった。

キャサリン・ヘルム『リンカーンの妻、メアリーの真実』より
ジェイムズ・ハーラン上院議員の証言

彼の髪は黒く、白髪はまだ混じっていなかった。

ナサニエル・ホーソン
「おもに戦争中のこと」

彼の髪にはかなり白いものが混じっていたが、まだ全体的に茶色かった。顎鬚はもっと白くなっていた。

『ウィスコンシン歴史マガジン』より
コーデリア・A・P・ハーヴィー
「ウィスコンシンの女性が描いたリンカーン大統領」

彼の微笑みほど愛らしいものはなかった。

チャールズ・A・デイナ
『南北戦争の思い出――六〇年代のワシントンと戦場の指導者たちとともに』

彼の耳は大きくて不恰好だった。

エイブラハム・M・ゴードン
『エイブラハム・リンカーン――医学的評価』

彼が機嫌のいいときには、陽気な象のように耳をパタパタさせるのではないかと、私はいつも思ったものだ。

プリンセス・フェリックス・ザルム＝ザルム
『私の人生の十年間』

彼の鼻はそれほど大きすぎるわけではなかったが、顔が細面であるだけに、大きく見えた。

エドワード・J・ケンプ
『常識に関するエイブラハム・リンカーンの哲学』

彼の鼻は長いが、彼自身が細長い人なので、釣り合いを取るために長くて当然なのだ。

ルース・ペインター・ランドル『メアリー・リンカーン――結婚の記録』より
ある兵士の回想

彼の笑い方もほんとにおかしいし、あんなぎこちないみぶりをする人はほかにだれもいない。だからもうろくじいさんから学校の生徒まで、みんなの注目を集める。そして数分のうちに、法廷のさいばん官のように落ち着き、考え込む。

ウィルソン&デイヴィス前掲書より
アブナー・エリスの証言

これまで見たなかで最高に醜い男だと私は思った。

フランシス・F・ブラウン
『エイブラハム・リンカーンの日常生活——貴重な新資料による、完全に新しい視点から見た偉大な大統領の伝記』より、ジョージ・C・ノイズ師の証言

初めてミスター・リンカーンを見たとき、私はこれまで見たなかで一番不細工な男だと思った。

クラーク・E・カー
『私の日々と時代』

これまで目にした人々のなかで最も醜い男。

フレデリック・ヒル・メサーヴ&カール・サンドバーグ
『エイブラハム・リンカーン写真集』より
セオドア・ライマン大佐の証言

私が見たなかで最も不細工な男。

ピアット前掲書

私が見たなかで最も醜いだけでなく、所作も容貌も最高に無骨で、ぎこちない男だった。

デイヴィッド・ハーバート・ドナルド『リンカーン』より
ある兵士の証言

ハンサムとは到底言えない男だったが、月を経るごとにどんどんやつれていき、醜くなっていっ

た。

W・A・クロフット
『リンカーンのワシントン――すべての人を知るジャーナリストの回想』

彼と五分も一緒にいれば、彼が野暮ったいとか不様《ぶざま》だとか考えなくなる。

『ユーティカ・ヘラルド』紙

自然によってここまで独特な形に作られた顔や体を見るとき、見る者の意見は通常以上にその人の性質に左右されるように思われる。

クリスタル・バーンズ編
『サム・ヒューム書簡集』

私には、彼はまったく醜いとは感じられなかった。彼の顔は人類に対する無限の優しさと慈愛に輝き、そこには知的な美のしるしが見られたからである。

ザルム＝ザルム前掲書

その顔は人柄のよさ、寛容さ、そして知性の光を放っていた。目は思わずそこにとどまり、ついには彼のことをハンサムであるとさえ思うようになるのだ。

リリアン・フォスター
『通りがかりに見たもの、北部と南部』

ミスター・リンカーンを見たら醜い男だと思うだろう、と隣人たちは私に言いました。しかし実際には、私がこれまで見たなかで最もハンサムな男性でした。

アレン・ソーンダイク・ライス
『同時代の著名人たちによるエイブラハム・リンカーンの思い出』

これほど思慮深い顔は見たことがありませんでした。そしてこんなにも威厳に溢れる顔も見たことがありませんでした。

ライス前掲書より

デイヴィッド・ロックの回想

ああ、何と悲痛な顔！　やつれ果て、言葉にならない悲しみが深い皺になって刻み込まれている。寂しげな表情は、人間の同情心では到底届かないほどの深い悲しみと苦しみを抱えた者のようだ。私が抱いた印象は、合衆国の大統領に会ったというより、世界で最も悲しい男に会ったというものであった。

ブラウン前掲書

63

一つひとつの動きにものすごい労力を要するようだったが、ミスター・リンカーンは鎖を摑み、そこに錠を引っかけた。

ロジャー・ベヴィンズ三世

しかしドアが少し開いており、息子の病体がなかにいるので、最後にもう一度入ろうという誘惑に勝てない様子だった。

エヴァリー・トーマス師

屋根から飛び降り、私たちも彼に続いてなかに入った。

ハンス・ヴォルマン

病体に近づいたために、かつての固い決意が緩んだようで、ミスター・リンカーンは病箱を壁のへこみから引っ張り出し、床に下ろした。

エヴァリー・トーマス師

彼がやろうとしたのはここまでのようだった。

ロジャー・ベヴィンズ三世

(ここまでさえ、彼はやるつもりはなかったのだ。)

エヴァリー・トーマス師

ただし、それから彼はひざまずいた。

ハンス・ヴォルマン

そこにひざまずき、箱の蓋を最後にもう一度開けたいという欲求に抗えないでいる様子だった。

エヴァリー・トーマス師

蓋を開け、なかを覗き込み、溜め息をついた。

ロジャー・ベヴィンズ三世

手を入れ、前髪を優しく整えた。

ハンス・ヴォルマン

組んだ白い手の位置を少しだけ直した。

ロジャー・ベヴィンズ三世

少年が屋根から叫んだ。

ハンス・ヴォルマン

我々は彼のことをすっかり忘れていた。

ロジャー・ベヴィンズ三世

私は外に出ると、また屋根に飛び乗り、少年を自由にしようとしばらく頑張った。彼はひどい状態だった。しっかりと縛りつけられており、茫然として言葉も出なかった。

それから私は思いついた。彼を引っ張り上げることができなくても、押し下げることはできるはずだ。

思ったとおりだった。彼の背中の下はまだ無事だったのである。

私は形成されつつある柔らかい甲羅のなかに手を入れ、彼の胸に触れた。そして思い切り胸を押すと、彼は苦痛の叫びとともに落ちていき、屋根を通り抜け、白い石の家に入った。

ハンス・ヴォルマン

少年は天井を通り抜け、父親のすぐ横に着地した。

そのすぐあとをミスター・ヴォルマンがついて来た。

ロジャー・ベヴィンズ三世

彼は膝をついて、前に出るようにと少年を促した。

入りなさい、そしてよく聞くんだ、と彼は言った。役に立つことがわかるかもしれない。

君のお父さんがある望みを表明するのを、我々は最近聞いたのだよ、とミスター・ベヴィンズが言った。

君がどこにいてほしいか、とミスター・ヴォルマンが言った。

〈どこか明るい場所にいて〉とミスター・ベヴィンズ。

〈苦痛から逃れ〉とミスター・ヴォルマン。

〈新しい存在の形を得てきらきら輝いている〉とミスター・ベヴィンズ。

入りなさい、とミスター・ヴォルマンが言った。

言われたとおりにしなさい、とミスター・ベヴィンズが言った。お父さんが何を望んでいるか、わかるから。

エヴァリー・トーマス師

少年はよろよろと立ち上がった。

ハンス・ヴォルマン

苦痛のために動作が鈍かった。

ロジャー・ベヴィンズ三世

老人のような足取りで、彼は父親のほうに向かった。

エヴァリー・トーマス師

以前父親のなかに入ったとき、少年は自分から意図したわけではなく、うっかりと入ってしまったのだ。

そして今回もやりたくなさそうだった。

ロジャー・ベヴィンズ三世

ハンス・ヴォルマン

64

そのあいだ、群衆が白い石の家のまわりに再び集まっていた。

ロジャー・ベヴィンズ三世

二度目の訪問の話がすぐに広まったのである。

エヴァリー・トーマス師

一刻一刻、人々の数が増えていた。

ハンス・ヴォルマン

それくらい、この並外れた事件に立ち会いたいという思いが激しかったのだ。

差し迫った変身の瞬間に少しでも参加したいと、みなが望んでいた。

ロジャー・ベヴィンズ三世

ハンス・ヴォルマン

一人ずつしゃべるという前提さえも捨て去り、彼らの多くが立っているところから必死に叫んでいた。ほかの者たちは図々しくも開いたドアに駆け寄り、なかに向かって自分の物語を叫んだ。

ロジャー・ベヴィンズ三世

その結果は壮大な不協和音だった。

エヴァリー・トーマス師

65

火を点けたのは俺なんだ。

アンディ・ソーン

あたしはチャンスがあるたびに盗んじゃうの。

ジャニス・P・ドワイトソン

おれはダイモンドとしんじゅを女に与えた。嫁と子供たちのこころをひきさき、やつらの住んでる家を売って、それでもっとダイモンドとしんじゅを女に買ってやった。なのにあいつはおれを捨て、ミスター・ハリフェンのところへ行きやがった。笑うと、馬みたいな黄色い歯を見せる、でかいタイコ腹の野郎だ。

ロバート・G・トウィスティングズ

立派な収穫のある六十エーカーの土地と畜舎いっぱいの豚、三十頭の牛に六頭の駿馬、冬には揺り籠のように心地よい丸石造りの家、俺のことを尊敬の眼差しで見る妻と、俺の言うことをよく聞く三人の上出来な息子、そして梨やリンゴやプラムや桃ができる素晴らしい果樹園。これだけのものがあっても、親父は俺を認めてくれないのか？

ランス・ダーニング

一つ気に入らないのは、あたしバカだってことなの！　みんなはあたしをバカみたいにずっと扱ってきた。そうよ！　バカなのよ。縫物だってあたしには難しいんだから。あたしを育ててくれた伯母さんは、何時間も座って縫物をして、あたしに手本を見せてくれた。こんなふうにやんなさいって。で、やるのよ、一度はね。でも、次のとき、言われたとおりにやろうとしても、座って針を振り上げたまま。伯母さんは、あんたに手本を見せるのはこれで九百万回目よって言う。どんなことだって同じなんだけど、あたし、覚えらんないの！　どんなことでもね。伯母さんが教えてくれたことを忘れちゃうの。若い男があたしを口説きに来てね、たとえば政府《ガヴァメント》についてなんか話すわけ。あたしはこう答えるの。ああ、衣服《ガーメント》ね、伯母さんが縫い方を教えてくれたわ。そうすると、男はポカンとしちゃうのよ。こんなつまらない女を誰が抱きしめたり愛したりする？　すごい美人なら別だけどね。でも、あたしはそうじゃない。十人並みよ。じきに歳を取って、若い男があたしに会いに来て退屈するようなこともなくなって、それでおしまい。歯が黄色くなって、そのうち抜けてくる。でも、一人ぼっちの婆さんになったって、バカだと大変よ。パーティとかでは、いつでも暖炉のそばに取り残され、幸せそうに笑ってるけど、誰もあたしと話したくないんだってわかってるわけ。

ミス・タマラ・ドゥーリトル

七十ポンドのパイプを引っ張って、スワットヒルを登った——家に帰ると、手はずたずたになって、血が流れてる——十九時間もぶっ続けに砂利を敷いた——それで俺がどうなったか見てくれ——エドナと娘たちがガウンを汚し、出たり入ったりして、俺の面倒を見ている——いつでも必死で働いた、明るく働いた——よくなったら、またあの仕事に戻る——ただし、左のブーツの靴底は張り替えないといけない——それからドアティに貸した金を返してもらわないと——エドナはこのことを知らない——返してもらえなくなるんじゃないかと心配だ——いまこそあの金が必要なんだから——俺が働けないんだからな——エドナにそのことを知らせてくれませんか——そうしたら金を返してもらいに行ける——いまこそ金が必要なんだから——俺が病気で寝込んでいて、あいつらの役に立たないから。

トビン・「アナグマ《バッジャー》」・マラー

ジョンズ・メルバーンさんが僕を牧師館の隅のほうに連れて行って、いやらしい触り方をした。僕はまだ子供だった。メルバーンさんは偉い人だ。やめてくださいなんて言わなかった（言えなかった）。決して。誰に対しても。僕はこのことをいま話したい。このことを話して、それから――

ヴェスパー・ヨハネス

ミスター・デクロイとブルーマー教授とがドタドタとやって来て、ミスター・ヨハネスを荒っぽく突き飛ばし、ドア口にバタッと寄りかかった。長年、互いにお世辞を言い合った結果、二人は腰のところでつながっていた。

エヴァリー・トーマス師

脂の乗り切った時期、私はそれまで科学界で知られていなかった発見をたくさんした。しかし、それに対して正当な評価を受けなかった。同僚たちがどれだけ愚かだったかを話したかな？　私の研究はその重要性において彼らのものをはるかに上回っていた。しかし、彼らは自分たちの研究が私のを上回っていると信じていた。私は彼らによって小物扱いされていたのだ。自分が大物だと、私にはわかっていたのだが。私は十八冊もの優れた学術書を出版し、それぞれが完全に新しい領域を切り開いていた。たとえば――

大変申し訳ない。

自分の正確な研究分野を一時的に思い出せなくなるときがあるのだ。

しかし、私は最後の屈辱を覚えている。あそこを立ち去り、ここに連れて来られる前（私はあの懐かしいカエデの木のところにとどまり、身を震わせていた）、家の荷物はすっかり持ち出され、私の原稿はすべて空き地に運ばれて――

先生、興奮なさらないでください。

エドマンド・ブルーマー教授

そのように身を乗り出されると、我々のつながっているところが痛むのです。

ローレンス・T・デクロイ

燃やされたのだ！

未刊の素晴らしい研究書の数々が燃やされてしまった。

エドマンド・ブルーマー教授

まあ、まあ。私のピクルス工場がどうなったかはご存じですか？　話題を変えようってわけではないですが。まだ建っています。それについては誇りを抱いてますがね、ただピクルスはもう作られていません。いまでは船造りの会社みたいなものになってるんですよ。デクロイ・ピクルスという名前はもはや——

ローレンス・T・デクロイ

あまりに不当だ！　私の研究、あの革新的な研究が、雲となって昇っていき——

エドマンド・ブルーマー教授

私もそんなふうに感じます、私の工場についてです。全盛期は活気に溢れていたのですよ。朝のホイッスルが鳴ると、周囲の家々から私の七百人もの忠実な労働者たちが——

ローレンス・T・デクロイ

あれが不当だということに同意してくれてありがとう。そういう鋭い識別力を持つ者はそれほどいない。直観的に同情心を抱いてくれる人は。私の研究に対してだ。あなたは私が偉大な研究者であると認識してくれたであろう。あのときに会ってさえいたら！　あなたが当時の主要な科学雑誌の編集者でいてくれたら！　そうしたら、私の論文を掲載してくれただろう。そして、私は正当な評価を受けたはずなのだ。ともかく、私が当時の最高の思想家であったことを認めてくれて、心から感謝する。救いのようなものを感じるよ。同世代のなかで最も優れた精神の持ち主であったと、ついに認められて。

エドマンド・ブルーマー教授

ところで、私のピクルスを召し上がったことはありませんか？　今世紀の最初の頃、ワシントン周辺でピクルスを召し上がったことがあるなら、「デクロイ・フェローシャス」である可能性が高いのです。

ローレンス・T・デクロイ

瓶に赤と黄色のラベルが貼ってあるやつじゃないかな。そこにはベストを着たクズリの絵が描かれていた。

エドマンド・ブルーマー教授

それです！　それが私のピクルスです！　おいしかったですか？

とてもおいしかった。

ローレンス・T・デクロイ

ありがとうございます、私のピクルスが最高だとおっしゃってくれて。あの当時、たくさんのピクルスが国で作られていたのに、私のが圧倒的に最高だったとおっしゃってくれるなんて。

エドマンド・ブルーマー教授

私の研究と同じだ。当時の世界で最高だった。そう思わないかな？　この点で、我々は同意できるだろうか？

ローレンス・T・デクロイ

できると思います。
前にも同意したと思います。
数えきれないほど何度も。

エドマンド・ブルーマー教授

私の研究をあなたがどれだけ高く評価しているか、またじきに思い出させてくれるとありがたい。そんなに称賛してもらえるなんて、本当に感激だ。私もあなたのピクルスがどれだけおいしかったか、よろしければまたじきに話すだろう。喜んでそうさせていただく。その価値があるからな。あなたはこんなにも忠実で、私のことを称賛してくれるのだから。

エドマンド・ブルーマー教授

奇妙ではないですか？　人生のいろんな面をなおざりにして、一つの事業に身を捧げてきたのに、最後にはそれが無に帰するなんて。人の労働の産物が完全に忘れられてしまうなんて。

ローレンス・T・デクロイ

幸いなことに、それは我々には当てはまらない。我々の素晴らしい業績は生き続ける！　そう互いに（再び）確認し合ったのだから。

エドマンド・ブルーマー教授

バロン夫妻がドア口に突進してきて、二人のあいだに無理やり割り込んだ。二人の体は一瞬だけ切り離された。

ハンス・ヴォルマン

いてっ。

エドマンド・ブルーマー教授

ちょっと、痛いんだよ！

ローレンス・T・デクロイ

切り離されたときと、またくっつくときにな。

エドマンド・ブルーマー教授

失礼。
牧師さん。

エディ・バロン

あたしたち、終わってなかったのよ。

ベッツィ・バロン

俺たち、追い払われただろ。
前に。

エディ・バロン

だから。

ベッツィ・バロン

俺が言ってたようにな。
やつらなんか××くらえだ！　あの親不孝の××どもには俺たちを責める資格なんぞ××ほどもねえ。俺たちの××靴をはいて一マイル、歩いてみるまではな。やつらの一人として、俺たちの××靴で半マイルも歩いてねえんだ。

たぶんパーティをやりすぎたね、あたしたち。だから会いに来ないんじゃないかしら。

エディ・バロン

あのガキども、生まれたときからしおれた爺さん婆さんみたいだったんだ。楽しむってことが××ほどもわかっちゃねえ！　「パーティ」の別の言葉を知ってるか？　お祝いだよ。「お祝い」の別の言葉を知ってるか？　××みたく楽しむことだ。××浮かれ騒ぐってこと。だから俺たちは××エールを飲んだ！　××ワインも飲んだ！

ベッツィ・バロン

アヘンもちょっと——
エディ・バロン

あの××なブツも試してみればよかったな、あの野郎を怒らせないように。誰だっけ？　あれを持って来たのは？　あの騒ぎを始めた野郎は——

ベッツィ・バロン

ベンジャミンよ。

エディ・バロン

ああ、ベンジャミンだ、ベンジー！　あの××みたいな口髭を覚えてるか？　一度、マクマレーんとこであいつを押さえつけ、毛を剃ったことがあったよな？

エディ・バロン

あたし、一度だけベンジーとあれをしたわ。

ベッツィ・バロン

ああ、してないやつがいるか？　ハッハッ！　いや、俺はあの××ベンジーとしてないけどな、覚えてる限り。でも、そこらじゅうでどんちゃん騒ぎになって、誰が誰としてたかなんて××わからなくなっちまったこともある――

エディ・バロン

そのとき、群衆のなかからすさまじい叫び声が――

エヴァリー・トーマス師

不満そうな囁き声もあがり――

ロジャー・ベヴィンズ三世

多くの人々が叫び始めた。駄目だ、駄目だ、それは相応しくない。あの「黒人ども」は――

エヴァリー・トーマス師

「黒い野獣ども」は――

ハンス・ヴォルマン

「呪われた野蛮人ども」は――

ロジャー・ベヴィンズ三世

元いた場所に帰れ、と要求し始めた。

エヴァリー・トーマス師

これは重要な機会であり、彼らがそれを台無しにすることは許さん、と。

ハンス・ヴォルマン

彼らにもチャンスを与えろ、と群衆のなかから誰かが言った。この場所では、みんなが同じだ。

よく言うよ、とほかの誰かが叫んだ。

そして殴り合う音が聞こえてきた。

エヴァリー・トーマス師

しかし、黒い肌をした数人の男女は大胆にもバロン夫妻のあとに続き、柵の向こう側にある共同墓地から出て来た。

ロジャー・ベヴィンズ三世

そして、罵声にもひるまなかった。

ハンス・ヴォルマン

言うべきことを言おうと決意している様子だった。

エヴァリー・トーマス師

66

わたくしはあらゆる方面で止揚することに全力を尽くし、高い美徳を自らに分配しようとし、というのもそれなくしては人間はまさに倒れるしかなく、そのような不幸のなかに生きるとすれば、そこに何の益ありや。

エルソン・ファーウェル

この××野郎は何を言ってるんだ?

エディ・バロン

もっと簡単に言いなさい、エルソン。みんなにわかるようにね。

ベッツィ・バロン

不幸な星の下に生まれたのだから、悲しい運命を悔しさもなく背負い、ただ屈するだけだとしたら、どんな魅惑がわたくしに生まれるだろうか。しかしそれに対してわたくしは常に喜んで不愉快なる重荷を担ってきて、こうした自己を改善せしむる僅かばかりの機会も逃さんとしてきた。たとえば読書だ（わたくしは多くの時間を盗み、ミスター・イーストの廃棄図書から収集したページに悲惨な思いで広範なメモを取ってきた）。つまり、わたくしの魂において最高のもの、最も輝くものを見つけ、探究する――たとえば清潔なリンネル類、（ダンスのときのような）優雅な動き、会話の途中で振り上げたフォークがちらちらと輝くこと、そしていないなくような愉快な笑いを漏らすこと。

エルソン・ファーウェル

この××野郎ときたら、××みたいに複雑なしゃべり方をしやがる。

エディ・バロン

私たちの穴で彼の腰はね？　私の腰に接してるの。

ベッツィ・バロン

やつの××ったれなケツはここだ、俺の肩んとこ。

エディ・バロン

気にしないわ。私たちの友達ですもの。
ベッツィ・バロン

やつらの仲間だけど、やっぱり俺たちの友達だ。
エディ・バロン

礼儀正しいし。
ベッツィ・バロン

自分の居場所ってものを知ってる。
エディ・バロン

自分をより高い次元に退場せしめることは、わたくしの輝く側面を前面に出すということで、そうすればすぐに（わたくしの希望では）イースト家の人々がもっと輝かしい光の下でわたくしの将来について議論し、かてて加えてわたくしを昇進させてくれるはず、家の仕事に。そうなれば、これまでわたくしの高い感性を焦らせ、怒らせ、苛立たせ、批判してきたわたくしの苦しみはすぐに逆転し、わたくしは喜びの叫び声をあげてより穏やかな人生を手に入れ（つまり、鞭打ちが減り、優しい微笑みが増え）、そうなれば……。

エルソン・ファーウェル

緩和する。

彼はいつもここで「緩和する」を忘れるのよ。

ベッツィ・バロン

エディ・バロン

緩和する、そうだ。

わたくしのかつての不幸を緩和するだろう。

エルソン・ファーウェル

見ててごらんなさい。

ベッツィ・バロン

腹を立てれば立てるほど、やつはちゃんとしゃべるんだ。

エディ・バロン

しかし何としたことだ。

結果はこういうことになった。

わたくしのかつての不幸は緩和されなかった。

それどころじゃない。

ある日、わたくしたちはワシントンから連れ出され、花火のために郊外に行かされた。そのとき病気になり、わたくしは道端に倒れ、起き上がれなかった。太陽はぎらぎらと照り、わたくしは悶え——

何だっけ。

エルソン・ファーウェル
「道端で悶え苦しんだけれども、誰も来てくれず」よ。

ベッツィ・バロン
道端で悶え苦しんだけれども、誰も来てくれず。ようやくイースト家の末っ子、レジナルドが通りがかり、こう訊ねた。エルソン、体が悪いの？　そうです、とわたくしは言った。とても悪いです。そうしたら彼は、すぐにわたくしのために人を呼んでくると言った。

ところが、誰も来ない。ミスター・イーストは来ないし、ミセス・イーストも来ない。ほかのイースト家の子供たちも来ない。いつもニタニタ笑っている残忍な奴隷監督、ミスター・チャスタリーでさえ来ない。

レジナルドは花火にすっかり興奮して、忘れてしまったのではないかと思う。

わたくしのことを忘れたのだ。

彼が生まれてからずっと見守ってきたわたくしのことを。

そして、そこに横たわっていると——

チッ。

エルソン・ファーウェル
そこに横たわっていると、「神の啓示のような力で」心に浮かんできたことがあった。

エディ・バロン

そこに横たわっていると、神の啓示のような力で心に浮かんできたことがあった。わたくしは（このエルソン・ファーウェル、誰より賢く、母のお気に入りの息子は）ひどい騙し討ちにあったのだ、と。そして（色とりどりの花火が頭上で弾け、星条旗や歩く鶏、緑がかった金色のほうき星といった形になり――まるでわたくしに仕掛けられた冗談を祝福するかのように――花火が一つ上がるたびに、イースト家の太った我儘な子供たちが歓声をあげる）わたくしはこれまで友好的な態度を保ち、ニコニコと愛想よくかしずいていた刻一刻を後悔し、心の底から望んだ（木々を通して月光がまだらに注いでいたのが、わたくしの最後の瞬間にはすべて真っ暗になった）、わたくしの健康がたとえ一時間でも快復したら、これまでの大きな失敗を正そう、と。つまり、彼らの前で縮こまったり、へつらったり、お世辞を言ったりする習慣から自分を切り離し、立ち上がって、あのいつもお気楽なイースト家の子供たちのところに戻って、やつらを棍棒で殴り、ナイフで刺し、ずたずたに切り裂いて殺してやる。そしてあのテントも引き裂き、家を焼き尽くし、自分の――えっと。

エルソン・ファーウェル

「ささやかな人間性を取り戻すのだ。なぜなら獣以外に――」

ベッツィ・バロン

ささやかな人間性を取り戻すのだ、そう。なぜなら獣以外に、わたくしが耐えてきたようなことに異議も唱えずに耐える者はいない。そして獣でさえ、その主人の流儀を身につけ、それによって可愛がってもらおうなどとはしない。
しかし、もう遅すぎた。
遅すぎる。
これからでは手遅れなのだ。
次の日、わたくしがいないことに気づくと、彼らはミスター・チャスタリーに探しに行かせた。
そして彼がわたくしを見つけ、家に連れ戻す必要もないと考えて、あのドイツ人を雇った。彼がわたくしをほかの数人と一緒に荷車に載せ——

エルソン・ファーウェル

あの××ドイツ野郎、俺の女房のパンを盗みやがった。

エディ・バロン

とてもおいしいパンだったのよ。

ベッツィ・バロン

そこでエルソンと会ったんだよな。

エディ・バロン

あの荷車の後ろで。

ベッツィ・バロン

それ以来ダチなんだ。

エディ・バロン

復讐を遂げるまでわたくしはここを離れない。

エルソン・ファーウェル

でもな、エルソン、おまえが××復讐を遂げるなんてことはないんだ。

エディ・バロン

あんたに起きたことに教訓があるのよ、エルソン。

ベッツィ・バロン

白人でねえんなら、白人になろうとしちゃいけないってこと。

エディ・バロン

あのかつての場所に戻れるのなら、わたくしはいまからでも復讐する。寝室の棚を倒して、レジナルドのガキの丸々とした顔をつぶしてやる。ミセスが階段で首を折るように仕向け、ミスターが彼女の麻痺した体に寄り添っているときに彼の服が燃え上がるようにする。あの家に疫病をもたらし、子供たちを全員殺す。赤ん坊だって容赦しない。もっとも、わたくしは子供たちがとっても——

エルソン・ファーウェル

ちょっと言わせていただけるかな、エルソン――話を遮って申し訳ないんだが――君が話してきたような辛い経験は、俺はしたことがないんだ。

ミスター・コナーとその善良な奥様、そして子供たちも孫たちもみんな、俺にとっては家族のようだった。俺は妻や子供たちと引き離されたこともない。いいものを食べてたし、鞭で打たれることもなかった。小さいけど素敵な黄色い小屋も与えてくれたしね。すべてを考慮すれば、幸せな生活だった。人間はみな、自由をある程度制限されて働くものじゃないか。完全に自由なんてやつは一人もいない。だから俺は、すべての人間に共通する人生の極端な形を生きていた（と、だいたいにおいて感じていた）。俺は妻と子供たちを可愛がったし、あらゆる労働者がするようなことをしていた。まさに自分たちにとっても益になり、みんなが仲良く暮らしていけるようなこと。すなわち、善良で正直な従僕となり、やはり――幸いなことに我々に対して――善良で正直な人々に仕えるということだ。

もちろん、抵抗の声が心に湧き上がることはしょっちゅうあった。命令が与えられるようなとき、俺の心の奥で小さな声が囁くのだ。こういうときに必要な仕事は、その声を無視すること。特に反抗的だとか、怒っている声とかってわけじゃない。ただ、小さな人間の声がこう言うだけだ。俺はあんたが俺にやらせようとすることではなく、自分のやりたいことをやりたい。

そして、認めざるを得ないが、その声は決して静まらなかった。

年月を経るにつれ、静まるよりも大きくなっていった。

だからといって、不平をだらだら言うべきではない。自由に楽しめる時間、幸せな時間はたくさんあった。たとえば、水曜の午後、俺は二時間の自由時間を与えられた。三週間に一度の日曜日は、あまり忙しくなければだが、完全に自由だった。確かに、こうした休憩中の楽しみはささやかなものだったし、ほとんど子供じみてもいた。〈レッドのところに行っておしゃべりする。池に行ってしばらく腰を下ろす。あの道ではなく、この道を行ってみる。〉そして、「トーマス、こっちに来い」とか「トーマス、そのトレーを取ってくれ」とか「トーマス、あの野菜畑は手入れが必要だから、チャールズとヴァイオレットを連れて行って、働かせてくれないか？」などと言って邪魔する者はいない。

ただし、もちろん、邪魔する必要ができた場合は別だ。そういう場合、当然ながら、彼らは俺の邪魔をする。水曜日の午後でも。日曜日だってそうだ。何曜日であろうが、夜遅くに指示がくることもある。俺が妻と親密な時間を過ごしているようなとき。あるいは、体が切に欲する眠りに深く沈み込んでいるとき。お祈りをしているときや、野外便所にいるとき。

それでも、だ。俺には自分の時間があった。自由で、誰にも妨げられず、指図されない時間が。ところが奇妙なことに、俺を最も苦しめるのはこ、う、い、う時間の記憶なのだ。

生まれてから死ぬまで、ずっとこういう時間を過ごしているやつもいる、と考えてしまうから。

トーマス・ヘイヴンズ

どうしてわたくしたちの穴に住むことになったのですか？

エルソン・ファーウェル

俺は町にいた。使いに出されたんだ。そうしたら胸に痛みを感じ、それから――

トーマス・ヘイヴンズ

彼らはあなたを探しましたか？

エルソン・ファーウェル

探したともさ！
いまでも探してるはずだ。
妻が率先し、コナー夫妻も全面的に支援してくれている。
ただ――まだ俺を見つけてないってだけだ。

トーマス・ヘイヴンズ

この男は若い混血の女に簡単に押しのけられた。白いスモックを着た女で、青い縁取りのついたレースのボンネットをかぶり、激しく震えている。驚くほど美しい女なので、白人の嘆願者たちのあいだから低い囁き声があがった。

ロジャー・ベヴィンズ三世

さあ、リッツィー。いま話さなかったら、もう××チャンスはないわよ。

ベッツィ・バロン

＊＊＊＊＊＊＊

リッツィー・ライト

何も言わねえ。

エディ・バロン

いつもそうなの。

ベッツィ・バロン

どんな××なことをされたんだ、こいつは？　こんなに黙り込んでしまうなんて？

エディ・バロン

ずんぐりした年配の黒人女が現われ、この混血女の横に立った。見たところ、かつての場所では大柄で、楽しい人だったのだろうと思われる。しかし、いまはまったく楽しい存在ではなく、いつも怒っていて、顔をしかめている。重労働で棒のようになった足から血が流れていて、二筋の赤い線が背後に続いている。混血女を支えようと、（これまた重労働で棒のようになった）手を彼女の腰に添えると、白いスモックの二カ所に血の手形がつく。混血女はその間も低く唸りながら震え続けている。

エヴァリー・トーマス師

＊＊＊＊＊＊＊＊＊＊＊

リッツィー・ライト

彼女がされたことは、たくさんの者たちによって、たくさんの回数、為されてきた。彼女がされたことは、抵抗できるものではなかったし、彼女は抵抗しなかった。ときどき抵抗したが、そうすると、もっとひどい場所に送られることになった。抵抗しても、単に力ずくで押さえつけられることもあった（拳骨や膝、板などで打たれた）。彼女がされたことは何度も何度も為された。あるいは、一度しか為されなかった。彼女がされたことは、彼女にまったく影響を与えなかった。あるいは、激しい影響を与えた。その結果、彼女は神経過敏になって身を震わせるようになった。憎悪に溢れたことを口にするようになった。シダー・クリークの橋から飛び降り、これほどまで頑固に口を閉ざすようになった。彼女がされたことは、大男によって為され、小男によって為され、主人によって為された。彼女が働いている畑をたまたま通りかかった男たちによっても為された。主人の、あるいはたまたま通りかかった男たちの、十代の子供たちによっても為された。その家で飲み騒いでいた三人の男たちが、外に出て帰途につこうとしたとき、薪を切っている彼女を見て、ということもあった。彼女がされたことは、まるで邪悪な教会に通うかのように、決まった日時に為された。あるいは、行き当たりばったりに為された。あるいは、まったく為されず、一度も為されず、ただその恐れが常にあった。いつでも身には危険が迫り、それを世間が許していた。彼女がされたことは、まともな正常位によるセックスだった。あるいは、アナルセックスだった（可哀想な彼女はこんな言葉を聞いたこともなかったのだが）。彼女がされたことは、ささやかな変態じみた行為だった（田舎の小男たちが口にする猥褻な言葉が伴奏だった――彼らは同じ民族の女性にこんなことをするなんて夢にも思ったことがなかった）。あるいは、ほかに誰も人がいないかのように行われた――つまり、男しかおらず、男が行為をしていて、彼女は（温かくて無口な）蠟人形にすぎないかのようだった。彼女がされたことは、つまり誰でもしてみたいと思うことのすべてだった。そして誰かが何かをしてみたいとほんの少しでも望めば、それはしてよいのだった――することは可能だったし、実際にされてきた。一度ならず二度も、三度も、四度も――

ストーン中尉が（「下がれ、欠片ども、下がれ！」と叫びながら）すごい勢いで走ってきた。がっしりした白人男たち（そのなかにはペティ、デイリー、バーンズなどがいた）の先頭に立っている。彼は黒人の嘆願者たちを白い石の家から荒っぽく追い払い、折れた木の太い枝を胸の高さに水平に持って、彼らに突きつけた。

ロジャー・ベヴィンズ三世

怒りの声が黒人の集団のあいだからあがった。

ハンス・ヴォルマン

なんということだ、とミスター・ヘイヴンズが言った。あちらだけでなく、こちらでも？

ミセス・フランシス・ホッジ

××みたいに乱暴するな！

エディ・バロン

私たちの知り合いよ。いい人たちだわ！

ベッツィ・バロン

ペティ、バーンズ、デイリーたちは、大きな赤い顔を怒りで歪め、脅すようにバロン夫妻に近づいた。夫妻はすごすごと群衆のなかに退いた。

ハンス・ヴォルマン

ストーン中尉が合図すると、白人のパトロール隊はさらに前に出て、黒人の集団を恐怖の鉄柵に追い込んだ。

エヴァリー・トーマス師

（この柵は、彼らにとっては特に恐ろしくなかった。というのも、この領域内に住んでいる者に対してしか、その毒のような効力は働かないのだ。）

ハンス・ヴォルマン

したがって膠着状態となった。ストーン中尉とパトロール隊は吐き気を催し、それ以上近づくことができなくなった。そのため、黒人の集団を柵の向こうへと追い出すことができない。黒人たち一人ひとりは、このような非道な行為に対する我慢の限界に達していたので、こちら側に何としても踏みとどまろうとした。

エヴァリー・トーマス師

その間、白い石の家の前に空間が開けたのをいいことに、何十人もの（白人の）嘆願者たちが殺到した。自分たちの物語をドア口に向かって勝手に叫んでいる。必死に張り上げる彼らの声を聞き分けることは不可能だった。

ハンス・ヴォルマン

67

もちろん、こうした会話はミスター・リンカーンにはまったく聞こえない。彼にとって、そこは静まり返った真夜中の納骨所にすぎなかった。

エヴァリー・トーマス師

いよいよ重大な瞬間がやって来た。

ロジャー・ベヴィンズ三世

少年と父親は交流しなければならない。

ハンス・ヴォルマン

その交流が少年の目を開かなければならない。ここを立ち去るように促さなければならない。

ロジャー・ベヴィンズ三世

さもなければ、すべてが失われてしまう。

エヴァリー・トーマス師

どうしてぐずぐずしているんだ？　とミスター・ヴォルマンが少年に言った。

ロジャー・ベヴィンズ三世

少年は息を深く吸い込み、心の準備を整えている様子だった。指示を受けるために、ようやくなかに入る決心がついたのだ。

ハンス・ヴォルマン

68

そのときだった。何という不運。

ロジャー・ベヴィンズ三世

暗闇にランタンの光が現われたのだ。

ハンス・ヴォルマン

ミスター・マンダーズ。

夜間の警備員だ。

彼はいつもと同じような表情をして近づいて来た。怯えているのだが、怯えていることにどことなく恥ずかしさも感じていて、とにかく早く見張り所に帰りたい様子だった。

ロジャー・ベヴィンズ三世

エヴァリー・トーマス師

我々はマンダーズが好きだった。彼はこうした巡回のとき、自分が怖気づかないように、我々に対して気さくに呼びかけるのだ。それによって、「外の世界」の様子が以前と変わらないことを我々に示してくれる。つまり、食べて、愛して、喧嘩して、子供が生まれて、浮かれ騒いで、人を恨んで、といったすべてがいまでも順調に進んでいるってこと。子供たちの話をする夜もあった——

ロジャー・ベヴィンズ三世

フィリップ、メアリー、ジャック。

ハンス・ヴォルマン

彼らがどんな様子かを話してくれるのだ。

ロジャー・ベヴィンズ三世

彼はこうしたことを冗談っぽい口調で話しているわけだが、我々は彼のレポートをとてもありがたく思っていた。

ハンス・ヴォルマン

今晩、彼は「ミスター・リンカーン」と呼びかけながらこちらにやって来た。ときどき呼びかけ方を「ミスター・プレジデント」と変えていた。

エヴァリー・トーマス師

我々はマンダーズが好きだったのだが――

ハンス・ヴォルマン

今回のタイミングはまずかった。

エヴァリー・トーマス師

ひどい。

ロジャー・ベヴィンズ三世

最悪だ。

ハンス・ヴォルマン

お父さんのことを呼んでる、と少年が言った。彼はドアの脇の壁にだらりと寄りかかっていた。
君のお父さんはプレジデントなのかい？　と牧師さんが茶化すように訊ねた。
そうです、と少年が言った。

どこの社長《プレジデント》？　と牧師さんが訊ねた。

合衆国の、と少年が言った。

そうなんですよ、と私は牧師さんに言った。あの人は大統領《プレジデント》です。かなり時が経ちましてね。いまは戦争中です、とミスター・ヴォルマンが言った。自分たち同士で戦ってるんですよ。大砲までは〈ミネソタ〉と呼ばれる州もあります。

ものすごく進歩しました。

兵士たちが議事堂内に野営しています、と私。

我々はこうしたことをすべて見たんです、とミスター・ヴォルマン。

我々が彼のなかに入っていたときにね、と私。

ロジャー・ベヴィンズ三世

ミスター・マンダーズがドアから入って来て、ランタンでその閉ざされた空間を照らし出した。

ハンス・ヴォルマン

それまで暗かったところが明るくなり、我々は石の壁の溝や窪みが見えるようになった。ミスター・リンカーンのコートの皺も見えた。

ロジャー・ベヴィンズ三世

少年の病体の青白い顔、落ち窪んだ目鼻立ちも。

ハンス・ヴォルマン

それはあそこに横たわっていた――

エヴァリー・トーマス師

病箱に。

ハンス・ヴォルマン

おや、とマンダーズが言った。こちらにいらしたんですね。

ああ、とミスター・リンカーンが言った。

お邪魔して本当に申し訳ありません、とマンダーズが言った。灯りが――灯りがご入り用かと思ったもので。歩いて戻られるときに。

かなり時間をかけて立ち上がってから、ミスター・リンカーンはマンダーズと握手した。

ロジャー・ベヴィンズ三世

気まずそうな様子だった。

ハンス・ヴォルマン

おそらくここにいるのを見られて恥ずかしいのだろう。

エヴァリー・トーマス師

息子の病箱の前でひざまずいていたのだから。

ハンス・ヴォルマン

開いた病箱だ。

エヴァリー・トーマス師

ミスター・マンダーズの視線は心ならずもミスター・リンカーンを通り越し、病箱の中身に注がれた。

ハンス・ヴォルマン

ミスター・リンカーンは、灯りがなかったら帰るときに困るのではないかとミスター・マンダーズに訊ねた。ミスター・マンダーズは、確かに自分は臆病なので、灯りがあったほうがいいですが、それでもこの場所は自分の手の甲と同じくらいよく知っていますと応えた。ミスター・リンカーンは、もう少しだけミスター・マンダーズが待ってくれるのなら一緒に戻れるので、それでどうかと提案した。ミスター・マンダーズはそれを受け入れ、外に出た。

ロジャー・ベヴィンズ三世

おしまいだ。

エヴァリー・トーマス師

彼らはまだ交流していない。

ハンス・ヴォルマン

まだ何も起こっていない。少年の役に立つようなことは何も。

ロジャー・ベヴィンズ三世

少年は父親に歩み寄ってもいなかった。

ハンス・ヴォルマン

壁に寄りかかったまま、恐怖のあまり凍りついていた。

エヴァリー・トーマス師

ところがそのとき、我々はそれが恐怖ではないことに気づいた。
彼の背後の壁が液化し、巻きひげが何本も現われて、四、五本が彼の腰に巻きついた。這い広がる恐ろしいベルトが彼をしっかりと縛りつけたのだ。

ロジャー・ベヴィンズ三世

彼を自由にするには時間がかかる。

ハンス・ヴォルマン

あの紳士が立ち去るのを何とかして遅らせなければならない。

エヴァリー・トーマス師

私はミスター・ベヴィンズを見た。

彼も私を見つめた。

ハンス・ヴォルマン

何をすべきかを互いに了解した。

ロジャー・ベヴィンズ三世

我々にはその力がある。説得する力が。

ハンス・ヴォルマン

前にもやったことがある。それから一時間も経っていない。

ロジャー・ベヴィンズ三世

ミスター・ベヴィンズのほうが若く、たくさんの（とても強い）腕の持ち主だった。それに対して私は裸で、巨大なモノのために動きを常に妨げられていた。少年を解放するという骨の折れる仕事には向いていない。

そこで私が一人でミスター・リンカーンのなかに入った。

ハンス・ヴォルマン

69

そして、何ということだろう。この人は沈み込んでいた。

彼はきちんと別れを告げたいと思っていた。息子の最後の旅立ちを暗い気持ちではなく、前向きな気持ちで見送りたかったのだ。暗い気持ちが何らかの形で息子に伝わるといけないので（少年はもう何も感じないのだと自分に言い聞かせていたのだが）。しかし、彼が心に抱いていたのは悲しみと疚しさと悔いばかりで、それ以外の気持ちはほとんど見つからなかった。そのため慰めになるような思いが浮かぶのを期待し、その思いを膨らませていけないものかと考えて、そこにとどまっていた。

しかし、何も浮かばなかった。

沈み込み、以前よりも寒く、悲しくなって、彼は心を外へと向けた。〈外の世界〉での人生に慰めを求め、将来への励ましとなるものを求めた。自分が尊敬を集めていることにも慰めを求めようとしたが、何も浮かんでこなかった。それどころか、彼はよく思われていないようだった。何事に関してもまったく成功していなかったのである。

ハンス・ヴォルマン

70

想像を絶するほど死体の山が積み上がり、悲しみがどんどん高まっていって、これまであまり犠牲を払ってこなかった国民はリンカーンを責めるようになった。戦争遂行にあたっての彼の迷い、統率力の欠如などを非難するのである。

ラリー・タグ
『不人気なミスター・リンカーン――アメリカで最も罵倒された大統領の物語』

大統領は低能である。

スティーヴン・シアーズ編
『南北戦争中のジョージ・B・マクレラン書簡集』

見栄っ張りで、弱く、子供っぽく、偽善的で、礼儀を知らず、社交的な気品にも欠けていた。人に話しかけるとき、よく拳骨で相手の胸を叩いた。

カール・サンドバーグ『戦争の四年間』より
シェラード・クレメンスの証言

明らかにとても劣る人格の持ち主であり、この難局にまったく相応しくない。

彼の演説はここの人々をすっかり白けさせた。彼が偉大な人物だという期待はすっかり消え失せたのである。

アラン・ネヴィンズ『リンカーンの登場——南北戦争前夜、一八五九〜六一』より
エドワード・エヴァレットの証言

どこから見ても、これまで選ばれた大統領のなかで最低の人物だ。

タグ前掲書より
チャールズ・フランシス・アダムス下院議員の証言

クレメンス前掲書

時代の流れを読めなかった者として子孫に伝えられるであろう。あるいは、自国の状況や利害を理解できなかった者として……政治的手腕のなかった者として。無計画に自国を大きな戦争へと導き、弁解の余地なく失敗して、一人の友人もなく倒れた者として。

タグ前掲書より
ロンドン『モーニング・ポスト』紙

十九カ月のあいだ、人々はあなたの呼びかけに応じて飛び出してきた——息子たち、兄弟たち、夫たち、そして金も——その結果は何だ?——この国を覆う寂しさ、悲しみ、嘆きが自分のせいだということをあなたは理解しているのか?——手足を失い、不具になり、殺され、あるいは障害を抱えて死ぬまで生きることになる若者たちが、それをあなたの弱さ、優柔不断、道義的勇気の欠如

のせいだと考えていることを？

タグ前掲書より
S・W・オーキーの手紙

金がどんどん費やされている。何万人もの男たちが待機し、いたずらに再編成されて、この目的のために高い金をかけて作られた橋を渡って行進し、また同じ橋を渡って戻り、その橋はすぐに壊される。そして何一つ達成されていないのだ。

トビアン・クリアリー
『北軍兵士の手紙』

辞めないんだったらおまえの茹でダンゴに蜘蛛を入れ、痛い目にあわせてやる、この神に呪われたクソ野郎め、地獄に落ち、俺のケツにキスし、俺のペニスをしゃぶりやがれ、おまえの叔父さんは俺の金玉だ、このバカ野郎、忌々しいエイブ・リンカーンめ、おまえのことが好きなやつなんていない、クソ食らえ、こんなきつい言葉を使って申し訳ないが、おまえにはこれくらい言ってやらなきゃダメなんだ、おまえはクソなくろんぼ以外の何者でもない。

ハロルド・ホルツァー編
『拝啓　リンカーン殿』

もし自分の妻が俺のもとを去ろうとしていたら、力ずくで俺たちの「連合《ユニオン》」にとどまらせようとするだろうか？　ましてその妻が自分よりも激しい闘士であり、しっかりと計画を立てて、俺から解放されようと固く決意しているのだとしたら？

ベインズ&エドガー編『分裂した国の声』より
P・マローンの証言

死体を並べてみる。端から端まで歩き、そこに横たわる父、夫、兄、弟、息子たちを見下ろす。このように代償を合計してから考える（軍人たちにこっそりと訊ねたら、みなが同じように考えるだろう）。この未来を奪われた者たちの恐ろしい列は、若者たちが次々に死んでいく大波の始まりにすぎず、いまにも我々に襲いかかろうとしているのだ、と。

『アレンタウン・フィールドガゼット』紙

平和だ、平和を作る（「和解する」ということ）のだ。これが少なくとも救世主の時代から人間が叫んできたことではないか。なぜそれをいま無視するのか？　平和を作る者は幸いです、と聖書にもある。そして我々はその逆もまた真であると考えなければならない。戦争をしたがる者たちは呪われる、彼らがどんなにその大義を信じていても。

『クリーヴランド・トゥルース・センティネル』紙

俺たちはくろんぼのためにたたかうなんて同意してないし、絶対に同意しない。やつらがどうなったって関係ない。

J・B・ストレイト編『南北戦争の忘れられた声』より
ニューヨークの歩兵からリンカーンへの手紙

あなたは実権を握り、独裁者となった。新しい形の一枚岩的な政府を確立し、それが個人の権利を抑圧している。あなたの政権は、これから訪れる恐ろしい時代の前兆である。つまり、一枚岩的な政府の権利が優先され、我々の自由がすべて失われるのだ。建国の父たちはさぞかし落胆していることだろう。

R・B・アーノルヅ『悪漢リンカーン』より
ダレル・カンバーランドの証言

私たちはジレンマに陥っています。どうしたらいいのか？　彼の政権はまだ二年続く。もっと分別のある者に代わる前に、国の存続は危機に陥るかもしれない。国を救うために、無能な者を支えなければならないとは、なんと辛いことか。

デイヴィッド・ハーバート・ドナルド『リンカーン再考』より
ジョージ・バンクロフトからフランシス・リーバーへの手紙

エイブ・リンカーンが再選され、このどうしようもない政権がもう四年間続くことになったら、我々に望めるのは一つだけだ。みなの幸せのため、あの独裁者の胸に剣を突き刺す勇者が現われること。

『ラ・クロス・デモクラット』紙

エイブ・リンカーンへ
このクソジジイ、おまえの魂は神に呪われて地獄に落ち、地獄の業火に焼かれてしまえ。こん畜生。おまえの家族も同じだ。やつらの魂も神に呪われて地獄に落ち、地獄の業火に焼かれてしまえ。このクソ野郎。おまえの友達も同じだ。やつらの魂も神に呪われて地獄に落ち、永遠に呪われろ。

ホルツァー前掲書

71

〈まあ、だからどうだというのだ。

価値ある仕事を成し遂げた者は、誰だって批判に晒されてきた。いま手近にある問題に関して（彼に関して）、私は少なくともいかなる批判も――〉

このようにミスター・リンカーンは考えた。

しかし、そのとき彼の（我々の）目は閉ざされた。徐々に記憶が甦り、悲しみに身をすくめる。

ハンス・ヴォルマン

72

あの辛い日々、厳しい言葉がそこらじゅうで囁かれていた。幼い少年の命を救うためには、親がもっと子供に基本的な躾《しつけ》をする必要があったのだ、というのである。

ジェイムズ・スパイサー
『大平原の苦しみ——リンカーンの心理』

ウィリー様は子馬を与えられて大喜びし、毎日乗るのだと言い張りました。天候は不順で、雨に濡れたためにひどい風邪をひき、高熱にうなされるようになりました。

ケックリー前掲書

土砂降りの雨のなか、どうして子供がコートも着ずに子馬を乗り回しているのか？　そう訊ねた者がいた。

スパイサー前掲書

私たちはリンカーン家の子供たちを個人的に知っていましたし、彼らがホワイトハウスのまわりを乱暴な野蛮人のように走り回るのを見ていました。ですから、次のことを事実として証言できます。この家庭には秩序というものがなく、すべてを許可することが親の愛と混同されていたのです。

クリステン・トールズ『偶然の神――意志、焦点、そして偉大な行動』より
B・ミルバンクの証言

［リンカーンは］いかなる形においても家庭を統率しようとせず、子供たちは好き勝手に行動していた。彼は子供たちのいたずらの多くを許容し、どんなことも押さえつけようとしなかった。子供たちを叱ることはなく、しかめ面をして父親としての威厳を示すようなこともなかった。

ウィリアム・H・ハーンドン&ジェシー・W・ワイク
『リンカーンの生涯』

彼はいつも言っていました。「子供たちが自由であることこそ、私の喜びだ。子供たちが幸福であること、親の横暴によって萎縮しないこと。愛とは鎖であり、それによって子供を親に縛りつけるのだ」

ダグラス・L・ウィルソン&ロドニー・O・デイヴィス編
『ハーンドンへの情報提供者』より
メアリー・リンカーンの証言

この子たちは本を棚から落とし――灰のバケツをぶちまけ――石炭の灰――インクスタンド――書類――金のペン――手紙などを山に積み上げ、その上で踊ったりした。リンカーンはそれについて何も言わなかった。いつでもうわの空で、子供たちの欠点には気づいていなかったのだ。彼らがリンカーンの帽子で用を足し、排泄物を彼のブーツにこすりつけても、彼はきっと笑って、こいつはいいやと言っただろう。

ダグラス・L・ウィルソン&ロドニー・O・デイヴィス編
『リンカーンについて語るハーンドン』より、ジェシー・W・ワイクへの手紙

子供たちが彼の横を通り抜けて走って行き、射撃場に入って行ったとしても、彼は自分の仕事から目を上げることはなかったであろう。リンカーンは（のちに作り上げられる聖人的なイメージとは違い）野心的な男であり、ほとんど偏執的なほどそうだったのである。

レオノーラ・モアハウス編『彼らは彼を知っていた』より
セオドア・ブラスゲンの証言

落ち着いて身づくろいをし、人々に呼びかけられるのを待っている人物としてリンカーンのことを考えている人は、彼をものすごく誤解していることになる。彼はいつでも計算していて、いつでも先の計画を立てていた。彼の野心は休むことを知らない小さなエンジンだった。

マイケル・バーリンゲーム『エイブラハム・リンカーンの内面世界』より
ウィリアム・H・ハーンドンの証言

私はずっと昔に世間的な野心を捨て、家庭で家族と平穏に過ごす喜びを優先して生きてきました。そして、その分だけ公けの世界での輝かしい生活を捨ててきました。そういう者からすると、彼の気持ちは推し量ることしかできません。すべての注意を家庭の事柄に当然のこととして向けてしまったら、いったい何が起きるだろう。そう考えただけで、彼の頭には暗雲が立ち込めたのではないでしょうか。

ノーマン・G・グランド『祖父の賢い言葉と手紙』

（シモーン・グランドの編集による未発表原稿を、許可を得て使用）

子供が失われたとき、自分を責める親の気持ちには際限がない。私たちが愛する対象は小さく、弱く、傷つきやすく、私たちに対してしか保護を求めることができない。その保護を何らかの理由でしくじったとしたら、どのような慰めが（どのような正当化が、どんな弁護が）あり得るだろう？

何もない。

生きている限り、私たちは疑問に苛まれるだろう。

そして一つの疑問に向き合ったとしたら、さらに次の疑問が、また次の疑問が、湧いてくるものなのだ。

ミランド前掲書

73

ウィリー・リンカーンのような子供が死んだとき、その家に取り憑く激しい感情は、非難と罪の意識である。そして今回の場合、目に余るほどの非難の声が飛び交ったのだ。

エプスティン前掲書

リンカーンを批判する者たちは、ウィリーが病気のときにパーティを企画したということで、彼の冷酷さを責めた。

ブライニー前掲書

振り返ると、あの夜の成功の思い出には、苦悩が入り混じっていたに違いない。

リーチ前掲書

ウィリー様が悪くなる一方なのを見て、リンカーン奥様は招待状を出すのをやめ、レセプションを延期しようと決意しました。しかしミスター・リンカーンは招待状を発送すべきだと考えたのです。

ケックリー前掲書

五日目の夜、母親がパーティのために着飾っていたとき、ウィリーは激しい熱にうなされていた。息を吸うのも苦しそうだった。リンカーン夫人は彼の肺が鬱血していることを知り、恐ろしくなった。

クンハート&クンハート前掲書

少なくとも「リンカーンは」、何らかの決断を下す前に、お医者さんに診てもらうべきだとおっしゃいました。それでドクター・ストーンが呼ばれたのです。お医者様はウィリー様がよくなっていると言い、あらゆる点から見て、じきに快復するだろうとおっしゃいました。

ケックリー前掲書

医師はウィリーがよくなるとリンカーンに請け合った。

デボラ・チェイス医師『大統領のヒポクラテス』より
ジョシュア・フリーウェルの証言

海兵隊の楽団が勝利を祝う意気揚々とした音楽を演奏し、ホワイトハウスじゅうに鳴り響いた。熱にうなされる少年の心には、健康な友達の嘲りのように響いたに違いない。

スローン前掲書

パーティが少年の死を早めはしなかったにしても、その苦しみを悪化させたことは間違いない。

メイズ前掲書

『ギャブ&ジャウスト』というワシントンの三流紙には、こんな漫画が掲載された。リンカーン夫妻がシャンパンを飲み干しているとき、少年は（彼の目は小さな×印になっている）開かれた墓穴に降りていこうとし、こう訊ねるのだ。「お父さん、僕が逝く前に一杯やるの？」

モーリーン・ヘッジズ
『舵のない船――大統領がしくじるとき』

騒音、どんちゃん騒ぎ、気がふれたような酔っ払いの笑い声などが夜遅くまで続いた。少年は高熱で寝込み、完全に一人ぼっちだと感じていた。ドアのところにいる頭巾姿の人影を必死に寄せつけまいとしていた。

スパイサー前掲書

「お父さん、僕が逝く前に一杯やるの？」
「お父さん、僕が逝く前に一杯やるの？」
「お父さん、僕が逝く前に一杯やるの？」

ヘッジズ前掲書

医師はウィリーがよくなるとリンカーンに請け合った。

チェイス前掲書より、ジョシュア・フリーウェルの証言

リンカーンは医師の助言を心にとどめた。

ストラグナー前掲書

リンカーンは医師の助言を否定してまで行動することはなかった。

スパイサー前掲書

用心深すぎて失敗することがないようにと心がけ、大統領はパーティの準備を進めるよう指示した。

ヘッジズ前掲書

パーティは大統領のお墨付きによって順調に進んでいった。その間、上階の少年の激しい苦しみは続いていた。

チェイス前掲書より、ジョシュア・フリーウェルの証言

74

外ではフクロウが甲高い鳴き声をあげた。

私は我々の背広から匂いが立ちのぼってくるのに気づいた。リンネル、汗、大麦の匂い。

〈私は二度とここに来るまいと決意したのだ。〉

そうミスター・リンカーンは考えた。

〈しかし来てしまった。

最後に一度だけ見ておこう。〉

そして病箱の前で尻をつかないように座った。

〈あの子の小さな顔をもう一度だけ。小さな手も。ここにいる。永遠にここに。このままで。微笑むことはない。二度と決して。口はしっかりと閉じている。眠っているようには見えない（まったく）。口を開けて眠る子で、夢を見ているとさまざまな表情が顔に浮かんだものだ。ときにはおかしな言葉をつぶやくこともあった。

ラザロが本当にいたのなら、イエス様が彼を死から復活させたのだから、同じことがいま起こらない理由は何もない。〉

そのあとのことはちょっとした見ものだった。ミスター・リンカーンは病体を起き上がらせようとしたのである。精神を落ち着かせ、彼にはわからないのだが存在しているかもしれない何かに向かって心を開いた。その病体を起き上がらせることができる（それを許す）何かに向かって。

〈それでも、世界は広いのだから、どんなことでも起こり得るだろう。〉

愚かだと感じつつ、そんなことがあり得ると本当に信じているわけではなく――

彼は病体を見下ろした。一本の指で片手に触れ、かすかにでも動いてくれないかと待ち望んだ――

〈お願いだ、お願いだ、お願いだ。〉

しかし、動かない。

〈こんなのは迷信だ。

うまくいくはずがない。

（さあ、正気に戻るんだ。）

固定された、安定した存在だとあの子を捉え、永遠に自分のものにしておけると考えたのは間違いだった。彼は決して固定されていなかったし、安定していなかった。いつでもつかの間の移ろいゆくエネルギーの爆発だった。そう考えるには理由がある。生まれたときの姿、四歳のときの姿、七歳のときの姿はそれぞれ違い、九歳のときはまたすっかり新しい姿を見せたではないか？　同じであったことなどなく、一瞬一瞬のあいだにも変化していたのだ。

彼は無から生まれ、形を成し、愛された。そして、その間ずっと無に帰る運命だったのだ。

ただ、それがこんなに早いとは思わなかった。

あるいは、私たちよりも先に逝くとは。

二つのつかの間の存在が互いに対する感情を募らせる。

二つの煙のかたまりが互いを好きになる。

私は彼を固定されたものだと誤解していた。その報いを受けなければならない。

私は安定していないし、メアリーも安定していないし、ここの建物や記念碑も安定していないし、大都市も安定していないし、広い世界も安定していない。すべてが移ろいゆく。刻一刻と変わっている。

（それが慰めになるか？）

ならない。

（もう行かなければならない時間だ。）〉

ミスター・リンカーンの真剣な黙想にすっかり気を取られ、私は自分の目的を完全に忘れていた。しかし、このとき思い出した。

とどまってください、と私は考えた。あなたはここにとどまらなければならない。マンダーズを一人で帰しなさい。床に座り、くつろぐのです。そうしたら、息子さんをあなたのなかに招き入れましょう。この再会によって、建設的な結果が生まれるかもしれません。あなた方のどちらも、再会を待ち望んでいたではないですか。

それから私は心のなかでできる限り正確な像を描き出した。彼がここにとどまり、座っている姿。座ることに満足している。くつろいで座り、ここにとどまるという行動に平和なものを見出している、などなど。

〈行かなくては。〉

そうミスター・リンカーンは考えた。

立ち去る準備という感じで、尻を少しだけ持ち上げた。

〈彼がよちよち歩いていて転んだとき、私は彼を抱き上げ、キスで涙を拭ってやった。プレスターの庭で誰も彼と遊ぼうとしていなかったとき、私はリンゴを持って行って、切り分けてやった。みんなの分だ。

それがうまくいった。

それと、彼の生まれ持った性格だ。

じきに彼はその場を仕切り、先頭に立つようになった。

そしていま彼をこの恐ろしい場所に、誰の助けも得られない状態で、置いていかなくてはならないのか？

（惨めなやつめ。彼はおまえの助けなど及ばないところにいる。サンガモンのグラッセ爺さんは奥さんのお墓に四十日連続で通った。最初のうち、それは素晴らしい行為のように思われたが、やがて我々は彼を冗談のネタとするようになり、彼の店はつぶれた。）

だから、心を決めた。

心を決めた。我々は、我々はいまこそ――

（どんなに辛くても、こうしたことを頭で考えるのだ。そして、正しいとわかっていることをするように自分を導く。見てみろ。

下を見ろ。

彼のことを。

それを見ろ。

これは何だ？　率直にこの問いを吟味しよう。

これは彼か？〉

彼ではない。

〈では、何だ？〉

これはかつて彼を運んでいたものだ。本質的なものは（これに運ばれていたもの、私たちに愛されたものは）逝ってしまった。これも私たちが愛したものの一部ではあるが（私たちは火花とそれを運ぶものの合体である彼の姿や歩き方、飛び跳ねたり笑ったり、おどけた仕草をしたりするのを愛していたのだが）、これは、ここにいるのは、あの愛すべき存在の劣った部分でしかない。あの火花なしでは、ここに横たわっているものは、これは単なる——

〈考えてしまえ。さあ。あの言葉を頭に浮かべるのだ。〉

考えたくない。

〈それが真実なのだ。それで楽になる。〉

言う必要も、感じる必要も、それに基づいて行動する必要もない。

〈物質を崇拝するのは正しくない。〉

帰ろう。家に帰る。これ以上、納得させてもらう必要はない。

〈だが、その言葉を言ってみろ、真実を認めるために。心に湧き上がってきた言葉を言うのだ。〉

ああ、幼い息子よ。

〈あの火花なしでは、ここに横たわっているものは単なる——

言え。〉

肉だ。〉

不幸な——

最も不幸な結論だ。

私はもう一度試してみた。力の限りを尽くし、とどまってください、と私は訴えた。彼はあなたの助けが及ばないところにいるわけではありません。まったく違います。実のところ、あなたはいま彼にとって、かつての場所にいたときよりもずっと助けになるかもしれないのです。

というのも、彼が永遠に生きるかどうかはまだはっきりしていません。彼がここにとどまったら、彼を襲う不幸はあなたの想像を絶するものなのです。

ですから――とどまってください、ぶらぶらしていてください、急いで立ち去らないでください、しばらく座って、くつろいでください、落ち着いてください、これでいいのだと思ってください。

お願いします。

〈これが助けになるかと思っていたが、そうではなかった。もう一度それを見る必要はない。ウィリーを見る必要があったら、心のなかで彼に会おう。そうするべきなのだ。そこでこそ、彼はまだ無傷で、完全な形を保っているのだから。彼に相談することができたら、きっと賛成してくれるだろう。私が立ち去り、もう戻って来ないのが正しいと言ってくれるだろう。あのように気高い心の持ち主だったのだから。彼の心は何より善を愛していたのだ。

本当に善良だった。私の可愛い息子よ。いつでも何をするのが正しいかわかっていた。そして、私にもそれをするように訴えた。いま私は正しいことをしよう。辛いことだけれども。すべての贈り物は一時的なものだ。この贈り物を心ならずも明け渡すことにしよう。これについてあなたに感謝します。神様。あるいは、世界。誰であれ、私にこれをくださった方。つつしんで感謝いたします。そして、私が彼を正しく扱ったと信じ、これからも、私が生きていくに当たって、彼を正しく扱えるように祈ります。

愛よ、愛よ、私はあなたが何者かわかっています。〉

ハンス・ヴォルマン

75

私たちは爪を使い、近くで見つけた尖った石を使って、腰に巻きついた巻きひげをほとんど引きちぎることができた。

エヴァリー・トーマス師

もうすぐだ！　と私はなかにいるミスター・ヴォルマンに呼びかけた。

ロジャー・ベヴィンズ三世

しかし、遅すぎた。

エヴァリー・トーマス師

ミスター・リンカーンは病箱を閉じた。

(私の心は沈んだ。)

ロジャー・ベヴィンズ三世

箱を持ち上げ、それをへこみのところまで運び、滑らせて入れた。
（これでおしまいだ。）

エヴァリー・トーマス師

そしてドアから出て行った。

ロジャー・ベヴィンズ三世

76

静まり返った群衆のなかへ。

エヴァリー・トーマス師

彼らはおとなしく二つに分かれ、彼を通した。

ロジャー・ベヴィンズ三世

行っちゃったの？　と少年が叫んだ。

私たちは彼の束縛を解いた。彼は壁から飛び出し、よろよろと何歩か歩いて、床に座り込んだ。

エヴァリー・トーマス師

すると巻きひげがまたすぐに現われ、彼に巻きついた。

ロジャー・ベヴィンズ三世

77

来てくれ、と私はミスター・ベヴィンズに言った。私だけでは不充分だった。二人で試してみるべきだと思う。彼を止めるために。

ハンス・ヴォルマン

牧師さん、とミスター・ベヴィンズは私に言った。協力してくれませんか？　一人の精神が加わっただけで違うと思うのです。

特に、あなたのような強い精神の持ち主なら、とミスター・ヴォルマンが言った。

何年も昔、私は友人たちが占拠《ロキュパシオン》をするのに加わったことがあった。相手は疎遠になった若いカップルで、この場所が閉まってから忍び込んできたのだ。あのとき、私たちは若者たちが姦淫するように仕向けた。そして彼らはまた婚約した。その和解のあと一年ほど経ってから、若き夫が二人の逢い引きの場所を探しに、この場所に戻って来た。好奇心から私たちはまた占拠《ロキユパシオン》を試み、次のことを知った。彼らが最初に婚約を破棄したいさかいの原因が、新婚の実り豊かな時期、次第に悪化し、わだかまって、ついに最近、若妻の毒による自殺へとつながったのだ。

こう言わねばならないだろう。私たちがあの機会に介入したことで、私たちの手は血にまみれたのだ、と。

そのときその場で、私は誓った。二度とこのような試みには参加しない。

しかし、少年に対する愛情と、私の不注意が彼を危険に晒したという思いのために、私はその誓いを放棄し、友人たちに加わることにした。

エヴァリー・トーマス師

私たち三人は白い石の家から飛び出し、できる限り早く走りすべって、すぐにミスター・リンカーンに追いついた。

ロジャー・ベヴィンズ三世

そして飛んだ。

ハンス・ヴォルマン

大統領のなかへ。

ロジャー・ベヴィンズ三世

群衆が我々のまわりに殺到した。

ハンス・ヴォルマン

大胆な連中数人は、私たちの行動に触発され、なかに入ろうと試みた。

エヴァリー・トーマス師

最初は偵察するように大統領のなかを通り抜け、あるいはさっとかすり、あるいは突っ込んですぐに出て来た。アビが魚を取るために湖面に突っ込むように。

ハンス・ヴォルマン

元ボイラー製造者で、ずけずけ物を言うミスター・コーホーズは、ミスター・リンカーンと歩調を合わせ、歩きながら彼のなかに背後から入った。そして内部にとどまり、一歩一歩、彼とまったく同じように動いた。

ロジャー・ベヴィンズ三世

お茶の子さいさいだ！　とコーホーズは言った。自分の行為の大胆さに酔いしれ、声が上ずっていた。

エヴァリー・トーマス師

いまやみんな大胆になっていた。

ハンス・ヴォルマン

すぐにみなが同じことをやり始めた。
ロジャー・ベヴィンズ三世

誰も仲間外れにされたくなかったのだ。
ハンス・ヴォルマン

多くの者たちが互いに侵入し合い――
エヴァリー・トーマス師

互いのなかに入り――
ハンス・ヴォルマン

何重にも結合し――
ロジャー・ベヴィンズ三世

必要ならば体を縮め――
ハンス・ヴォルマン

全員が入れるようにした。
ロジャー・ベヴィンズ三世

クロフォード夫人は、いつものようにミスター・ロングストリートに体をまさぐられながら、なかに入った。

ハンス・ヴォルマン

体を刺されたミスター・ボイズもなかに入った。アンディ・ソーンも入った。ミスター・トウィスティングズも、ミスター・ダーニングも入った。

ロジャー・ベヴィンズ三世

黒人の集団はストーン中尉とその偵察隊を振り切り、なかに入って来た。ストーンと偵察隊は、こうした人々と接近することに嫌悪感を抱き、ついて来なかった。

エヴァリー・トーマス師

バロン夫妻も入っていた。ミス・ドゥーリトルも、ミスター・ヨハネスも、ミスター・バークも、トビン・「アナグマ《バッジャー》」・マラーもいた。

ロジャー・ベヴィンズ三世

ほかのたくさんの人々とともに。

ハンス・ヴォルマン

多すぎて、名前を挙げていられない。

エヴァリー・トーマス師

たくさんの意志、記憶、不平、欲望、溢れ出る剝き出しの生命力。

ロジャー・ベヴィンズ三世

そのとき我々はこんなことを考えた（マンダーズはランタンを高く掲げ、大統領を先導し、灌木のなかに入って行く）。我々は集団の力を利用し、それによって目的を果たせるかもしれない、と。

ハンス・ヴォルマン

ミスター・ヴォルマンが一人では果たせなかったこと——

ロジャー・ベヴィンズ三世

それを私たちみんなが一つになれば、成し遂げられるかもしれない。

エヴァリー・トーマス師

そこで、我々の前を斜めに照らすランタンの光を見ながら、私はなかにいるみんなにお願いした。みんなで一斉に、ミスター・リンカーンに立ち止まれと訴えかけよう、と。

ハンス・ヴォルマン

（まず彼を立ち止まらせ、それがうまくいったら、引き返すように働きかけるのだ。）

エヴァリー・トーマス師

みんな喜んで同意した。

ロジャー・ベヴィンズ三世

何かしてくれと頼まれて気分をよくしたのだ。あるいは、ほんのささやかなことでも参加してくれと頼まれて。

エヴァリー・トーマス師

〈止まれ！〉と私は考えた。それに多数の人々が加わり、それぞれがこの気持ちを彼または彼女なりの形で表現した。

ロジャー・ベヴィンズ三世

〈一時休止しろ、やめろ、自己を遮断しろ。〉

ハンス・ヴォルマン

〈思いとどまれ、足を止めろ、あらゆる前進を続けないようにしろ。〉

などなど。

エヴァリー・トーマス師

何という喜び。そのなかにいるのは何という喜びだろう。一緒に何かすること。一つの目的に向かって団結すること。あのなかで一緒になり、同時に互いのなかにも入り、それによって互いの心を垣間見、ミスター・リンカーンの心も垣間見ること。これを一緒にするのは、なんて気持ちのいいことなのだろう！

ロジャー・ベヴィンズ三世

と我々は考えた。

ハンス・ヴォルマン

私たちみんなが考えた。

エヴァリー・トーマス師

一つになって。同時に。

ハンス・ヴォルマン

一つの集団の精神が前向きな意図で連合する。

ロジャー・ベヴィンズ三世

利己的な思いは（とどまること、栄えること、自己の強さを維持することは）一時的に押しのけられた。

エヴァリー・トーマス師

何という新鮮な感覚。

ハンス・ヴォルマン

こうしたことすべてから自由になるのは。

ロジャー・ベヴィンズ三世

我々は通常一人ぼっちだった。
ここにとどまろうと格闘した。
間違えるのを恐れていた。

ハンス・ヴォルマン

いつでもそれほど孤立していたわけではなかった。あのかつての場所にいたときは――

エヴァリー・トーマス師

我々は当時のことを思い起こした――

ハンス・ヴォルマン

みんな一斉に回想した――

エヴァリー・トーマス師

突然、私は思い出した。教会に行ったこと、花を贈ったこと、ケーキを焼いてテディに届けさせたこと、肩に腕を回されたこと、喪服をまとったこと、病院で何時間も待ったこと。

レヴァーワースはバーマイスターが銀行の醜聞で最悪の状態だったとき、彼に優しい言葉をかけた。西地区で火事があったとき、ファーバックは財布を引っ張り出し、ドクター・パールにたっぷりと寄付をした。

ロジャー・ベヴィンズ三世

私たちは手をつないで波のなかに足を踏み入れ、溺れた可哀想なチョーンシーのことを探した。

ハンス・ヴォルマン

「貧しい人々のために」とぞんざいに書かれたキャンバス地の袋に、次々に硬貨が落ちる音がした。夕暮れ時、私たちは膝をついて教会の庭の草むしりをした。シープスグローブ地区の憐れな夜の女たちのために私と教会執事でスープを用意し、大きな緑色の鍋を運んでいくとき、カタカタと音がした。

エヴァリー・トーマス師

沸騰するチョコレートの大きな桶を囲んで、我々子供たちはワクワクしていた。ミス・ベントはそれを掻き混ぜながら、私たちが子猫であるかのように、可愛い音を立てていた。

ロジャー・ベヴィンズ三世

何とも素晴らしいことではないか！　自分がこのように拡張するとは！

ハンス・ヴォルマン

どうして忘れていたのだろう？　こうした幸せな経験を？

エヴァリー・トーマス師

ここにとどまるためには、とどまるための主要な理由に深く、そして絶え間なくこだわり続けなければならない。たとえほかのすべてを排除することになっても。

ロジャー・ベヴィンズ三世

そのためには自分の物語を語る機会を常に探し求めなければならない。

ハンス・ヴォルマン

（語ることが許されなくても、それを考え、考え続けなければならない。）

エヴァリー・トーマス師

しかしその報いを受けたのだと、いま我々にはわかった。
我々は多くのことを忘れていたのだ――自分が何者であったか、何を知っていたかの大部分を。

ロジャー・ベヴィンズ三世

しかしいま、偶然による集団共生を通して――

エヴァリー・トーマス師

我々は自分たちが（上に置かれていた石が取り除かれた花のように）生得の完全性を取り戻すの

を感じた。

ロジャー・ベヴィンズ三世

比喩的に言えば。

ハンス・ヴォルマン

それはいい気分だった。

エヴァリー・トーマス師

確かに。

ハンス・ヴォルマン

とてもよかった。

ロジャー・ベヴィンズ三世

私たちにもよい効果を与えているようだった。

エヴァリー・トーマス師

ふと見ると、ミスター・ヴォルマンが突如として服を着ており、彼のペニスは普通の大きさに戻っていた。彼の服はかなりみすぼらしかった（印刷工のエプロンにインクで汚れた靴、左右バラバラの靴下）が、それでもこれは奇跡だった。

ロジャー・ベヴィンズ三世

ミスター・ベヴィンズがこちらを見つめているのに気づき、私も彼のほうを向くと、彼はもはや目や鼻や手などが集まった見苦しい存在ではなくなっていた――熱意と魅力に満ちた顔、二つの目、一つの鼻、二本の手、赤い頬、黒髪の美しい頭を持つ、ハンサムな若者になっていた。さっきまで髪のあたりには眼球がたくさん生えていて、髪が余分なもののように思われたのに。言い換えれば、すべてのものが正しい数だけある、好感度満点の若者だった。

ハンス・ヴォルマン

申し訳ないが、と牧師さんが恥ずかしそうに言った。訊いてよいだろうか？　私はどのように見えるのだろう？

とてもいいですよ、と私は言った。落ち着いた感じで。

全然怯えているところがない、とミスター・ヴォルマンが言った。

眉毛が正しい位置にあります、と私。目も見開きすぎていないし。

髪はもうまっすぐ立ってないし、とミスター・ヴォルマン。

口もO形ではなくなりました、と私は言った。

ロジャー・ベヴィンズ三世

そしてこのありがたい祝福を受けたのは私たちだけではなかった。

エヴァリー・トーマス師

我々にはわからない理由で、ティム・ミドンはいつでも大型版の自分自身に伴われて歩き回っていた。その大型版がいつでも彼のほうに身を傾け、彼を挫けさせるようなことを言うのだ。その怪人がもういなくなった。

ハンス・ヴォルマン

ミスター・デクロイとブルーマー教授は切り離され、歩くときどんなに近寄っても、決して合体することはなかった。

ロジャー・ベヴィンズ三世

ミスター・タドミルは信用を失った店員だった。重要な書類の整理を間違え、それが会社の倒産の原因になったのだ。その後、ほかの職業を見つけられず、酒を飲むようになり、家を失った。妻は過度の心労のために病箱に入れられ、彼の飲酒がひどくなる一方だったので、子供たちは各地の孤児院にバラバラに送られた。彼は後悔のために普段はほとんど地面につくまで背中を曲げ、括弧のかたわれのような姿勢をしていた。頭のてっぺんには白髪が申し訳程度に載っているだけ。全身を震わせ、ほんの小さなミスさえも犯すのを恐れて、極端にびくびくしながら歩いていた。

ところがいま、彼は元気のいい亜麻色の髪の若者になっていた。新しい事業に乗り出すところで、下襟に花をつけ、希望に満ち溢れていた。

エヴァリー・トーマス師

ミスター・ロングストリートはクロフォード夫人の体をまさぐるのをやめ、泣き崩れて、彼女の許しを請うた。

ロジャー・ベヴィンズ三世

（ただ、寂しいってだけなんです、お嬢さん。）

サム・「巧言男《スムーズボーイ》」・ロングストリート

（お望みなら、この原生林に生えるお花の名前を教えてさし上げますわ。）

エリザベス・クロフォード夫人

（喜んでお聞きしますとも。）

サム・「巧言男《スムーズボーイ》」・ロングストリート

ヴァーナ・ブロウとその母のエラは、普通はほとんどそっくりの老婆として現われるが（どちらも出産のときに死んだので、かつての場所では歳を取らなかったのだが）、いまはまた若々しい姿で現われ（それぞれが乳母車を押していた）、実に魅力的だった。

ハンス・ヴォルマン

いく度も強姦された可哀想なリッツィーは再びしゃべれるようになった。そして最初に発したのは、ミセス・ホッジへの感謝の言葉だった。押し黙っていた孤独の年月、自分の代わりにしゃべってくれてありがとう、と。

エルソン・ファーウェル

気高きミセス・ホッジは気だるそうにうなずいてリッツィーの感謝を受け止め、それからびっくりして自分の姿を見下ろした。彼女の手足はすっかり元通りになっていたのだ。

トーマス・ヘイヴンズ

私たちがこのように奇跡的な変身を遂げたのに、ミスター・リンカーンは立ち止まろうとしなかった。

ロジャー・ベヴィンズ三世

まったく。

ハンス・ヴォルマン

それどころか。

エヴァリー・トーマス師

どんどん早足になっているようだった。

ロジャー・ベヴィンズ三世

できるだけ早くこの場所を立ち去ろうとしていたのだ。

ハンス・ヴォルマン

あらまあ、とヴァーナ・ブロウがつぶやいた。私はこの大失敗の瞬間も、彼女が取り戻した素晴らしい若さと美しさを愛でずにいられなかった。
ロジャー・ベヴィンズ三世

78

私は「独身者たち」を呼んだ。彼らはすぐに来て、上空にとどまり、卒業式の小さな角帽を（彼らなりの可愛くてナイーブな注意深さを見せつつ）落とした。私はいま大変な危機的状況なのだと説明し、彼らの助けを求めた。この敷地じゅうを飛んで、助けてくれる人ならだれでもいいから呼んできてくれないか、と。

どういうふうに説明したらいいのかな？　とミスター・ケインが言った。

俺たちは「言葉の王様」ってわけじゃないからね！　とミスター・フラーが言った。

我々は少年を救うために頑張っていると説明してくれ、とミスター・ヴォルマンが言った。彼の罪は子供だということだけだ。ところが、この場所を作った者は我々にはわからない理由で、それを重大な罪だと考えているらしい。子供がここにとどまりたいと思うくらい人生を愛していたら、それはこの場所では最も厳しい罰に値する、と。

みんなにこう言ってくれ、と牧師さんが言った。私たちは無の存在でいることが嫌になった。何もせず、誰にとっても何の価値もなく、いつでも恐れおののいて生きていることに疲れたんだ。

全部覚えられる自信がないな、とミスター・ケイン。

責任重大って感じがする、とミスター・フラー。

これはミスター・リッパートに任せるよ、とミスター・ケインが言った。彼が長老だからね。

ロジャー・ベヴィンズ三世

実のところ、我々三人は同い年なのだ。それぞれがこの場所に、二十八歳のときにやって来た(愛されず、結婚せず、それはいまでもそうだが)。私は名目上、この小グループの最上位メンバーである。最初にやって来て、(一人ぼっちで)九年近く過ごしたところで、ミスター・ケインが加わった(インディアンの槍に尻を突かれるという思いがけない展開でここに送られてきた)。そのあとミスター・ケインと私は分かちがたいデュオとなり、ほぼ十一年を二人で過ごしたとき、小僧っ子のミスター・フラーが酔っ払ってデラウェアのサイロから飛び降りた。このお勧めできない行為によって、我々のトリオは完成したのである。

そしてこの件について考えてみたところ、関与することは我々の益にならないように私には感じられた。というのも、この件は我々にまったく関係がないし、我々の自由を脅かす可能性もあるからだ。我々に不快な義務を負わせ、好きな時に好きなことをしようとする我々の努力を妨げるかもしれない。もしかしたら、ここにとどまる我々の能力に有害な効果を与えることさえあり得る。

大変申し訳ない、と私は下に向かって叫んだ。我々は関与を望まないし、だから関与しない!

スタンリー・「きょうじゅ《パーフェッサー》」・リッパート

「独身者たち」が落とす帽子は山高帽になった——黒くて陰気で重苦しい。普段は軽薄に振る舞っているが、このときは事の深刻さを理解しているかのようだった。長居するつもりはないものの、もっと助けになれないことを悔やんでいるかのように。

エヴァリー・トーマス師

しかし、彼らの悲しい気持ちは長続きしなかった。

ハンス・ヴォルマン

彼らは愛を求めていた（あるいは、そう自分たちに言い聞かせていた）。そのため常に動き続けていなければならなかった。希望に胸を膨らませ、陽気に活発に、いつもあたりを見回して探していた。

ロジャー・ベヴィンズ三世

新しく到着した人、あるいは以前に到着したのに見落としていた人を探していた。比類なき美しさの持ち主を――自分たちのかけがえのない自由を放棄することさえ正当化してくれる女性を求めていた。

エヴァリー・トーマス師

というわけで彼らは立ち去った。

ハンス・ヴォルマン

「きょうじゅ《パーフェッサー》」・リッパートを先頭に、俺たちは敷地じゅうをめぐる楽しい偵察を始めた。

ジーン・「いたずら小僧《ラスカル》」・ケイン

丘や道の上を低空飛行し、病家や小屋や木々を高速で通過した。あちら側の領域にいる鹿を通過することさえした。

ジャック・「口から出まかせ《マラーキー》」・フラー

我々が入ったとたんに出て行ったものだから、鹿はびっくりし、蜂に刺されたかのように前脚を上げてのけぞった。

ジーン・「いたずら小僧《ラスカル》」・ケイン

79

みんなはがっかりして、ミスター・リンカーンの体から離脱し始めた。

ロジャー・ベヴィンズ三世

胎児のように丸まって、転げ落ちてきた。

ハンス・ヴォルマン

体操選手のような技を見せて飛び降りた。

ロジャー・ベヴィンズ三世

あるいは、単純に歩く速度を遅くし、大統領のほうが先に行くようにした。

ハンス・ヴォルマン

それぞれが道にうつ伏せに倒れ、失望のうめき声をあげた。

エヴァリー・トーマス師

すべてはペテンだった。

ロジャー・ベヴィンズ三世

つまらない空想。

エヴァリー・トーマス師

願望に基づく考えにすぎなかった。

ロジャー・ベヴィンズ三世

ついに、〈彼はいま永遠に光のなかに生きる〉というJ・L・バッグを通り過ぎるとき、我々三人も離脱した。

ハンス・ヴォルマン

最初にベヴィンズ、次にヴォルマン、それから私。

エヴァリー・トーマス師

次々に道に転がり落ちると、そこはミュア兄弟の記念碑のあたりだった。

ハンス・ヴォルマン

（水兵服を着た双子の兄弟が石板の上に並んで横たわり、その上で天使たちの群れが騒ぎ立てている。）

ロジャー・ベヴィンズ三世

（フェリックス・ミュアとルロイ・ミュア。
〈海で死す。〉）
エヴァリー・トーマス師

（これはあまりうまくできた像ではなかった。天使たちが若い水夫たちに施術することになっているのだが、どう始めたらいいのかまごついているように見えてしまうのだ。）

ハンス・ヴォルマン

（さらに、何らかの理由で、二本のオールが手術台の上に置かれていた。）

ロジャー・ベヴィンズ三世

そのときになってようやく我々は例の少年のことを思い出し、彼がいまどのような試練に耐えているのだろうかと考えた。

ハンス・ヴォルマン

疲れ果ててはいたが、我々は自らを奮い立たせ、帰途についた。

ロジャー・ベヴィンズ三世

80

そしてこの集団共生によって、私が封じ込めてきたことの多くが引き出されたのだが（いま私の目の前には、人生の細々《こまごま》としたことが雲となってぼんやりと漂い、私の心を苦しめる――名前、顔、怪しげな家のロビー、ずっと昔の食事の匂い、どこだかわからない家のカーペットの模様、独特な食器類、片耳が欠けている玩具の馬、そして妻の名前がエミリーであったということ）、それでも私が求める本質的な真実は明らかにされていなかった。なぜ私が呪われたのかということ。私は立ち止まり、ほかの二人との距離が開いていった。あの雲に焦点を合わせようと格闘し、必死に思い出そうとした。私は何者だったのか、どんな悪事を働いたのか。しかし、どうしてもわからない。

私は友人たちに追いつくために早足にならなければならなかった。

エヴァリー・トーマス師

81

少年は白い石の家の床に倒れていて、すっかり具現化した甲羅に首のところまで覆われていた。

ハンス・ヴォルマン

野生のタマネギの腐ったような悪臭があたりに漂い、その濃密度が高まって、もっと邪悪な異なる匂いへと変わりつつあった。名づけようのない匂い。

エヴァリー・トーマス師

少年は何も言わず、どんよりとした目で我々を見上げていた。

ロジャー・ベヴィンズ三世

これで終わりだ。

エヴァリー・トーマス師

少年は潔くこれを受け入れなければならない。

ハンス・ヴォルマン

我々は彼を取り囲み、別れを惜しもうとした。

ロジャー・ベヴィンズ三世

そのときの私たちの驚きを想像してみてほしい。女の声が響き渡り、和平交渉を提案したのである。私たちが少年を屋根に戻したいのなら、「彼」は反対しないであろう。そうすれば少年はそこで（永遠の）眠りに就くことができる、と。

エヴァリー・トーマス師

言っておくが、これは我々による選択ではない、と少し だけ舌足らずの低い声が言った。我々は強いられているのだ。

ロジャー・ベヴィンズ三世

こうした声は甲羅自体から発せられているようだった。

ハンス・ヴォルマン

甲羅は人々によってできているようだった。私たちのような人々。かつての私たちのような。かつての人間たちが縮まって、この構造物のなかに注入されている。何千もの小さな体がうごめいていて、どれも芥子の種ほどの大きさである。微小な顔をねじらせ、こちらに向けている。

エヴァリー・トーマス師

彼らは何者か？　何者だったのか？　どうして彼らは「強いられる」ことになったのか？

ロジャー・ベヴィンズ三世

それについては話せない、と女の声が言った。話すつもりはない。

いろいろと間違いがあったのだ、と低い声が言った。

ハンス・ヴォルマン

私の忠告を聞きたいか？　と英国人訛りの第三の声が言った。敵の連隊を皆殺しにするのはやめろってことだな。

愛する人と共謀して生きている赤ん坊を始末するようなことは駄目だ、と舌足らずの低い声が言った。

ロジャー・ベヴィンズ三世

愛する男を毒殺するより、彼を我慢するようにしなさい、と女が言った。

エヴァリー・トーマス師

小児との性交は許されない、と老人の声が言った。訛りから判断して、ヴァーモント州の人だろう。

ハンス・ヴォルマン

それぞれがしゃべるたびに、それに対応する顔が甲羅から一瞬だけ現われた。その顔には苦悩と悲しみの表情が浮かんでいる。

エヴァリー・トーマス師

ここで我々はたくさんの不思議な現象を見てきた。

ロジャー・ベヴィンズ三世

しかし、これほど不思議なことはない。

ハンス・ヴォルマン

あなたは——あなたは地獄にいるのですか？　と牧師さんが訊ねた。
最悪の地獄ではないよ、と英国人が言った。
少なくとも、ねじ回しをたくさん集めたもので頭を砕かれたりはしてないわね、と女が言った。
燃えている牡牛に犯されることもないさ、と舌足らずの低い声が言った。

ロジャー・ベヴィンズ三世

私の罪が何であれ、これらの罪に比べれば軽いのだろう、と私は感じた（祈った）。それでも、私は彼らの同類だ。そうではないか？　ここを離れたら、彼らに加わることになりそうだ。
私も何度となくそう説教してきたのだが、私たちの主は恐ろしい神である。不可思議で、予想しがたく、自分の好きなように審判を下す。彼にとって私たちは羊にすぎず、愛情も悪意もなく私たちを見ている。彼の気まぐれ次第で、ある者は食肉処理場に送られ、ある者は牧場に解き放たれる。

私たちのような卑しい者にその基準はわかりようがない。

私たちにできるのは受け入れることだけ。彼の審判を受け入れ、自らに課される罰を受け入れる。

しかし、自分に当てはめてみると、この説明では満足できない。

私は気分が悪くなった。とても惨めな気持ちだった。

　　エヴァリー・トーマス師

それで、どっちにするのかな？　と英国人が言った。ここかい？　それとも屋根の上？

　　ハンス・ヴォルマン

みなの目が少年のほうを向いた。

　　ロジャー・ベヴィンズ三世

彼は二度ほど瞬きしたが、何も言わなかった。

　　ハンス・ヴォルマン

どうだろう、とミスター・ベヴィンズが言った。彼を特別扱いにするっていうのは？

甲羅から苦々しい笑い声が響いてきた。

いい子なんだ、とミスター・ヴォルマンが言った。とてもいい子で、たくさんの——

私たちはたくさんのいい子たちにこれをしてきたわ、と女が言った。

規則は規則なんだ、と英国人が言った。

でも、なぜなのか訊いていいかな、とミスター・ベヴィンズが言った。どうして子供たちには我々のと違う規則がなければならないのだろう？　公平じゃない気がする。

甲羅からは激昂した非難の声がさまざまな言語で響いてきた。そのうちの多くは、我々にはまったく馴染みのないものだった。

私たちに公平さなんて言わないでもらいたいね、と女が言った。

公平さなんてクソ食らえだ、とヴァーモント人が言った。

私がエルマーを殺した？　と女が言った。

殺したじゃないか、と英国人。

そうね、殺したわ、と女は言った。私はこうした性向と欲求を持って生まれたのかしら？　ずっと普通に過ごしてきて（その間、一人も殺すことなく）、それからあのようなことをするように生まれついたの？　そう、生まれついたの。それって私がやったこと？　これって公平？　そういうふうに生まれてきたいって私は頼んだかしら？　好色で、貪欲で、ちょっとだけ人間嫌いで、だからエルマーを苛立たしく思うように？　頼んでないわ。でも、そういうことになった。

それで君はここに来た、と英国人が言った。

そのとおり、私はここに来たのよ、と女は言った。

それで、私もここに来た、とヴァーモント人。私はそういう欲求を持って生まれたいと頼んだろうか？　子供たちとセックスしたいという欲求を持って？　母親の子宮のなかでそういうことを頼んだ覚えはない。私はその衝動と戦ったか？　ものすごく戦った。まあ、ほどほどにものすごく。私にできる範囲でものすごく。あのような病気を、あのくらいの程度において持って生まれた者が、できる範囲でものすごく。かつての場所を去るとき、私は自分を糾弾する者たちに対して、自分の立場を訴えようとしただろうか？

あなたはしたと思うわ、と女は言った。

もちろんした、とヴァーモント人は怒ったように言った。

どういう反応があったのかな？　と英国人。

あまりいい反応ではなかった、とヴァーモント人。

こうした点について考える時間はたっぷりあったわ、と女。

ありすぎたよな、とヴァーモント人。

いいかな、と舌足らずの低い声が言った。マリーと私が赤ん坊を始末したとき、私たちは善のために奉仕していると感じていた。本当だ！　私たちは愛し合っていた。あの赤ん坊は完全体ではなかった。私たちの愛の障害だった。あれが（彼が）きちんと発育しないために、私たちの愛の自然な発露が妨げられた（私たちは旅行できず、外食できず、二人きりになれる機会さえめったになかった）。そのため、赤ん坊という否定的な影響を取り除くことによって（彼をファーニス・クリークに落とすことで）、私たちは自由になれると（当時の私たちには）思われたのだ。より愛情深く、より世界に参加することになる。そして、決して完全体になれないという苦しみから彼を救ってやれる。つまり、彼を苦しみから解放することで、全体の幸福を最大限増加させることができるのだ。

君にはそういうふうに思えた、と英国人が言った。

そう、本当にそう思えた、と舌足らずの低い声が言った。

いまはそういうふうに思えるの？　と女が訊ねた。

そうでもない、と舌足らずの低い声が悲しげに言った。

じゃあ、あなたの罰には期待どおりの効果があったということね、と女が言った。

エヴァリー・トーマス師

私たちはああいう人間だった！　舌足らずの低い声が叫んだ。それ以外の者になりようがあっただろうか？　あるいは、ああいう人間だったのに、あれ以外のことができたか？　私たちはあのとき、ああいう人間だったのであり、だからあの場所に導かれた。私たちが持って生まれた悪のためではなく、あの瞬間に至るまでの知識と経験の状態からそうなったのだ。

運命によって、宿命によってね、とヴァーモント人が言った。

時間が一方向にしか流れないという事実によってだ、と舌足らずの低い声が言った。私たちはそれに流されていくしかない。まさにあのような影響を受けて、私たちがすることをするように導かれる。

それから、そのことでこっぴどく罰せられる、と女が言った。

我々の連隊はバルーチー族（パキスタン南西部からイラン南東部にまたがる地域に住むイスラム教徒）にこっぴどくやっつけられたんだ、と英国人は言った。それから戦況が変わり、やつらの多数が白旗を上げて我々に降伏した。そして塹壕のなかに入ったんだが、それに向けて兵士たちが発砲した。私の命令でだ（言っておくが、嫌そうに撃っているやつはいなかった）。それから我々は野蛮人たちの白旗を投げ入れ、やつらの体にかぶせた。それ以外のことができただろうか？　時間が一方向にしか流れず、私がこのように生まれついたのに？　生まれつき短気で、男らしさや名誉を美徳とし、学校時代は三人の上級生に殺されそうになるほど殴られてきた歴史があるからこそ、手に持ったライフル銃は実に美しく感じられたし、敵は憎らしく見えたのではないか？　どうやって私が（私たちの誰かが）違う行動を取れただろうか？　実際にそのときしたのとは違うことができただろうか？

その主張で説得できた？　と女が言った。

よくわかっているだろう、この女め。できるわけがない！　そう英国人は言った。だから私はここにいる。

我々はみんなここにいる、とヴァーモント人。

これからもずっとここにいる、と英国人。

それについては手の施しようがない、と舌足らずの低い声。

これまでも手の施しようがなかったのよ、と女。

ロジャー・ベヴィンズ三世

そのとき牧師さんのほうに目を向けると、ある表情が彼の顔に浮かんでいた——決意、あるいは挑戦といった思いのひらめき。

ハンス・ヴォルマン

この者たちと一緒にされ、受動的に罪を受け入れるのか？　彼らは誇らしげでさえあり、悔悛の情はまったく見せていない。

私はこれには耐えられない。この期に及んでも、まったく希望を抱けないのか？

（おそらく、これこそが信仰なのだ。そう私は考えた。私たちの神はどんな小さな善意にも応えてくれると信じること。）

エヴァリー・トーマス師

もういい、とヴァーモント人が言った。

仕事にかかろう、と女が言った。この子にはすでに労力をかけすぎたよ。

前のやつを覚えてるか？　と英国人が言った。あの女の子？　もっと従順だった。

素晴らしい子だったわ、と女が言った。完璧に受け身だった。
何の厄介も私たちにかけなかった、と英国人。
我々の好きなようにやらせてくれたもんな、と舌足らずの低い声。
それでも、あの子にはこうした「手助け」がまったくなかった、とヴァーモント人。
そうだ、と英国人が言った。誰もまったく手を出さなかった。
お坊ちゃん、と女が言った。ここがいい？　それとも屋根の上？

ロジャー・ベヴィンズ三世

少年は何も言わなかった。

ハンス・ヴォルマン

屋根の上で、と牧師さんが言った。それでよろしければ。
いいでしょう、と女が言った。
甲羅がすぐに剝がれ、少年は自由になった。

ロジャー・ベヴィンズ三世

畏れ多くも、私が彼を屋根まで運んでよろしいでしょうか？　そう牧師さんは言った。
もちろん、と女が言った。

ハンス・ヴォルマン

私は少年を腕に抱え、起き上がった。

そして走った。

納骨所を出て、夜の野外へ。

走りすべった。

風のように走りすべった。

わずかではあるが、いま希望を抱かせる唯一の場所へ。彼をかくまってくれるのではないかと期待できる場所へ。

エヴァリー・トーマス師

82

天晴《あっぱ》れ、天晴れ！

ものすごく大胆な行動だ！

ロジャー・ベヴィンズ三世

クソ野郎！　と女はうんざりしたように叫んだ。

ハンス・ヴォルマン

ミスター・ヴォルマンと私は白い石の家から走りすべり出て、牧師さんのあとを追った。

ロジャー・ベヴィンズ三世

低い波が我々の背後で噴き出した。膝の高さの壁が動いている。それを構成しているのは、そのとき魔力を持つ存在がたまたま宿っていたもの（草、土、墓標、像、椅子）――

ハンス・ヴォルマン

それが我々を追い越し――
ロジャー・ベヴィンズ三世

（波に乗る子供のように我々は持ち上げられ、それからまた降ろされ。）

ハンス・ヴォルマン

――牧師さんに追いついた。

ロジャー・ベヴィンズ三世

そのおぼろげな波をまともにかぶり、叩かれ、叱咤されながらも、牧師さんはそれを逃れた。そして庭師の小屋の近くにある小さな丘を駆け降りた。

ハンス・ヴォルマン

礼拝堂が見えてきて、我々は突如として彼の意図を理解した。

ロジャー・ベヴィンズ三世

あの魔力を持つ存在は二つの（言うなれば）連隊に分かれ、両側から牧師さんに素早く迫っていった。それから牧師さんの膝のあたりを引っかけて、彼をつまずかせた。

ハンス・ヴォルマン

倒れたとき、牧師さんは少年を守るために、本能的に転がって背中を下にした。こうして衝撃を吸収しようとしたのだ。

ロジャー・ベヴィンズ三世

そして彼は捕まった。

ハンス・ヴォルマン

二人とも捕まった。
彼らが追っていたのは少年だが、少年を捕まえようとして、牧師さんも一緒に縛りあげたのだ。

ロジャー・ベヴィンズ三世

錯乱して、彼らはもはや牧師さんと少年を区別できず、あるいは区別することに興味がないようだった。

ハンス・ヴォルマン

我々が牧師さんと少年のところにたどり着いたときには、二人は一緒にきつく縛られ、急激に凝固していく新しい甲羅に包まれていた。

ロジャー・ベヴィンズ三世

牧師さんの恐ろしい叫び声がなかから響いてきた。

ハンス・ヴォルマン

捕まった！　と牧師さんは叫んだ。私まで捕まった！　私は――私は行かねばならない！　なんということだ！　行かねばならないのか？　あるいは、このように捉えられて、永遠に――行くのです、何があっても、ご自分をお救いなさい！　と私は叫んだ。行きなさい！

しかし、行きたくないのだ！　と彼は叫んだ。恐ろしい！

喉を詰まらせ、声が歪んできたことから、甲羅が彼の口に達したことがわかった。さらに脳のなかにまで浸透したようで、彼はうわ言を言うようになった。

宮殿だ、と彼は最後の最後に言った。あの恐ろしいダイヤモンドの宮殿！

ロジャー・ベヴィンズ三世

甲羅のなかからお馴染みの、しかしいつでも骨を凍らせるほど恐ろしい音が聞こえてきた。**物質が光となって花開く現象**に伴う発火音。

ハンス・ヴォルマン

そして牧師さんは行ってしまった。

牧師さんが旅立ったため、甲羅のなかには一時的に空白部分ができ――

ロジャー・ベヴィンズ三世

ハンス・ヴォルマン

ミスター・ヴォルマンが甲羅を思い切り蹴ると、そこがへこんだ。

ロジャー・ベヴィンズ三世

我々は憤然として甲羅に襲いかかり、手で掘ったり引っ掻いたりした。すると、なかにいる魔力を持つ存在たちが横目で我々を見つめていることを感じた。我々が乱暴になり、憎しみに触発された人間的振る舞いをするようになったことに、嫌悪感を抱いているのだ。ミスター・ベヴィンズは片腕を肘のところまで突っ込んでいた。私は甲羅の反対側に長い枝を突っ込んで穴を開け、枝の下に体を入れて、膝で持ち上げた。すると、甲羅がパカッと開き、ミスター・ベヴィンズは二本の腕を完全になかに入れることができた。気合を入れる叫び声とともに引っ張り始めると、生まれたばかりの子馬のように(同じように濡れて汚い恰好で)、すぐに少年が転がり出てきた。一瞬、我々は割れた甲羅のなかをはっきりと見ることができ、そこには牧師さんの顔の影が残されていた。それを見て嬉しかったのは、最後を迎えたときの顔が以前のものに戻っていなかったからだ。我々が彼の顔として長いこと付き合ってきたもの(ひどく怯えていて、眉毛を吊り上げ、口も恐怖で完璧なOの字を描いている)ではなく、むしろその表情にはためらいがちな希望が現われていた――少なくともこの場所にいるあいだに、できる限りのことはやったと満足して、未知の場所へと赴くかのように。

ハンス・ヴォルマン

ミスター・ヴォルマンが少年を引っつかんで走って行った。

魔力のある存在たちは甲羅の残骸から飛び出し、土にもぐり込んで追跡を始めた。

すぐにミスター・ヴォルマンは下から足首を摑まれ、膝から崩れ落ちた。魔力のある存在たちはまた巻きひげになり、彼の脚と胴にどんどん巻きついていって、さらに腕のほうへと進んでいった。

私は駆け寄り、少年をひったくると、走って逃げた。

数秒後には私も摑まった。

ロジャー・ベヴィンズ三世

私は跳び上がると、二人のほうへ駆け寄った。少年をミスター・ベヴィンズからひったくり、礼拝堂に向かって走る。そして、また摑まりそうになった瞬間、何とか前向きに倒れ込み、北側の側壁を通過できた。

僕、この場所知ってる、と少年がつぶやいた。

そうだろうね、と私は言った。みんなここを知っているよ。

我々の多くにとって、礼拝堂は入り口としての役割を果たしていた。我々の旅立ちの場。そして我々が真面目に扱ってもらえる最後の場なのだ。

ハンス・ヴォルマン

礼拝堂周囲の地面がうねり始めた。

ここでもか？　と私は言った。この最も神聖な場所の外でも？

神聖であろうがなかろうが、私たちには変わらない、と英国人が言った。
やるべき仕事があるんだ、とヴァーモント人が言った。
強制されてるのよ、と女が言った。
なかに入って、あの子を連れ出す、と英国人。
ぐずぐずするんじゃない、とヴァーモント人。
力を合わせようとしているんだ、と英国人。
すぐになかに入るわ、と女。
何が何でもやるぞ、とヴァーモント人。
あの子を連れ出す、と舌足らずな低い声が言った。

ロジャー・ベヴィンズ三世

ミスター・ベヴィンズが壁を通り抜けて来たとき、ちょうど礼拝堂内前方の暗がりから男の咳払いの声が聞こえた。我々以外の人がいたのだ。

ミスター・リンカーンが最前列の座席に座っていた。前日の礼拝のときにも座っていたはずの席だ。

ハンス・ヴォルマン

83

我々が正面玄関に近づいて来たときのことだ、トム。大統領は礼拝堂に気づき、あそこに寄りたいと言った。私さえかまわなければ、あの静かな場所にしばらく座っていたいと言うのだ。さらに彼はこんな告白をした。息子がまだここに一緒にいるような気がして、その思いを振り払えない。しかし、あの祈りの場に数分間静かに座れば、気分が変わるかもしれないんだ、と。

私がランタンを譲ろうとすると、それは断った。自分は暗闇でもとてもよく見えるから必要ない、と言うのである。いままでもずっとそうだったし、あの場所には昨日来たばかりだから大丈夫だ。昨日は小雨のなか、何百人もの人たちが黒いコートをまとい、傘をさして、あの芝生の上に立っていた。礼拝堂のなかからは悲しげなオルガンの音が聞こえていた。私は見張り所に戻り、そこでいまこれを書いている。外では、大統領の可哀想な馬が蹄で砂利道を叩き、物欲しげな音を立てている。まるで主人がすぐ近くにいるために、家への長い旅がもうじき始まると思って、その場で準備のダンスをしているかのようだ。

大統領はまだ礼拝堂にいる。

マンダーズ前掲書

84

ステンドグラスの窓はぼんやりとした月の光を受け、鈍い光をたっぷりと礼拝堂に注いでいた。

ハンス・ヴォルマン

すべてが青っぽい色を帯びていた。

ロジャー・ベヴィンズ三世

昨日の礼拝のあと、前の数列の椅子を除いてすべてが片づけられていた。椅子はどこか乱雑な印象を与えた。

ハンス・ヴォルマン

ミスター・リンカーンは前を向いて座っていた。両脚を前に投げ出し、膝の上で両手を組んで、頭を垂れていた。

一瞬、私は彼が眠っているのかと思った。

しかし、そのとき我々の侵入に気づいたかのように、彼は生気を取り戻し、あたりを見回した。

ロジャー・ベヴィンズ三世

敷地じゅうから物珍しげに人々が集まり、礼拝堂の壁を通り抜けてきた。出来の悪い土のダムを通り抜けてくる水のようだった。
入りなさい、と私は少年に言った。

ハンス・ヴォルマン

少年は瞬きを二度した。
そして入った。

ロジャー・ベヴィンズ三世

父親の膝に座ろうとする形で。

ハンス・ヴォルマン

かつての場所でおそらくしょっちゅうしていたように。

ロジャー・ベヴィンズ三世

一人の男のなかにもう一人が座っている。こうして二人は同じ物理的な空間を占めることになった。子供が男のなかに包含されているのだ。

ハンス・ヴォルマン

85

〈お父さん　来たよ
どうしたらいい
行けと言うなら　行くよ
とどまれと言うなら　とどまるよ
どうしたらいいか言って　お父さん〉
僕はお父さんの返事を聞こうと耳を澄ませた
月の光が明るくなった　すべてが青く　青っぽくなった　お父さんの心は空っぽだ　空っぽ空っぽ空っぽ
それから
〈どうしても信じられないのだ、こうしたことが本当に。〉
お父さんは思い出し始めた　振り返っている　あることを　僕に関すること
僕の病気に関して
〈娘が稲妻に打たれた女性の名前は何だったか。ポンスの干し草畑でのことだ。その直前、そこを通り抜けながら、二人は桃のことを話していた。いろんな種類の桃について。どの種類が好きか。その後、何晩も続けて、ポンスの畑をさまよう女の姿が見受けられた。桃について何かぶつぶつつぶやいている。稲妻の瞬間の会話を思い出し、時間の裂け目を飛び越えて、そこに戻ろうとしていたのだ。戻れたら娘を押しのけ、自分が稲妻を受けることができる。彼女はそれが起きたことを受け入れられず、同じことを何度も繰り返さずにいられないのである。

いま私はその気持ちがわかる。

あの日の午後、彼はお盆に石を五個載せて戻って来た。それぞれの石の学術上の名前を見つけようとしていたのだ。石はまだあのお盆に載っている。彼の部屋に近い廊下の窓の下枠にある。〈私は絶対にあの石を片づけられないと思う。〉

夕暮れ時、階段に座っている彼を見かけた。お盆を膝に載せていた。

なんか、今日はあんまり気分がよくないんだ、と彼は言った。

私は彼の額に手を当てた。

燃えるようだった。〉

ウィリー・リンカーン

86

熱は最初風邪と診断されたが、悪化して腸チフスとなった。

リーチ前掲書

腸チフスは何週間もかけてゆっくりと、冷酷に進んでいく。患者の消化機能を奪い、腸に穴を開けて、出血と腹膜炎を起こす。

エプスティン前掲書

この病のさまざまな症状によって彼は消耗し、大きな打撃を受けた――高熱、下痢、痛みを伴う痙攣、内出血、嘔吐、激しい疲労、そして意識の混濁。

グッドウィン前掲書

鎮痛剤で激しい腹痛は和らげられるかもしれない。意識が混濁することで、子供は幸せな夢を見て、楽になるかもしれない。あるいは、悪夢の迷路へと導かれるかもしれない。

エプスティン前掲書

患者の精神はあちこちにさまよい、目の前の愛情に満ちた顔も認識できなかった。取り乱し、彼のほうに身を乗り出している、長身の男の顔である。

クンハート&クンハート前掲書

大統領はときどき国のための仕事を中断し、病室に入って来て、そこらを歩き回った。可哀想な少年が苦悶のうめき声をあげると、両手で頭を抱えていた。

フラッグ前掲書

「ささやかながら親切な言葉は、偉大で神聖な行動と同じ血脈から生じる」と彼はたびたび口にした。

ハロルド・ホルツァー編『私の知るリンカーン』より
エリザベス・トッド・グリムズリーの証言

リンカーンは人であれ獣であれ鳥であれ、苦しんでいる者に対して最大限の思いやりを抱いた。

ホルツァー同書より、ジョシュア・フライ・スピードの証言

彼ほどの同情心の持ち主はいない。心は優しい感性に溢れ、極端なほど思いやりに満ちていた。

ウィルソン&デイヴィス前掲書より
レナード・スウェットの証言

ここまで他人に尽くそうという気持ちでいっぱいの人と私は関わったことがありません。

ホルツァー前掲書より
ジョン・H・リトルフィールドの証言

彼は人を憎むことがとにかく苦手だった。

ウィリアム・H・ハーンドン&ジェシー・W・ワイク
『エイブラハム・リンカーン——偉大な人生の真実の物語』

生まれつき思いやりに溢れていただけに、愛する息子の苦しみはどれだけ彼を苦しめたことだろうか。

ウィリー様はのたうち回り、うめいていましたが、なす術《すべ》は何もありませんでした。

フラッグ前掲書

執事、D・ストランフォートの回想
ヒルヤード前掲書より

頬は燃え、目は狂ったようにあたりを見回し、絶望の低いうめき声を漏らしていた。それらはすべて内面の激しい苦しみと、それに付随する欲求を現わしているようだった。苦しみから逃れ、そしてまた自分自身に、幸せな少年に戻りたいという欲求である。

ホーナー前掲書

ウィリー少年はのたうち回り、金と紫のベッドカバーを足で撥ねのけた。ベッドカバーは床に落ちた。

スターンレット前掲書

黄色の縁取り、金色の房飾りや房べりなどは、荘厳な装飾の陰気さを和らげはしなかった。むしろ、それは闇と死が王子にも訪れることを訪問客たちに思い知らせていた。

エプスティン前掲書

ついに目が虚ろになり、落ち着きのない動きもすべて止まる時が来た。何よりも恐ろしく感じられる静寂。彼はいま旅立ったのだ。始まったばかりのこの深遠な旅において、誰も彼を助けたり、邪魔をしたりはできない。

ホーナー前掲書

死の汗がお坊ちゃんの額に浮かんでいました。

ケックリー前掲書

死の部屋で息が止まる直前、時間は完全に止まるように思われる。

スターンレット前掲書

大統領は立ちすくみ、目を大きくして見つめるしかなかった。このたどり着いたばかりの過酷な領域において、彼は無力だったのだ。

ホーナー前掲書

87

待って、と少年が言った。

彼は父親のなかに座ったままだったが、その小さな顔には驚愕の表情が浮かんでいた。何を耳にしたにせよ、それによって慰められるより動転している様子だった。
出て来なさい、と私は言った。
僕にはわからない、と彼は言った。
すぐに出て来なさい、と私は言った。

ハンス・ヴォルマン

88

遺体は二月二十二日、ブラウン医師とアレクサンダー医師により、ウッド医師の手助けも得て、防腐処理された。

『リンカーン伝説――リンカーン・ライフ基金広報』
(二五一一号、一九六四年一月)

ブラウンもアレクサンダーも自分の手でウィリーの防腐処理をしたわけではなかった。その仕事は防腐処理の専門家、ヘンリー・P・カテルの手に委ねられた。

トーマス・J・クローウェル
『リンカーンの死体を盗む』

葬儀をおもに取りしきったのは葬儀屋のフランク・T・サンズだった。遺体の胸の部分を念のためモクセイソウ（レセダ・オドラタ）の緑と白の花で覆ったのも、おそらく彼だったのだろう。甘く強い香りで知られている花である。

エプスティン前掲書

パリのサニェの方法が使われた。

『リンカーン伝説』前掲書

サニェは塩化亜鉛の革新的な使用法を開発した人だった。

スティーヴン・ウェッジ&エミリー・ウェッジ
『死を止める——十九世紀の防腐処理と不老不死崇拝』

二〇パーセントの塩化亜鉛溶液を膝後面の動脈に五クォート注入すると、死体を最低でも二年保存できるだけでなく、驚くべき外形の変化をもたらすことになる。死体が白い大理石のような光沢を帯びるのだ。

クローウェル前掲書

サニェの処置法の利点に関しては、度を越した謳い文句が使われていた。遺体は「固い殻をまとった彫像」になるというのである。

『リンカーン伝説』前掲書

架台式テーブルが処置のために組み立てられた。緑の間《グリーンルーム》のカーペットは丸めて片づけられ、フローリングは大きな四角いテントの布を使って守られた。

ドノヴァン・G・ルート医師
『医師の助手――ルート医師の回想』

この処置法では、遺体の血を抜く必要はなかった。少年は裸にされ、左の腿に切り口が入れられた。それから金属製の小口径ポンプを使って塩化亜鉛を注入。異常な事態は何も起きず、滞りなく終わった。注入したところを簡単に縫合してから、少年はまた服を着せられた。

ウェッジ&ウェッジ前掲書

母親が取り乱していたので、埋葬用の衣服は父親が選んだ。それは大きすぎる帽子箱に入れられ、私たちのところに届けられた。

ルート前掲書

ウィリーは毎日着ている普段着を着せられていた。ズボン、ジャケット、白い靴下、ローカットの靴。白いシャツのカラーはジャケットの上に折り重ねられ、シャツのカフスもジャケットの袖の上に折り返されていた。

ウェイン・C・テンプル
『エイブラハム・リンカーン――懐疑論者から預言者へ』より
『イリノイ州ジャーナル』（一八七一年七月七日）からの引用

この家で働いている私たちはみな、あの灰色の小さな背広をご存命中のウィリー様が着ている姿を何度も見ていました。

ヒルヤード前掲書より
執事、D・ストランフォートの回想

憐れなほど痩せ細ったウィリー坊やは、着古した茶色い背広、白い靴下、ローカットの靴を身につけていた。その様子は酷使された操り人形のようだった。

エプスティン前掲書

彼は目を閉じて横たわっていた――その茶色い髪はいつものように分けられていた――死の眠りに就いた顔は青白かった。しかし、それ以外はいつもと変わらなかった。まるで夜会に出るかのような服を着て、胸の上で交差する手の片方には、見事な花束が握られていた。

ウィリス前掲書

大統領が見に来たのだが、あまりに早すぎた。架台式テーブルはまだ片づけられていなかったし、ジェンキンズがちょうど防護カバーを畳んでいるところだったのである。道具箱がまだ開いていて、我々の仕事の道具も丸見えだった。ポンプはまだガーガーと音を立てている。私はこのことを申し訳なく思った。期待していた効果をかなり損なってしまったのだ。大統領ははっきりとわかるくらい蒼白になり、我々に感謝の言葉を言うと、早々に立ち去った。

ルート前掲書

89

少年は目を大きく見開き、身じろぎもせずに座っていた。

ロジャー・ベヴィンズ三世

90

ウィリー・リンカーンは突風の吹き荒れる日に埋葬された。突風で家々の屋根は飛ばされ、旗がちぎれてリボンのようになった。

リーチ前掲書

ジョージタウンのオークヒル墓地までの行進では、二頭の白い馬が霊柩車を引いた。霊柩車に横たわっているのは、幸せしか知らなかった幼い少年。しかし、黒い馬が引く馬車には、疲れ果て、悲しみに打ちひしがれた大統領が座っていた。

ランドル前掲書

強風が背の高い家々の屋根を吹き飛ばし、窓ガラスを割り、建ち並ぶ軍用テントをなぎ倒した。泥の通りを運河に変え、その運河を急流に変えた。突風によって数軒の教会とたくさんの小屋が破壊され、木々は根元から倒され、議会図書館の天窓は吹き飛ばされた。ポトマック川に架かるロングブリッジは高波によってアレクサンドリアまで押し流された。

エプスティン前掲書

父親は破壊された町に目もくれず、馬車に揺られていた。

リーチ前掲書

葬列の馬車は何街区《ブロック》にも広がったので、ジョージタウンの高台まではかなり時間がかかった。彼らはくねくねとした道を通って、てっぺんにオークの木が茂る美しいオークヒル墓地へと向かった。

クンハート&クンハート前掲書

葬列の先頭がワシントンストリートを通ってオークヒル墓地に着いたとき、列があまりに長いために、列の一部はブリッジストリートからハイストリートを経由すべきだとわかった。彼らは新しいハイレベル貯水池を通り過ぎて丘を登り、ロードストリートに入って、そこから東に向かって墓地にたどり着いた。ここの二九二区画、W・T・キャロルの納骨所に、ウィリアム・ウォレス・リンカーンの遺体が安置されることになっていた。

ピーボディ図書館協会学芸員、マシルド・ウィリアムズ
「ウィリー・リンカーンの死について」

あたりはすっかり静まり返った。何百人もの人々が馬車から降り、墓地の門から入って、ゴシック様式の小さな礼拝堂へと向かった。赤い石の壁と青いステンドグラスの美しい礼拝堂である。

クンハート&クンハート前掲書

いっとき太陽が顔を出し、小さな窓から陽が射した。内部のすべてが海の底のように青く染まり、お祈りが一瞬止まった。集まっている人々のなかに畏怖の念が湧き上がった。

スミス＝ヒル前掲書

この棺の上から、ガーリー師が祈りの言葉を述べた。

クンハート&クンハート前掲書

私たちはみな——あとに残された両親も、すべての悲しみの子供たち（人間すべてを指す）も——次のことを確認すべきです。私たちの苦しみは塵から生まれたわけではない。私たちの悩みも土から湧き出したわけではない。

それは父なる神の秩序立った行為なのです。不可解な行為だと思われるかもしれませんが、神の振る舞いであることに変わりありません。私たちが嘆き悲しんでいるとき、神は次のように語りかけています。ちょうどイエス様の行動に使徒たちが困惑したとき、彼が言ったように。「私の行動

がいまわからなくても、必ずあとでわかるようになる」

ガーリー前掲書

そこに彼は座っていた。世界が驚嘆する頭脳に重荷を抱え――いまは心と頭脳の両方に重荷を抱え、背中を丸めて――子供を奪われるという打撃によろめいていた！

ウィリス前掲書

大統領は立ち上がり、棺に近づいて、そこに一人で立っていた。

フランシーヌ・ケイン
『暗黒の日々』

礼拝堂内の緊張と悲嘆は目に見えるほどだった。息子と最後の貴重な時間を過ごしているあいだ、大統領はずっと頭を垂れていた――お祈りをしているのか、泣いているのか、うろたえているのかはわからなかった。

スミス＝ヒル前掲書

遠くから叫び声が聞こえてきた。作業員だろう。大嵐の後始末を指示しているのだった。

ケイン前掲書

大統領は棺から顔を背けて退いたが、それは意志の力で自らに強いているように見えた。そして私はふと思った。子供をこんなに陰気で寂しい場所に残していくなんて、さぞ辛いに違いない。生きている子供に対して責任があるときなら、決してそんなことはしないだろう。

サミュエル・ピアス氏の私信より
遺産管理人の許可を得てここに引用する

ここ数日間で彼はものすごく歳を取ったように見えた。思いやりに溢れた視線や祈りの言葉をたくさん向けられ、彼は我に返り、礼拝堂を立ち去った。この上なく悲嘆に暮れた顔をしていたが、まだ泣き崩れてはいなかった。

スミス＝ヒル前掲書

91

私は大統領のところに行き、彼の手を取った。そして心からのお悔やみを申し上げた。
彼は聞いていない様子だった。
それから暗い驚きの表情が顔に浮かんだ。
ウィリーが死んだんだ、と彼は言った。まるでそのとき初めて気づいたかのように。

ピアス前掲書

少年は立ち上がった。

ハンス・ヴォルマン

そしてミスター・リンカーンから離れた。

ロジャー・ベヴィンズ三世

我々のほうを向いた。

ハンス・ヴォルマン

青白い丸顔に悲痛な表情が浮かんでいた。

ロジャー・ベヴィンズ三世

話したいことがあるんだけど、いいかな？　と彼は言った。

そのときの彼がどれだけ愛おしかったか。ちょっと変わった小紳士。垂らした長い前髪、突き出た丸いお腹、かなり大人びたマナー。

あなたたちは病気じゃないんだ、と彼は言った。

ハンス・ヴォルマン

突然、周囲に緊張と動揺が走った。

ロジャー・ベヴィンズ三世

僕の箱にいるあれだけど、と彼は言った。あれは僕とは関係がない。

ハンス・ヴォルマン

集まっていた人々がドアのほうににじり寄って行った。

ロジャー・ベヴィンズ三世

つまりね、と彼は言った。関係はあるし、あるいはあっ、たんだけど、でもいまの僕は――僕は離れちゃったんだ。あれから。うまく説明できないけど。

ハンス・ヴォルマン

やめなさい、とミスター・ヴォルマンが言った。お願いだから、すぐに口を閉ざしなさい。
僕たちを悩ませている言葉があるよね、と少年は言った。知らないの？　本当に知らないの？

ロジャー・ベヴィンズ三世

多くの人々が逃げようとし始めた。そのためドアのところでちょっとした混雑が生じた。

ハンス・ヴォルマン

驚くようなことだよ、と少年が言った。
やめなさい、とミスター・ヴォルマンが言った。お願いだから。みんなのために。
死んでるんだ、と少年は言った。僕たちみんな、死んでるんだ！

ロジャー・ベヴィンズ三世

突如、私たちの背後で雷のような音がした。**物質が光となって花開く現象**に伴う、骨を凍らせるほど恐ろしい発火音。あのお馴染みの音が立て続けに三つ聞こえてきたのだ。

ハンス・ヴォルマン

誰が行ってしまったのかを知ろうと、振り返る勇気は私にはなかった。

ロジャー・ベヴィンズ三世

死んでる！　と少年は叫んだ。ほとんど楽しそうに、部屋の中心に向かって歩きながら。死んでる、死んでる、死んでる！

あの言葉。

あの恐ろしい言葉。

ハンス・ヴォルマン

パーディ、バーク、エラ・ブロウの三人が、捕まった鳥のように窓枠のところでもがいていた。

少年の無神経な言葉に傷つき、衰弱しつつあった。

ロジャー・ベヴィンズ三世

窓の下のヴァーナ・ブロウは母親に降りてくるように訴えていた。

ハンス・ヴォルマン

いいかな、とミスター・ヴォルマンが少年に言った。君は間違っている。君が言うことが本当なら──これを話しているのは誰かな？

聞いていいるのは誰？ と私。

誰が君に話しかけている？ とミスター・ヴォルマン。

我々は誰に話しかけている？ と私。

ロジャー・ベヴィンズ三世

しかし、少年は黙ろうとしなかった。

ハンス・ヴォルマン

心無い言葉のひと言ひと言で、我々の長年の労苦をぶち壊していった。

ロジャー・ベヴィンズ三世

お父さんが言ったんだ、と少年は言った。僕が死んでるって言った。これが本当じゃないんなら、どうしてこんなことを言う？ たったいまそう言ったのを聞いたんだ。お父さんが言ったのを聞いた、つまり、言ったのを覚えてるんだ。

これに対して我々は答えようがなかった。

ハンス・ヴォルマン

確かに、ミスター・リンカーンがこんな重大なことで嘘をつくとは（我々も彼をよく知るようになったので）考えられなかった。

だから、こう言わねばなるまい。少年の言葉は私の胸に突き刺さった。いま思い出したのだが、ここに来た最初の頃、私も——そう、ほんの少しのあいだだが——理解したことがあった。自分が——

ロジャー・ベヴィンズ三世

しかし、それから真実に気づいた。自分が動き回っていること。しゃべり、考えていること。だから、ただの病《やまい》にすぎないと考えた。かつて知られていなかった病《やまい》。そしてもしかしたら——

ハンス・ヴォルマン

少年の言葉は私の胸に突き刺さった。

ロジャー・ベヴィンズ三世

僕はいい子だった、と少年は言った。というか、いい子になろうとした。いまもいい子でいたい。だから行くべきところに行く。最初に行くべきだったところに行く。お父さんはここに戻って来ない。そして、あのかつての場所に戻ることは、僕たちには許されないんだ。

ハンス・ヴォルマン

彼はいま喜びで飛び跳ねていた。小便をしたくてたまらない幼児のようだった。

ねえ、一緒に行こうよ、と彼は言った。みんな！　どうしてとどまるの？　ここには何もないよ。僕たちは終わったんだ。わからない？

ロジャー・ベヴィンズ三世

物質が光となって花開く現象が起こり、目のくらむような爆発が三つ続いて、窓枠のところにいたパーディ、バーク、エラ・ブロウがいなくなった。

ハンス・ヴォルマン

その下にいたヴァーナ・ブロウもすぐあとに続いた。母のいない暮らしに耐えるのが嫌だったのだ（かつての場所では長いあいだ耐えることを強いられてきたので）。

ロジャー・ベヴィンズ三世

わかってたんだ！　そう少年は叫んだ。わかってた、僕にはどこかおかしなところがあるって！

ハンス・ヴォルマン

彼の体は羊皮紙のように薄くなった。そして全身に震えが走った。

ロジャー・ベヴィンズ三世

彼の体は（消える直前の者にときどき起こるのだが）かつての場所での自分のさまざまな姿に目まぐるしく変わった。紫色の新生児、泣き喚く裸の赤ん坊、ジャムを顔につけたよちよち歩きの頃、高熱で病床に臥している少年。

ハンス・ヴォルマン

それから、体の大きさは変わらないまま（つまり、まだ子供の大きさなのに）、彼はさまざまな未来の姿に変わっていった（可哀想だが、彼が決して到達しない未来だ）。
婚礼服を着て緊張している若者。
ついさっきの快楽のために股が濡れている裸の新郎。
赤ん坊が泣いたのを聞いてベッドから飛び出し、蠟燭に火を点ける若き父。
悲しみに暮れている白髪頭の男やもめ。
耳にラッパ形補聴器を入れた、腰の曲がった老人——切り株に座り、蠅を手で追い払っている。

ロジャー・ベヴィンズ三世

その間ずっと、こうした変化にはまったく気づいていないようだ。

ハンス・ヴォルマン

ああ、素晴らしかった、と彼は悲しげに言った。とても素晴らしかったけど、あそこに戻ることはできない。かつての自分に戻ることは。僕たちにできるのはすべきことをするだけ。

ロジャー・ベヴィンズ三世

それから深く息を吸って、目を閉じ——

ハンス・ヴォルマン

彼は行った。

ロジャー・ベヴィンズ三世

少年は行った。

ハンス・ヴォルマン

これ以前、ミスター・ヴォルマンも私も、こんなに近くでそれを目撃したことはなかった――**物質が光となって花開く現象**と、それに伴うお馴染みの音、骨を凍らせるほど恐ろしい発火音。

ロジャー・ベヴィンズ三世

その結果起きた爆発によって、私たちは足をすくわれた。

ハンス・ヴォルマン

床から横目を上げると、あの青白い童顔が最後に一瞬だけ見えた。何かを期待するように両手をしっかり握り、背中をのけ反らせていた。

ロジャー・ベヴィンズ三世

そして彼は消えた。

ハンス・ヴォルマン

彼の灰色の背広が一瞬だけ空中に漂っていた。

ロジャー・ベヴィンズ三世

92

僕はウィリー　僕はウィリー　いまでもやっぱり
でも違う
ウィリーじゃない
ウィリーじゃないけどどういうわけか
それ以下
それ以上
すべてが　許されている　すべてが僕には許されている　すべてが許されて　灯り灯り
灯りをいま僕に
ベッドから飛び出してパーティに降りていくこと、許される
蜂の形のキャンディ、許される
ケーキを何切れも、許される！
パンチも（ラムパンチだって）、許される！
楽団、もっと大きな音で演奏して！
シャンデリアにぶら下がること、許される——天井まで浮かんでいくこと、許される——窓まで
行って外を覗くこと、許される許される許される！
窓から飛び出すこと、許される、許される（パーティの客たちがみんなドッと笑い、僕のあとを

うれしそうについて来る、そして僕に言う、そうだ、どこまでも飛んで行け）（あの子はずいぶんと気分がよさそうだ、全然病気には見えない、なんて言いながら）！

何であったにせよ、昔のあいつ（ウィリー）は返さなきゃいけない（喜んで返す）、あれは僕のものではなかったし（彼のものでも決してなかったし）、だから奪われるってわけじゃない、全然！

そして僕は（ウィリーの一部だったけど、もはや（単なる）ウィリーじゃない）戻るんだあんなに美しいところへ。

ウィリー・リンカーン

93

椅子に座ったまま、ミスター・リンカーンはビクッとした。

ロジャー・ベヴィンズ三世

授業中、突然目を覚ました生徒のように。

ハンス・ヴォルマン

あたりを見回した。

ロジャー・ベヴィンズ三世

一瞬、自分がどこにいるのかわからない様子だった。

ハンス・ヴォルマン

それから立ち上がり、ドアのほうに向かった。

ロジャー・ベヴィンズ三世

少年が旅立ち、彼は解放されたのだ。

ハンス・ヴォルマン

彼がとても素早く動いたので、我々は避ける間もなく、通り抜けられてしまった。

ロジャー・ベヴィンズ三世

そして、我々はまた一瞬だけ彼を知ることになった。

ハンス・ヴォルマン

94

息子は行ってしまった。息子はもういない。

ハンス・ヴォルマン

息子はどこにもいない。あるいは、どこにでもいる。

ロジャー・ベヴィンズ三世

自分にとって、ここにいても得るものは何もなくなった。

ハンス・ヴォルマン

息子はここにいないし、どこにもいない。だから、この場所について特別なものは何もない。

ロジャー・ベヴィンズ三世

自分がここにとどまるのは間違っている。未練がましい。

ハンス・ヴォルマン

ここに来たことがそもそも現実逃避であるし、弱さである。

ロジャー・ベヴィンズ三世

彼の心は新たな悲しみへと傾斜していった。世界は悲しみに満ちているという事実へ。すべての人が悲しみの重荷を背負って努力している。すべての人が苦しんでいる。どのような道を進もうと、すべての人が苦しんでいるという事実を忘れてはならない（満足し切っている者は一人もいない、すべての人が不当に扱われ、無視され、見過ごされ、誤解されている）。ゆえに、人は関わりのある人々の重荷が少しでも軽くなるように全力を尽くさなければならない。自分のいまの悲しみは自分特有のものではまったくない。これに似た気持ちを多くの人々が味わってきたのだし、これからも味わうことだろう。あらゆる時代に、どんな時においても。だからこれを長引かせたり、誇張したりしてはならない。というのも、こういう状態にいると、自分は何の役にも立たない。そして、この世界における自分の地位からすると、大きく役に立つか害になるかのどちらかなのだから、沈み込んでいるわけにはいかない——それを避けることができるのなら。

ハンス・ヴォルマン

みんなが悲しみを味わっている、あるいは味わってきた、あるいはこれから味わう。

ロジャー・ベヴィンズ三世

これが物事の本質なのだ。

ハンス・ヴォルマン

表面上、すべての人が違うように見えても、それは真実ではない。

すべての人の中心部分には苦しみがある。必ず終わりが来ること、その終わりに至るまでに数多くの喪失を経験しなければならないこと。

ロジャー・ベヴィンズ三世

我々は互いをこのように見なければならない。

ハンス・ヴォルマン

苦しんでいる不完全な存在として――

ロジャー・ベヴィンズ三世

環境に常に打ち負かされていながら、それに見合うような恩寵は充分に与えられていない。

ハンス・ヴォルマン

この瞬間、彼の同情心はすべての人々に及んだ。その厳密な論理において、あらゆる境界線を越えてさまよった。

ハンス・ヴォルマン

彼は失意と畏怖と謙虚な気持ちとを抱きつつ、しょんぼりしてここを立ち去ろうとしていた。

ロジャー・ベヴィンズ三世

この世界のどんなことでも信じる気になっていた。

ハンス・ヴォルマン

この喪失を通し、厳密な意味での彼らしさが少し失われた。

ロジャー・ベヴィンズ三世

ゆえにとても強くなった。

ハンス・ヴォルマン

屈服し、傷つき、作り直された。

ロジャー・ベヴィンズ三世

慈悲深く、忍耐強く、茫然としていた。

ハンス・ヴォルマン

それでも。

ロジャー・ベヴィンズ三世

それでも。
彼は戦っていた。彼が戦っている相手もみな苦しんでいるし、不完全な存在だが、彼らを――

ハンス・ヴォルマン

一掃しなければならない。

ロジャー・ベヴィンズ三世

彼らを殺し、彼らの生計の手段を奪い、元の状態に戻さなければならない。

ハンス・ヴォルマン

彼は（我々は、と我々は感じた）できることをすべてしなければならない。この国じゅうで、多くの兵士たちが戦場で死に、傷ついているのだから。彼らの死体のまわりに草が生え、眼球はつまみ出されたり溶けたりし、唇はひどくしおれ、雨に濡れた／血にまみれた／雪に覆われた手紙がそのまわりに散らばっている。彼らが死んだのは、我々がいま歩んでいる困難な道をしくじらずに歩けるように、これ以上しくじらないように（我々はすでにかなりひどくしくじっていた）。そして、しくじることで、こうした少年たちをもっともっと損なうことがないように。その一人ひとりが誰かにとって愛おしい者だったのだから。

〈もっと破壊し、もっと破壊し〉と我々は感じた。〈もっと破壊しないように努めねばならない。〉

我々は悲しみに打ち勝たねばならない。悲しみに支配され、決意が鈍ってはならない。そうなれば、いっそう泥沼にはまることになる。

ロジャー・ベヴィンズ三世

我々は最大限の善をなすために、戦争をできるだけ早く終結させねばならず、そのために――

殺す。

ハンス・ヴォルマン

もっと効率的に殺す。

ロジャー・ベヴィンズ三世

遠慮は無用。

ハンス・ヴォルマン

血を流す。

ロジャー・ベヴィンズ三世

敵の血をどんどん流す、彼らが良識を取り戻すまで。

ハンス・ヴォルマン

これを最速で終わらせる（ゆえに最も慈悲深い）方法は、最も血なまぐさいものだ。

ロジャー・ベヴィンズ三世

もっと苦しめることで苦しみを終わらせねばならない。

ハンス・ヴォルマン

我々は打ちひしがれ、途方に暮れ、嘲りの対象となっている。ほとんど何も残っていない。いま敗北に向かいつつあり、この転落を止めるには、何らかの行動を起こさなければならない。それによって自分自身を取り戻すのだ。

ロジャー・ベヴィンズ三世

ハンス・ヴォルマン

勝たねばならない。これに勝たねばならない。

ロジャー・ベヴィンズ三世

殺すことを考えて彼の心は沈んだ。

ハンス・ヴォルマン

これにその価値があるのだろうか。人を殺すだけの価値が。表面上、これは理論的な問題だ（合衆国の存続にすぎない）。しかしより深くを探ると、それ以上のものがある。人間はいかにして生きるべきか？　いかにして生きられるか？　そのとき彼は少年時代の自分を思い起こした（父親に隠れてバニヤンを読んだこと、小銭を稼ぐためにウサギを育てたこと、町では痩せた大人の集団が毎日通り過ぎていき、飢餓が生み出す辛い話を強い訛りでしていたこと、もっと裕福な人々が馬車で楽しげに通り過ぎるときはよろよろと退かなければならなかったこと）。自分が奇妙で変わっていると感じたこと（賢くもあったし、優れていた）。脚が長く、いつでも物をひっくり返して、いろいろなあだ名で呼ばれた（ゴリラ・リンカーン、蜘蛛、エイプ《エイプ》ラハム、キリン並みの巨人）が、心のなかではひそかに、自分はいつの日か何かを成し遂げると思っていた。それから世の中に出て、自分の進むべき道がはっきりわかった――頭の回転が速く、その不器用なところや意志の強いところが人々に愛された。桃の果樹園や干し草畑、若い娘たちや古くからある草地などは、その美しさで彼を狂わさんばかりだった。泥で濁った川のほとりを怠惰に集団で歩き回る奇妙な動物たち、その川はボート漕ぎの老いた世捨て人の助けなくしては渡れないのだが、この老人はほとんど英語とも言えない言語をしゃべる。こうしたことのすべて、賜物のすべては、みんなのためのものなのだ。みんなで使うためのもの。どんな人でも、自由な白人なら、彼のような下層階級の出身者でも(ケイン家の小屋からも、ここにある。そして、自由に生きること、人は自由になれることを、教えるためにここにある。どんな人でも、自由な白人なら、彼のような下層階級の出身者でも(ケイン家の小屋から発情した声が聞こえてきて、開いたドアから見ると、まだ靴下をはいた男女の足が見え、赤ん坊がそこをよちよちと通り過ぎ、男女どちらかの足につかまって体を支えていた)、こんなことを見てきた若者でも、こういう人たちのなかで暮らしてきた若者でも、出世できる。彼がたどり着こうとしている高みまでのぼれる人がいる。

それから、これに対して、君の手からリンゴを奪い取ろうとする王様タイプの者たちがいる。自分が育てたリンゴだと主張するが、彼らの持ち物は何もせずに得たものだったり、不公平な手段で手に入れたものだったりする(この不公平さの本質は、彼らがほかの者たちよりも生まれつき強く、賢く、精力的だということだ)。そしてリンゴを摑み取ってから彼らが誇らしげに食べるさまは、このリンゴを育てたのみならず、果物という観念を考え出したのも自分だと信じているように見える。この嘘の対価は下層の者たちの心に重くのしかかるのだ(彼と父親が穀物の重い袋を一緒にぶら下げてよろよろと通り過ぎるとき、サンガモンのベルウェイさんは子供たちをポーチから追い払い、我々の姿を見せないようにしていた)。

海の向こうでは、太った王様たちがこれに注目し、面白がっている。あんなにも順調に始まったものが、いまや道を踏み外しているのだから（南部でも、似たような王様たちが注目している）。このまま道を踏み外すなら、すべてが永遠に終わってしまう。そして、誰かが同じことをまた始めようとしたら、こう言われてしまうのだ（それも本質を突いている）――烏合の衆は自分の管理なんかできない。

いや、烏合の衆にもできる。烏合の衆もやろうとする。

自分が烏合の衆に管理させる。

そして、これに勝つ。

ロジャー・ベヴィンズ三世

我々のウィリーは、我々が虚栄心や無益な悲しみによって、その試みを断念することを望みはしない。

ハンス・ヴォルマン

我々の心のなかで少年は丘の上に立ち、楽しげに我々に手を振っていた。そして、勇気を出して問題を解決してくれと訴えていた。

ロジャー・ベヴィンズ三世

しかし（我々ははたと考え込んだ）、これは願望に基づく考えにすぎないのではないか？　我々は自分たちが戦いを続けられるように、自ら立証できるはずもない祝福を息子から得ようとしているのではないか？

そうだ。

そうしているのだ。

ハンス・ヴォルマン

しかし、そうしなければならない。そして信じなければ。さもなくば、我々は破壊される。

ロジャー・ベヴィンズ三世

そして、破壊されるわけにはいかない。

ハンス・ヴォルマン

戦い続けなければならない。

ロジャー・ベヴィンズ三世

我々はミスター・リンカーンが我々のなかを通過した一瞬に、このすべてを感じ取った。

ハンス・ヴォルマン

それから彼はドア口を出て、闇のなかに消えた。

ロジャー・ベヴィンズ三世

95

私たち黒人はほかの人たちと一緒に礼拝堂に入りはしなかった。いままでの経験から、白人が私たちと一緒に教会に入るのをあまり好まないってわかっていたのだ。赤ん坊を抱っこするとか、お年寄りを支えたり扇いでやるとかいった場合は別だけど。

そうしたらあの背の高い白人がドア口に現われ、私の目の前に立った。

私は動かなかったので、彼が私を通過し、彼の考えの一部を知ることになった。〈戦い続けよう。戦うのだ。神の助けを借りて。殺しは神のご意志に反するように見えるけれども。神はこれについてどのような立場を取るのか。それはすでにお示しになった。止めることもできたのだ。しかし、止めなかった。私たちは神を彼としてではなく（筋を通し、ご褒美をくれる人としてではなく）、**それ**として見なければならない。私たちの理解を超えた大きな獣として。**それ**は私たちから何かを求め、私たちはその何かを与えなければならず、私たちが制御することを許されるのは与えるときの心の在り方と、与えることで目指す究極の目的のみ。では、**それ**はいまどんな目的を目指したいと思っているのか？　私にはわからない。ただ、いま**それ**が求めているのは血であるように思われる。物事がいまの状態から、**それ**がそうあるべきだと考えている状態に変わるように、さらなる血を求めている。しかし、その新しい状態がどのようなものか、私にはわからない。ただ、辛抱強くそれを知ろうとしている。そのあいだも、あの三千の死者たちが私を忌まわしい目つきで見つめ、生命のない手を動かして、私にこう訊ねてくる。これから達成する目的とは何なのか、自分たちの

恐ろしい犠牲を価値あるものにするのは――〉

ここで彼は私を通り抜け、私は嬉しい気持ちになった。

正面玄関の近くにミスター・ヘイヴンズが立っていた。私と同じように、まともにあの白人の通り道にいたのだが、そのとき彼は私がやる勇気のなかったこと（あるいは、やりたいと思わなかったこと）をやろうとしていた。

ミセス・フランシス・ホッジ

96

自分に何が起きたのか俺にはわからない。かつての場所では、俺はまったく向こう見ずな人間ではなかった。どうしてそうなる必要がある？　ミスター・コナーとその善良な奥様、そして子供たちも孫たちもみんな、俺にとっては家族のようだった。俺は妻や子供たちと引き離されたこともない。いいものを食べていたし、鞭で打たれることもなかった。小さいけど素敵な黄色い小屋も与えてくれた。すべてを考慮すれば、幸せな生活だった。

だから自分に何が起きたのかわからない。

あの紳士が通過するとき、俺は親近感を抱いたのだ。

そこでしばらくとどまろうと決心した。

あのなかで。

というわけで、俺たちは同じ動きをすることにした。一歩一歩、一緒に歩く。それは簡単じゃない。彼の脚は長いんだ。俺は脚を彼のと合うように伸ばし、体じゅうも伸ばして、ようやく俺たちは同じ大きさになった。それから敷地の外に出て、馬に乗ることになり、(許してほしいのだが)また馬に乗れるというワクワクした気持ちには勝てなかった。だから俺は——俺はとどまったのなかに。何て素晴らしいんだ！　自分の望んだことをしている。誰にも命令されなかったし、誰かの許しを求めたりもしなかった。ずっと暮らしていた家の天井が吹っ飛んだって感じ——こういう表現をしてよいのなら。この瞬間、俺はインディアナとイリノイの広い地域のことを知った(俺はその地域のどこにも行ったことがないのだが、すべての町の完璧な配置から、特定の家の歓待ぶりに至るまでわかった)。それから、この人のことが——まあ、どんな役職に就いている人かは言わないでおこう。とにかくこんな立派な人のなかに入ったんだから、俺は怖くなってきた。それでも、居心地はよかったんだ。そして突然、彼に俺のことを知ってもらいたいと思った。俺の人生を。俺たちのことを知ってもらいたい。俺たちの運命を。どうしてそう感じたのかはわからないけど、とにかく感じたんだ。彼が俺に対してまったく嫌悪感を抱いてなかったから、とでも言えるかな。あるいは、以前の彼はそういう嫌悪感を抱いていたし、その痕跡はあるんだけど、その嫌悪感を光の下に晒して調べてみて、すでにそれを退治していたんだ。彼は開かれた本のようなものだ。開かれつつある本。それがさらに大きく開かれていた。悲しみのせいで。それから——俺たちのせいで。俺たちみんな、黒人も白人も——彼のなかについさっき集団で入り込んだみんなのせいなんだ。彼はあの出来事に影響を受けないわけにいかなかった。受けないどころではなかった。あれによって彼は悲しくなった。もっと悲しくなった。俺たちがそれをしたんだ。俺たちみんな、黒人も白人も、俺たちの悲しみによって彼をもっと悲しくした。そして、こう言うと変に聞こえるだろうが、彼はその悲しみによって俺のこともっと悲しくした。それで俺はこう思った。閣下、みんなで悲しみ自慢をするんなら、俺にはあなたのような権力者に知ってもらいたい悲しみがありますって。それから俺はこの上なく強烈にみんなのことを考えた――ミセス・ホッジ、エルソン、リッツィー、長いこと一緒にあの穴で過ごしたみんな、彼らがたくさんの苦悩や屈辱について語ったこと。さらに同じ人種の知り合いで、俺が愛していた人たちのことも思い出した（母さん、妻、俺たちの子供、ポール、ティモシー、グロリア、それにランス・Pとその妹のビー、四人のちっちゃなクッシュマンたち）。それから、彼らが耐えてきたことすべてを思い、こう考えた。閣下、もしあなたが私の感じているとおりのお人なら――あのような権力をお持ちで、私たちを思いやってくださるのなら――どうか私たちのために何かしてください。それによって、私たちが自力で何かできるように。私たちの覚悟はできています。怒っているし、能力はあるし、私たちの希望のゼンマイはぎゅうぎゅうに巻かれていて危険なほど、あるいは神がかっているほどです。私たちを解放してください。そして私たちをその職務にあたらせてください。私たちに何ができるかを示させてください。

トーマス・ヘイヴンズ

97

エルソンとリッツィーが礼拝堂のドアのところにいて、なかの様子を聞いていた。

そしていま二人は手をつなぎ、小走りすべってきた。

あの白人の坊やがね？　とリッツィーが言った。

我々は死んでるって言ったんだ、とエルソンが言った。

ミセス・フランシス・ホッジ

なんてこと、とミセス・ホッジが言った。

エルソン・ファーウェル

ここ何年も、この穴に暮らして、私は一つの考えを大切に心に仕舞っていた。それは、いつの日か子供たち、アナリーズとベンジャミンが――

どうするっていうんだろう？　私のところに来る？　いつの日か一緒に暮らす？　ここで？　バカげてる。

私は突如として悟った。それがどれだけバカげているか。

憐れな私。

憐れだわ、これだけ年月が経っているのだから。

子供たちがここに来るなんてあり得ない。二人ともあそこで歳を取り、死に、埋葬されるのよ。あのずっと遠い場所、子供たちが（私から引き裂かれたとき）連れて行かれた場所。ここに来ることなんてないの。そもそも、どうして私はそれを望むのだろう？　まあ、望んではいた。自分が休んでいるだけだと信じて、待っていた頃は。ところがいま、私は――

自分が死んでいるとわかったのだから、私は子供たちが行くべきところに行くことを望んだ。まっすぐにそこへ。そこがどこであれ。そして、そう感じていたので、私自身もそこへ行くべきだと悟った。

私はリッツィーをいつもと同じように見つめた。こう問いかけるように。お嬢さん、あなたはどう思う？

あなたがすることをするわ、ミセス・ホッジ、とリッツィーは言った。いつでもあなたは母親のような存在だったから。

ミセス・フランシス・ホッジ

でも、悲しいわね。

ようやく声を取り戻したのに、ここを立ち去らないといけないなんて。

リッツィー・ライト

エルソンは？　と私は言った。

行かない、と彼は言った。〈善〉とか〈兄弟愛〉とか〈救済〉とかってものがあるんなら、そして成し遂げられるかもしれないなら、それには血と復讐が必要なときがあるはずだ。かつての加害者が身をすくめるほどの恐怖を生み出し、冷血の抑圧者を制圧する。俺はとどまりたい。ここに。復讐を果たすまで。誰かに対して。

（こんなに可愛い子。とても誇り高く、とても感動的。）

私たちは死んでいるのよ、と私は言った。

俺はここだ、と彼は言った。ここにいるんだ。

私はそれ以上何も言わなかった――彼がとどまることを望むなら、邪魔はしない。

私たちはみんな望むことをすべきなのだ。

用意はいい？　と私はリッツィーに言った。

昔を懐かしむように、リッツィーは両目でウィンクして見せた。それはいつでも、イエスを意味していた。

ミセス・フランシス・ホッジ

98

親愛なるお兄様へ、追伸――上のことを書いてから床に就いたのですが――しばらく経ってから馬の蹄の音で目を覚ましました――私はグレースを呼び、彼女が私を車椅子に座らせ、窓辺に連れて行ってくれました――そうしたら、墓地から立ち去ろうとしているのは、ほかでもないミスターLだったのです――本当です――馬に乗っている姿はかつてないほどくたびれている様子で、背中が曲がっていました――私は窓を開け、「良き友人のマンダーズ」に声をかけて、その点を確かめました――間違いなく大統領でした――夜のこんなに寒くて恐ろしい時間にここに来るなんて、あの方の心痛はいかばかりだったのでしょう？

　今度は床に戻るのにグレースの手を借りなければなりません――彼女を呼ぶのは本当に必要なときだけにするよう努めています、最近彼女は私につんけんしているので――いつでも機嫌が悪くて、私と楽しく話すようなこともうありません――まるで私にうんざりしたみたいに、でも彼女を責められるでしょうか――私のように体が不自由な者の面倒を見るのは大変ですから――それに最近私はもっと痛みを感じるようになり、塞ぎ込むことが多いので、彼女を責められません――でも、彼女は友人ではない――このことは自分でも心にとどめておくようにしています――彼女は私たちに雇われているのだし、その仕事は私の面倒を見ること――**それだけ**の話です。

お兄様はいつ戻って来ます？　自分の目的があって旅を続けていることは承知です――でも、お兄様が寂しくないとは信じがたい――それとも、大平原の女性を魅了してしまったのかしら――あなたの妹はくたびれて、寂しくて、病気です――私を愛していないの？　私にまた会いたいと思わないの？――お願いだから帰って来て――心配させたくはないんだけど――お兄様に帰って来させるためにこういうことを言ってるんじゃなく、このところ本当に気分がすぐれないの。体が弱っているし、気力もわかないし、食べられない――お互いに愛し合ってるんだから、一緒に暮らすのが正しいんじゃない？

お願いだから戻って来て。お兄様に会いたい。ここには本当の友達はいないんです。

あなたを愛する妹、

イザベル。

パーキンズ前掲書

99

大統領が礼拝堂から出て来たとき、私は見張り所を飛び出し、門の鍵を開けた。大統領は何も言わずに外に出た。何かに気を取られている様子だったが、手を伸ばして私の前腕を優しく押し、それから小さな馬に乗った。そのとき私は彼が馬もろとも倒れるのではないかと思ったが、あの立派な馬はしっかりと持ちこたえ、堂々と走り去っていった。大統領の足はいまにも地面をこすりそうだったが、馬はそうではないふりをすることで、大統領の評判を守ろうとしているかのようだった。あの気高い馬が大統領を乗せてRストリートを走り、冷たい夜のなかに消えていく足取りは、ヘラクレスかG・ワシントンを乗せているのではないかと思えるほど誇りに満ちていた。

また鍵をかけ直していたときのことだ、トム。見られているような気がして、顔を上げると、通りの向こうの家にあの「不思議少女」がいた。窓辺のいつもの場所についていて、座ったままその窓をかなり苦労して上げると、私にこう呼びかけてきた。いま馬で走り去ったのは大統領なの？私はそうですと答えたんだけど、何だか悲しかったな、トム。私はあの人がまだ小さくて、ほかの子供たちと一緒に歩いたり走ったりできた頃から知っているんだけど——少なくとも見てきたんだけど——いま彼女は三十歳に近いはずで、あまり具合がよくないって話を聞いてたんだ。私は気の毒に感じて、寒いから窓を閉めたほうがいいですよと声をかけた。彼女は私の気遣いに感謝してから、大統領の息子さんのことは悲しいわねって言うんで、私もとても悲しいですねって言った。そうしたら、あのお子さんはきっともっといい場所にいるのよねと言うから、私もそう望みますし祈りますって答えた。すると、私たちが地球上の最後の生物みたいに、その言葉が宙に浮いている感じがして、私はおやすみなさいと言い、彼女もおやすみなさいと言って、窓を下げた。そしてすぐに彼女の部屋の灯りが消えた。

マンダーズ前掲書

100

礼拝堂からの集団脱出がこのあと続いた。我々の仲間たちは四方の壁を抜けて逃げ出した。

ハンス・ヴォルマン

多くは移動中に屈服してしまった。

ロジャー・ベヴィンズ三世

ミスター・ベヴィンズと私が一緒に外に出ると、礼拝堂の外の漆黒の闇は**物質が光となって花開く現象**がたくさん起きたためにライトアップされていた。

ハンス・ヴォルマン

あたりは混沌としていた。

ロジャー・ベヴィンズ三世

強姦された美しい混血娘の白いスモックが空からひらひらと落ちてきた。腰のあたりはまだ血の手形で汚れていた。

ハンス・ヴォルマン

それに続いてミセス・ホッジの大きな服が落ちてきた。

ロジャー・ベヴィンズ三世

空中は友人たちの罵り声、叫び声、全速力でシューッと移動する音などでいっぱいだった。彼らは藪や枝が垂れ下がる木々を通り抜けて逃げようとしていた。

ハンス・ヴォルマン

疑惑にひどく取り憑かれ、まったく動けなくなった者たちもいた。

ロジャー・ベヴィンズ三世

こうした者たちは岩にぐったりともたれかかったり、道を弱々しく這ったり、打ちひしがれた様子でベンチに横たわっていたりした。まるで空から落ちてきたかのようだった。

ハンス・ヴォルマン

多くは威厳に欠けるこの姿勢のまま屈服した。

ロジャー・ベヴィンズ三世

すると、ストーン中尉が礼拝堂の芝生を駆けて来た。

ハンス・ヴォルマン

まっすぐにミスター・ファーウェルのほうに向かっている。

ロジャー・ベヴィンズ三世

どけどけ、この神聖な場所を汚すのはやめろ、欠片ども。

俺はここにいる連中のなかでも一番前からこの場所にいる者だ（俺がここで過ごした夜の数は二万を超えているし、ここに来てから——臆病だったり、たじろいだりしたために——立ち去った者たちは、俺が最近数えたところでは、九百人近い）。俺以外の誰がこの場を仕切れる？　そして、この混沌状態を欠片どもが利用し、仕事を怠ける言い訳にしようなんざ、絶対に、絶対に許せねえ！

セシル・ストーン中尉

中尉の自信過剰ぶりも、この混乱の影響を受けないわけにはいかないようだった。というのも、こうした悪態をついているあいだ、彼の身長はまったく伸びず、少し縮んだようにさえ見えたのだ。

ロジャー・ベヴィンズ三世

中尉はミスター・ファーウェルに仕事に戻れと命令した。どんな仕事であれ、そしてどの白人が割り当てたのであれ、自分に割り当てられた仕事に戻れ、と。すると、ミスター・ファーウェルは中尉の襟を摑み、彼の背中を荒っぽく地面に叩きつけた。

ハンス・ヴォルマン

中尉はミスター・ファーウェルに向かって、白人に手を上げるとは何事かと言い、自分を起き上がらせろと要求した。ミスター・ファーウェルが拒むと、中尉はファーウェルの胸を蹴り、ファーウェルは吹っ飛んだ。ここで中尉は跳ね起き、ファーウェルにまたがって、拳で頭を殴り始めた。ファーウェルは必死になって手探りし、石を近くに見つけると、中尉の頭に叩きつけた。中尉は地面に倒れ、三角帽が吹き飛んだ。それからファーウェルは片膝で中尉の胸を押さえつけると、石で中尉の頭を割り、それはどろどろした平らの物体になった。ファーウェルはよろよろと身を離し、悲痛な顔をして地面に座り込むと、頭を抱えて泣き出した。

ロジャー・ベヴィンズ三世

中尉の頭はすぐに元に戻り、息を吹き返すと、泣いているミスター・ファーウェルに気づいて怒鳴り始めた。欠片が泣けるとは知らなかった、人間の感情がなければ泣けないはずだ、などと言い、またミスター・ファーウェルに仕事に戻れと命令した。どんな仕事であれ、そしてどの白人が割り当てたのであれ、自分に割り当てられた仕事に戻れ、と。すると、ミスター・ファーウェルはまた中尉の襟を摑み、彼の背中を荒っぽく地面に叩きつけた。中尉はまたミスター・ファーウェルに向かって、白人に手を上げるとは何事かと言い、自分を起き上がらせろと要求した。ミスター・ファーウェルがまた拒むと、中尉はまたファーウェルの胸を蹴り——

それが続いた。
ハンス・ヴォルマン

我々がその場を立ち去ったときもやっていた。
ロジャー・ベヴィンズ三世
ハンス・ヴォルマン

静まる気配を見せなかった。
ロジャー・ベヴィンズ三世

この二人は永遠に戦い続けるのではないかと思わせる激しさで続いた。
ハンス・ヴォルマン

何らかの根本的かつ想像を絶するような現実の改変が起こらない限り。
ロジャー・ベヴィンズ三世

101

ミスター・ヴォルマンと私は本拠地に向かって必死に走りすべった。
ロジャー・ベヴィンズ三世

動揺していた。
ハンス・ヴォルマン

我々でさえ動揺していた。
ロジャー・ベヴィンズ三世

ミスター・ベヴィンズと私でさえ動揺していた。
ハンス・ヴォルマン

ヴォルマン兄、我々はどうする？　と私は呼びかけた。
我々はここにいる、とミスター・ヴォルマンが応えた。私を見てくれ。私はここにいる。誰が
——誰がしゃべっているんだ？　私がしゃべるのを聞いているのは誰だ？
しかし、我々は動揺していた。

ロジャー・ベヴィンズ三世

ここで我々は悪名高きバロン夫妻に出くわした。コンスタンティンの病塚の上で折り重なって倒れている（この塚は目立たない石灰石の板で、一つの隅にひびが入り、何十年もの鳥の糞で汚れていて——

ハンス・ヴォルマン

それはずっと昔、この塚の上に誰かが小さな木を植え、コンスタンティンを太陽から守ってやろうとしたからだった。）

ロジャー・ベヴィンズ三世

立て、立ち上がれ。
××みたく立ち止まるな。××みたく考えるな。

エディ・バロン

考えてないわ。××みたく考えてない。
ただ、気分が悪いのよ。

ベッツィ・バロン

俺を見ろ、見るんだ。
××みたくきれいな原っぱで暮らしていたときのこと、覚えてないか？　子供たちと？　あの広々とした牧場で？

あのテントで？　覚えてないか？　××野郎のドノヴァンが俺たちをあの川辺の××みたいな家から追い出したあとのこと？　あの頃はよかったよな？

エディ・バロン

あれは××広々とした牧場なんかじゃなかった！　この××野郎！　あそこは地上のあらゆる××どもが××をしに来たり、××みたいなゴミを捨てに来るところだったわ！

ベッツィ・バロン

だが、景色はよかったろ？　あんな景色が見られるガキはあまりいない。テントのフラップを持ち上げると、すぐそこに見えたのが××ホワイトハウスだ。

エディ・バロン

でも、あの××みたいなゴミの山の向こう側まで歩いて行かなきゃならなかったけどね。××ネズミたちに気をつけなきゃいけなかったし、ドイツ人の××痴漢軍団があのあたりに住んでいたし。

ベッツィ・バロン

おまえは痴漢されなかったじゃねえか。

エディ・バロン

××みたいなこと言わないで！　あたしは燃える石炭をあの××野郎にかけて、脚を焼いてやった！　やつを払いのけるためにね！　堂々とテントのなかに入って来やがったんだ！　子供たちのいる前で！　子供たちがあたしたちに会いに来ないのも無理ないよ！　あたしたちはここに――何年いるのかしら？　××みたいに長い時間だわ。なのに一度も来やしない。

ベッツィ・バロン

やつらなんか××くらえだ！　いいか？　あの親不孝の××どもには俺たちを責める資格なんぞ××ほどもねえ。俺たちの××靴をはいて一マイル、歩いてみるまではな。やつらの一人として、俺たちの××靴で半マイルも歩いてねえんだ――

エディ・バロン

エディ？　違うわよ。

あたしたちの子供なんだから。

あたしたちがしくじったのよ。

ベッツィ・バロン

××みたいな話はやめろ。

××みたく立ち止まるな、考えるな。

どうしてかわかるか？

ここに××とどまりたいからだよ！　祝わなきゃいけないことが××みたくたくさん残ってるんだ。そうだろ？

エディ・バロン

エディ。
あたしたちは××みたく死んでるのよ。
愛してるわ、この××みたいな××野郎。

ベッツィ・バロン

ダメだ。
ダメダメダメダメ。するな、するな。
俺と××とどまってくれ。

エディ・バロン

彼女の体は羊皮紙のように薄くなり、全身に震えが走った。それからかつての場所での自分のさまざまな姿に目まぐるしく変わった（あまりにふしだらで、貧乏で、恥ずかしいものなので、詳述ははばかられる）。続いて、憐れなことに達成できずに終わった、さまざまな未来の姿に変わっていった――思いやりのある母親、パンやケーキを細やかに焼き、真面目に教会に通う者、そして可愛くて清潔な孫たちに囲まれ、敬われている物静かなお婆さん。

ロジャー・ベヴィンズ三世

それからお馴染みの音が聞こえてきた。**物質が光となって花開く現象**に伴う、骨を凍らせるほど恐ろしい発火音。

ハンス・ヴォルマン

そして彼女は行ってしまった。

ロジャー・ベヴィンズ三世

彼女の悪臭のするボロ服がそこらじゅうに降ってきた。

ハンス・ヴォルマン

ミスター・バロンは猥褻な言葉を喚き散らしたあと、不承不承ながら屈服した。妻に対する並外れた愛情によって強いられたのだ。彼の**物質が光となって花開く現象**は通常の明るい白ではなく、くすんだ灰色だった。

ロジャー・ベヴィンズ三世

煙草、汗、ウィスキーなどの匂いとともに、彼の衣服が落ちてきた。

ハンス・ヴォルマン

競馬新聞と猥褻な漫画もだ。

ロジャー・ベヴィンズ三世

102

突如として、ミスター・ベヴィンズの顔色が悪くなった。

彼の体は羊皮紙のように薄くなり、全身に震えが走った。

ハンス・ヴォルマン

実にたくさんの思い出が甦ってきた。

ある朝のことを思い出した。あの朝、私の――

あの朝、私は――

私はギルバートを見たのだ。パン屋で。

そう、そうなのだ。

なんてことだ。

彼は――ああ、なんという苦痛！　彼は誰かと一緒にいた。男だ。黒髪で長身。胸板は厚い。ギルバートが彼に何かを囁き、二人で一緒に笑った。私を笑い者にしているようだ。世界が崩れた。特殊な冗談を語るために作られたステージセットのように。私をネタにした冗談。あのような性向を持って生まれたため、私はギルバートと出会い、恋をする。しかし彼と一緒に過ごすことはできない（彼が「正しく生きる」ことを望んだためだ）。そこで冗談の落ちが来る。私はパン屋のドア口でパンを片手に持ち、打ちひしがれている。そこに二人が近づいてきて、立ち止まる――囁き声、笑い声――彼らは私の両側に分かれ、あの新しい男が（彼は実に美しい）眉を吊り上げる。まるでこう言うかのように。こいつか？　こいつがそれなのか？

それからまた心にグサリとくる笑い声。

私は走って家に戻り、そして――

決行した。

ロジャー・ベヴィンズ三世

ミスター・ベヴィンズは膝から崩れ落ちた。

彼の体はかつての場所での自分のさまざまな姿に目まぐるしく変わった。

弱々しいけれども愛情こまやかな少年、女きょうだいばかりの家族でとても可愛がられている。

掛け算表をじっと見つめている真面目な生徒。

馬車置き場であのギルバートのほうに手を伸ばし、優しくキスしようとしている裸の若者。

誕生日の際に銀板写真を撮ろうと、両親にはさまれて立つ良き息子。

真っ赤な顔をしてうろたえている負け犬――涙が顔を流れ落ち、手には肉切り包丁を持って、陶製のたらいを膝に抱えている。

覚えてますか？　と彼は言った。私が最初にここに来たときのこと？　あなたはとても親切だった。私を落ち着かせてくれた。ここにとどまるように言ってくれた。覚えてますか？

お役に立てて嬉しいよ、と私は言った。

もう一つ思い出したことがあるんです、と彼は驚いたような声で言った。あなたの奥さんがここを訪ねたことがあるんですよ。

ハンス・ヴォルマン

私はそんな出来事は覚えていない、とミスター・ヴォルマンが強張った声で言った。私の妻は、私を一人にしておいたほうが快復を速めると考え、訪問しないようにしているのだ。

先輩、と私は言った。もうたくさんです。正直に話しましょう。私はいまたくさんのことを思い出しています。あなたもそうじゃないかと思うんですが。

まったくそんなことはない、とミスター・ヴォルマンは言った。

ふくよかで明るい感じの女性がここに来たんですよ、と私は言った。一年かそこら前です。そして、いろんなことを回想していました。彼女の人生に関する幸せな思い出です（たくさんの子供や、素晴らしい夫のこと）。そして、あなたに感謝していました――あなたにですよ。あなたがあの頃に親切にしてくれたこと、そのおかげで――彼女の言葉では――「私は純潔のまま夫に嫁ぐことができ、彼は私の人生を大きな愛で満たしてくれました」。彼女は自分を「愛の道」に導いてくれたということで、あなたに感謝しました。そして、自分に対して絶対に（一度たりとも）辛く当たることはなく、いつでも穏やかで、優しくて、思いやりがあったということで。「本当の友達」とあなたのことを呼んでいました。

ミスター・ヴォルマンの顔を涙が流れ落ちた。

彼女はさようならを言いに来ることで、あなたに敬意を表したのです。そしてあなたの墓の前に立ち、こう説明しました。自分は将来、ここであなたと一緒になることはできない。というのも、最終的には新しい人と、つまりいまの夫と、一緒に墓に入らなければならないから。彼は――

お願いだ、とミスター・ヴォルマンは言った。

彼はずっと若いんです、と私は言った。あなたよりも。つまり、彼女の歳に近い。

君は、とミスター・ヴォルマンが言った。君は台所の床で手首を切り、出血多量で死んだんじゃないか。

そうです、と私は言った。そのとおりです。

何年も前のこと、と彼は言った。

ものすごく前の話です、と私は言った。

ああ、神よ、とミスター・ヴォルマンは言った。彼の体は羊皮紙のように薄くなり、全身に震えが走った。そして彼の体はかつての場所での自分のさまざまな姿に目まぐるしく変わった。

インクの染みのついたスモックを着ている初々しい見習工。

最初の妻を亡くし、涙を拭っている若き男やもめ。葬式の前に憑かれたように手を洗ったにもかかわらず、指の爪の先端は職業柄青く染まっている。

一人ぼっちの中年男。何も希望がなく、働いて酒を飲み、(気が塞ぐと)ときどき娼婦を買っている。

がっしりした体で、足を引きずり、歯には義歯を入れている四十六歳の印刷工。新年の日にウィケッツの店の食堂で、ライム色のドレス姿の輝くように美しい娘に目をとめる(彼女は実のところまだ少女と言っていい)。その瞬間、彼はもはや老人ではなく、若者に戻ったように感じ(ユーモアがあり、元気で、威勢がいい)、数年ぶりに、自分には人に与えられるものがあると思う。与える対象がいると感じ、その人に与える立場の人間になりたいと望む。

ロジャー・ベヴィンズ三世

行きますか？　とミスター・ベヴィンズが言った。一緒に行きましょうか？

彼はさまざまな未来の姿に変わっていった(可哀想だが、彼が到達できなかった未来だ)。

船の舳先にいるハンサムな若者。彼方の海岸線に見えてきた黄色や青の家々の列を見つめている

（この航海で彼はブラジル人の機関士と何度もまぐわい、さまざまなことを学ぶとともに、大きな快楽を得る）（そして神の目から見て良かろうが悪かろうが、ミスター・ベヴィンズはこれこそが自分の人生だと悟る）。

数年来の恋人に満足している壮年期——相手はリアドンという名の、顎鬚を生やした穏やかな薬剤師だ。

裕福になり、肥満した中年男——病で死に瀕した憐れなリアドンを看護している。

百歳近い風変わりな老人——幸いにもあらゆる欲望から解放され（男にも、食べ物にも、呼吸することにも）、ある奇跡の乗り物に乗せられて教会に向かっている。この乗り物の前には馬がおらず、ゴムの車輪で走り、大砲を撃ち続けているかのごとく騒がしい。

ハンス・ヴォルマン

そうだね、とミスター・ヴォルマンは言った。行こう。一緒に。

ロジャー・ベヴィンズ三世

選べる段階はすでに過ぎ去ったようだった。自分たちが何者かという知識がしっかりと心に刻まれ、もはや否定しようがないのだ。

ハンス・ヴォルマン

それでも、何かが我々を引き留めていた。

ロジャー・ベヴィンズ三世

それが何かはわかっていた。

ハンス・ヴォルマン

誰かは。

ロジャー・ベヴィンズ三世

いまや我々の心は一つになり、東に向かって飛びすべった（石や塚、石の家の壁などにぶつかり、傷ついた鳥のようにあちこち方向を変えながらも、目的地に着こうという切迫した思い以外には何も感じず）。灯りが明滅し、弱っていた体がさらに弱くなり、ただ信念に――消えつつあるが、かろうじて残っている我々の現実に対する信念に――何とか支えられ、東へ東へ東へと進み、ついに誰も住んでいない数百ヤードの荒野の縁に到着した。

ハンス・ヴォルマン

それは恐怖の鉄柵で仕切られていた。

ロジャー・ベヴィンズ三世

103

トレイナー家の娘がいつものように寝転んでいた。柵に寄りかかり、その一部のようになっている。その瞬間は、縮尺された鉄道車両の姿をしていた。事故でつぶれ、煙を出している残骸。焼かれて瀕死の人間たちが彼女のなかに閉じ込められ、口汚い要求の言葉を叫んでいる。一方、ミス・トレイナーの「車輪」は数匹の豚の上で無慈悲にも回り続けている。鉄道事故の原因がこの豚たちであり（と、我々にもわかった）、その顔と声は人間のもので、実に憐れに泣き叫んでいる。それでも車輪は回り続け、豚たちは何度も何度もつぶされて、焼ける豚肉の匂いを発している。

ハンス・ヴォルマン

我々は謝罪しに来たのだ。

ロジャー・ベヴィンズ三世

最初に彼女が呪われたとき、我々が臆病であったことについて。

ハンス・ヴォルマン

それが我々の心を苛まないことは一時たりともなかった。

ロジャー・ベヴィンズ三世

我々の最初の大失敗だ。

ハンス・ヴォルマン

かつての場所から持ち込んだ良き性質を我々はあのときに捨ててしまった。

ロジャー・ベヴィンズ三世

燃える車両の外から私は呼びかけた。
聞こえるかい、娘さん？　と私は叫んだ。あなたに言いたいことがあるんだ。

ハンス・ヴォルマン

車両が線路の上で少し位置を変え、炎がボッと燃え立った。事故の原因となった豚たちが我々のほうを向き、その完璧な人間の顔が美しいアメリカ英語で、そして曖昧なところは何もない言葉で、次のように語った。自分は救われないし、救われようとも思わない。すべてが嫌で、我々みんなを憎んでいる。だから自分のことを気遣ってくれるなら、放っておいてほしい。自分はすでにかなり苦しんだのだし、我々の存在はその苦しみを増すことにしかならない。自分がかつての場所で抱いていた希望を思い出させるからだ。そして、ここに来たときに自分がどんな娘だったかを。

ロジャー・ベヴィンズ三世

くるくると回る若い娘。

ハンス・ヴォルマン

色が目まぐるしく変わる夏物の子供服を着ていた。

ロジャー・ベヴィンズ三世

我々は申し訳ないと思っているんだ、と私はなかに向かって叫んだ。ここを立ち去るように、もっと説得すべきだった。君にまだチャンスがあるうちに。

怖かったんだ、とミスター・ベヴィンズが言った。我が身が可愛かった。

不安だった、と私は言った。努力が実らないのではないかと不安だった。

自分たちの力を大事にしなければならないと感じた、とミスター・ベヴィンズ。

あなたにこのようなことが起きて残念だ、と私。

あなたはこんな扱いを受けるべきではない、とミスター・ベヴィンズ。

そして特に申し訳ないのは、あなたが落ちていったとき、我々があなたを慰めるためにとどまらなかったことだ、と私。

あんたたち、こそこそと逃げて行ったわよね、と豚の一匹が言った。

ハンス・ヴォルマン

そのときのことを思い出してミスター・ヴォルマンの顔が歪んだ。

それから何かが変わった。彼は強くて元気のいい男の姿になった。仕事場ではきっとこういう姿をしていたのだろう。何事からもこそこそ逃げたりはしない男。

そして、さまざまな未来の姿に目まぐるしく変わっていった。

寝乱れたベッドでニコニコと笑う男。それは、彼とアンナがついに本当の夫婦となった直後の朝だ（彼女は嬉しそうに彼の胸に顔をうずめ、彼の股間に手を伸ばして、もう一度とせがんでいる）。

双子の娘の父親。アンナを小さくして、さらに色白にした女の子たちだ。

膝の悪い引退した印刷工。あの同じアンナに助けられ、板張りの歩道をゆっくりと歩いている。アンナもだいぶ歳を取ったがまだ美しい。歩きながら、二人はひそひそ声で話し合っている。それがいつもの習慣のようだ。必ず意見が合うわけではないが、夫婦のあいだだけで通じる暗号で、すでに母親となった双子のことを語り合っている。

ミスター・ヴォルマンは私のほうを向いた。傷ついた様子だが、親切そうな笑みを浮かべている。こうしたことはまったくなかった、と彼は言った。これからもない。

それから彼は深く息を吸い込んだ。

そして燃えている車両に足を踏み入れた。

ロジャー・ベヴィンズ三世

かつて食堂車だったところにミス・トレイナーがいた。彼女の顔は、ストライプのあるラヴェンダー色の壁紙のなかにはっきりと見えた。

ハンス・ヴォルマン

ミスター・ブリストルの兄さんがあたしを欲しがって、ミスター・フェロウズの兄さんも、ミスター・デルウェイもあたしを欲しがって、夕暮れ時になると、みんながあたしを取り囲むように草の上に座ったものよ。あの人たちの目には激しくて優しい欲望がギラギラ燃えてたわ。
それってとっても
そのとき母さんがアニーを寄こして、あたしに帰って来いと言うあたしは可愛い赤ちゃんを抱きしめたかったのよ、ものすごく。
いいのよ、あなた《サー》
いいのよ、子作り《サイア》して、私にいいこととして、すごくいいこと
前みたくきれいじゃないってことはよくわかってる。
試してみて
試すだけでも
ここでして。いまして、おねがい
この車両をファックして――コックで、肛門《アス》で、強姦《ラヴィッジ》してよ、あなた《サー》。
あなたが行くんだったら
あたしのことを解放して、わからない、はっきりと言えないけど
でも、ここで長いことすごく不幸だった。
エリーズ・トレイナー

頑張ってみるよ、と私は言った。

ハンス・ヴォルマン

車両のなかからは、お馴染みではあるが骨を凍らせるほど恐ろしい**物質が光となって花開く現象**に伴う音が聞こえてきた。

車両が震え始め、豚が金切り声をあげた。

私はありがたき良き大地に身を投げ出した――すぐに自分のものではなくなる大地に。

車両が爆発した。座席が降ってきた。豚の残骸も降ってきた。メニューも、荷物も、新聞も、傘

も、婦人の帽子も、紳士靴も、安物の小説も降ってきた。

膝立ちになって見ると、車両があったところには何もなく、恐怖の鉄柵が残っているだけだった。

私としても、もはや行く以外に何もすることはない。

それでも、世界のいろいろなものが私をしっかりと摑んでいた。

たとえば、ヒューヒュー吹きすさぶ十二月の突風のなかを歩いて行く、騒々しい子供たちの群れ。何らかの衝突で傾いた街灯の下で親しげにマッチを分け合うこと。鳥しか訪ねてこない、高い塔の上にある凍りついた時計。ブリキの水差しから注ぐ冷たい水。六月下旬の雨に濡れて体にへばりつくシャツをタオルで拭うこと。

真珠、ボロ布、ボタン、絨毯の房飾り、ビールの泡。

誰かが親切に声をかけてくれること、忘れずに手紙を書いてくれること、こちらが不安がっていると気づいてくれること。

皿に盛られた血の滴るような赤身の肉。学校に遅刻しそうになって生け垣を飛び越えたとき、手に残った生け垣の感触。木を燃やした匂いとチョークの匂いのする校舎。

頭上のガチョウ、足下のクローバー、自分が息を切らしているときの呼吸音。

目に浮かんだ涙で空の星々が霞むこと、小型《トボガン》のそりを担いで肩が擦り切れたこと、愛する人の名前を手袋の手で霜のついた窓に記すこと。

靴紐を結ぶこと、小包を縛ること、唇を重ねること、手を合わせること、一日の終わり、一日の始まり、常に次の日があるのだという感覚。

さようなら、私はこうしたものすべてにさようならを言わなければならない。

暗闇で鳴くアビの声、春のこむらがえり、パーラーでの首のマッサージ、一日の終わりにするミルク。

がに股の犬が誇らしげに芝生を掘り起こし、自分のささやかな糞を覆うこと。ブランデー色に染まる時刻に雲のかたまりが谷間を流れ、二つに分かれていくこと。よろい張りのブラインドに指を走らせると埃がついてくること。そしてもうすぐ正午で、決心しなければいけないこと。あのようなことを見て、傷ついて、選択肢は一つしかないように思えること。

血にまみれた陶製のたらいが傾き、木の床に下向きに落ちる。床に落ちているオレンジの皮は、信じられない思いで吐いた最後の息にびくともしない。床には細かい夏の埃が積もっている。一瞬、慌てふためき、手首を刺したナイフを手すりに置く。あの見慣れた、ぐらつく手すり。そのナイフはあとでお母さんが（愛しいお母さんが）（悲痛な思いで）ゆっくりと流れるチョコレート色のポトマック川に落とす（投げる）。

こうしたことはどれも現実ではなかった。何一つとして現実ではなかった。

すべては現実だった。想像もつかないほど現実で、無限に愛おしかった。

こうしたことも、無として始まったすべてのことも、巨大なエネルギーの肉汁のなかに隠れていた。しかし、それを我々が名づけ、愛し、そうすることによって生み出したのだ。

そしていま、これらを失わなければならない。

私はこれを君たちに送る、親愛なる友人たち。この瞬間的な思考の爆発で時間が遅くなり、止まる場所から、そして我々が一瞬のうちに永遠に生きるかもしれない場所から、立ち去る前に。

さようならさようならさよう――

ロジャー・ベヴィンズ三世

104

キャロラインとマシューとリチャードと私は旗竿の近くのいつもの場所で絡まり合っていた。私のモノはキャロラインの口に、彼女の尻はリチャードのモノに、マシューのモノは私の尻にあてがわれている。キャロラインのモノはマシューの口にあてがわれているが、私も中指を伸ばして撫でている。

ミスター・レオナード・リーディ

私たち、すごい刺激的なものを見逃しちゃったみたいね。

ミセス・キャロライン・リーディ

刺激的なことをしていたからね。

リチャード・クラッチャー

でも、そのとき**物質が光となって花開く現象**の音がたくさん鳴り響いて、私たちに動揺が――

ミセス・キャロライン・リーディ

我々男たちは萎えてしまった。

さらに刺激を求めるのは難しくなったわ。

ミスター・レオナード・リーディ

ミセス・キャロライン・リーディ

私とリチャードとミスター・リーディはズボンを上げ、ミセス・リーディはスカートとブラウスを着直した。それから我々は柵に沿って走り、もう一つの（弱いほうの）刺激に向かって行った。

マシュー・クラッチャー

その途中でミスター・ベヴィンズを見かけ――

ミセス・キャロライン・リーディ

あのオカマ野郎。

リチャード・クラッチャー

彼は柵のところでひざまずき、何やらつぶやいていた。

ミスター・レオナード・リーディ

それから、いつもの騒ぎがあった。
ピカッと光り、服が落ちてきた。

マシュー・クラッチャー

ベヴィンズはいなくなった。

リチャード・クラッチャー

105

ほぼ夜は明けた。

この恐ろしい夜を生き延びた我々は集まり、相談し、偵察に出ることにした。短い時間だったが走って、生存者を探したのだ。

パーディは見つからなかった。ヨハネスもクローリーもいなかった。

ピックラー、エラ・ブロウ、ヴァーナ・ブロウ、アップルトン、スカーリー、ソーンも見つからなかった。

ミドンも行方不明。ゴンコート、カップ、エドウェル、ロングストリートも同じ。

トーマス師、行方不明。

ベヴィンズとヴォルマンという、最も古くからここにいる敬虔な住民でさえ、いなくなっていた。

何とも憐れなことだ。お人好しすぎる。あんな子供のまくし立てた言葉に騙されるなんて。永遠に失われてしまった。

お馬鹿な連中だ。

ランス・ダーニング

俺たちはここにいる。そうだろ？　じゃなかったら、誰がしゃべってるんだ？　誰が聞いてるんだ？

パーシヴァル・「突貫《ダッシュ》」・コリアー

何という大虐殺だ。

敷地のほんの一部しか調べていないのに。

ランス・ダーニング

すぐに明るくなってきた。すると、いつものように全身の力が抜け、それに伴ってしぼんでいくような感覚が芽生えた。我々は急いでそれぞれの本拠地に向かって走り、自分の病体のなかに生真面目に戻って行った。目を閉じたり逸らしたりして、この不潔なもののいまの有様を見ないようにする。

ロバート・G・トウィスティングズ

陽が高くなってくると、我々はそれぞれの心のなかでいつもの祈りの言葉を唱えた。

ローレンス・T・デクロイ

お日様が次に沈むとき、まだここにいますように。

そして、動けるようになったとき、すぐに気づきますように。我々がまた偉大な母からの贈り物をいただいたということに。

ミセス・アントワネット・ボクサー

時間を。

ロバート・G・トゥウィスティングズ

さらなる時間をいただいたということに。

ランス・ダーニング

パーシヴァル・「突貫《ダッシュ》」・コリアー

106

太陽が昇ると、いつものように二つの領域が混じり合い、我々の世界で真実だったすべてが彼らの世界の真実になった。すべての石、木、藪、丘、谷、川、池、沼、光と影の斑点が混じり合って、二つの環境は同じになった。あなたは一つの領域ともう一つの領域との区別がつけられないだろう。

今夜は新しくて奇妙で、神経に障るようなことがたくさん起こった。我々三人の「独身者たち」はこうした展開をすべて高みから見物していた。安全に、離れて、自由に——我々の好きな流儀だ。

私は若き後輩たちの退却に加わった。いまは急いで病箱に戻り、なかに入らなければならない。

我々を待っているもののなかに。

スタンリー・「きょうじゅ《パーフェッサー》」・リッパート

へっ。

ジーン・「いたずら小僧《ラスカル》」・ケイン

俺たちはあんなもんに入りたくねえ。

ジャック・「口から出まかせ《マラーキー》」・フラー

全然。

ジーン・「いたずら小僧《ラスカル》」・ケイン

しかし、それが代償なのだ。我々はとどまらねばならない——完全に目を覚ましながらも動かずに——こうした不潔なもののなかに。かつて我々に似ていた（そう、我々だった）もの（そして、我々が心から愛したもの）。そこにとどまり、夜の帳が再び降りるのを待つ。夜が来たら、我々は飛び出して——

スタンリー・「きょうじゅ《パーフェッサー》」・リッパート

自由になる。

ジーン・「いたずら小僧《ラスカル》」・ケイン

再び自由に。

ジャック・「口から出まかせ《マラーキー》」・フラー

本当の、自分自身になる。

ジーン・「いたずら小僧《ラスカル》」・ケイン

神から与えられたものすべてが甦る。

スタンリー・「きょうじゅ《パーフェッサー》」・リッパート

すべてが再び可能になる。

ジーン・「いたずら小僧《ラスカル》」・ケイン

我々三人は一度も結婚したことがなく、本当に愛したこともない。しかし、夜の帳が再び降り、
我々がまだここの住人であったなら、この「一度も」を打ち消すことができるかも――

スタンリー・「きょうじゅ《パーフェッサー》」・リッパート

我々の最期が来るまでは、真に「一度も」とは言えないのだから。

愛だって、まだ我々のものになるかもしれない。

ジャック・「口から出まかせ《マラーキー》」・フラー
ジーン・「いたずら小僧《ラスカル》」・ケイン

107

キャロル家の納骨所にランタンを持って行ったところだ、トム。すべてが元通りかどうか確認するためだったんだが、リンカーン少年の棺が少しだけ壁のへこみから出っ張っていたんで、押して戻しておいた。あの可哀想な子供。一人ぼっちの最初の夜をこんなところで過ごすなんて。これから一人ぼっちの夜をたくさん過ごすことになり、こうした夜が永遠に続くなんて。

大統領の息子さんと同じくらいの歳なんで、うちのフィリップのことを考えずにいられない。あの子は庭を走り回り、生きていることが嬉しくて、頬を真っ赤に紅潮させて戻って来る。柵越しに隣りのレナード家のエイミーさん、リーバさんたちとふざけたりして、髪をくしゃくしゃにしていることだろう。そして幸福感が募るあまり、箒を掴んで料理人のミセス・アルバーツのお尻をつついたりする。彼女はやつに仕返ししようと、大きな蕪を持って振り向くんだが、あの輝くような顔を見てしまったら、何もできやしない。蕪を洗面器に戻し、やつの襟首を掴んでギュッと抱きしめると、キスの雨を降らせるんだ。そこで私はこっそりと彼女に箒を手渡し、フィリップが得意げに走り去るときに、彼女が仕返しできるようにしてあげる。やつがいつもはいている擦り切れたズボンをつけるように。彼女はポットローストのような腕をしてるんで、やつを痛い目にあわせることができる。ああ、神様、あんなところに静かに横たわっているフィリップなんて、考えるのも耐えられません。こんな考えが浮かんできたら、元気よく歌を口ずさんだりして、心のなかではこう祈る。嫌です、嫌です、神様、この杯を私から取りのけてください（『マルコの福音書』14章36節）。私の愛する誰よりも、私を先に行かせてください（フィリップ、メアリー、ジャック・ジュニアよりも先に、そして愛しいリディアよりも先に）。ただ、それもあまりよくない。だって、彼らが人生を終えようとしているとき、私が助けてあげられないじゃないか。ああ、どちらも耐えがたい。神様、この世に生きる我々は何という苦難に向き合っているのでしょう。トム、わが友、トム、私は眠りを強く求めている。眠りの到来を待ち、こうした悲しくて陰気な考えがすぐに消えてくれることを望む。そして、我々の大事な友人である太陽が再び昇ってくる、あの嬉しい光景がまた見られますように。

マンダーズ前掲書

108

俺はあの紳士とともに俺たちの小さな馬に乗り続けた。静かな通りを馬で行くのは、楽しくないわけじゃなかった。といっても、紳士のほうは楽しんでいなかった。今夜、勝手な振る舞いをしたことで、妻を顧みなかったように感じていたのだ。それに、家にはもう一人病気の子供がいた。この子も負けてしまうかもしれない。今日は少しよくなったけど、それでも負けてしまうかも。どんなことでも起こり得るのだから。いまの彼にはそれがよくわかる。彼は忘れていた。なぜか忘れていた、もう一人の息子のことを。

タッド。愛しいタッド。

紳士の心にはいろいろなことが浮かんだ。彼は生きたいと思っていなかった。本当の意味では。いま、人生が辛すぎるのだ。やるべきことが多すぎるし、それをうまくやれていない。そして、彼がうまくやれないと、すべてが破滅することになる。たぶん、時間が経てば（と彼は自分に言い聞かせた）ましになるだろう。よい状態に戻るかもしれない。彼は本当にはこれを信じていなかった。これは辛い。彼にとって辛い。俺にとっても辛い。このなかにいるのは。それでも、俺はとどまり続けることにした。すでに朝が近づいていた。普通なら、俺たちは日中、眠りに就く。それぞれの抜け殻に引き寄せられ、そこで休まなければならない。今夜、俺はその引き寄せる力を感じなかった。それでも眠くなってしまい、うとうとした。そうしたら彼の体から落ちて、馬のなかに入ってしまった。この馬は全身で必死に耐えている、と俺はそのときに感じた。この紳士のことが大好きなんだ。そして、そのとき初めて俺はオート麦がこの世で一番おいしいものだと感じ、背中に掛けてもらう青い毛布を切望した。それから俺は自分を奮い起こし、まっすぐに座って、また紳士と完全に一体化した。

こうして俺たちは闇のなかへと進んで行った。同国人たちの眠っている家々を通り越して。

トーマス・ヘイヴンズ

訳者あとがき

一八六二年二月、南北戦争中のアメリカ、エイブラハム・リンカーン大統領は幼い息子のウィリーを病気で亡くし、大きな精神的打撃を受ける。そして悲しみに暮れ、息子の遺体が安置された納骨所を訪れて、長い時間を過ごしたという。戦争遂行中の最高司令官である大統領が、墓地でいったい何をしていたのか?

本書の作者、ジョージ・ソーンダーズは、この実話に興味を抱き、そこから長編小説を構想していった。歴史資料を調べまくり、人間リンカーンに迫ろうとした。とはいえ、これまでさまざまな奇想を凝らしたコミカルな短編や中編で読者を笑わせ、魅了してきた作家。彼にかかると、ウィリー・リンカーンが安置された墓地は霊魂たちが跋扈《ばっこ》する場所となる。ウィリーの霊魂はそこでほかの霊魂たちと交流するとともに、訪れた父リンカーンともコミュニケーションを取ろうとし、さまざまな騒動が起きる。それがリンカーンの心に何らかの影響を与えるのか。ウィリーと交わったほかの霊魂たちはそれをどう受け止めるのか。完成した本書は歴史小説でありながら、雑多な霊魂たちがしゃべりまくる可笑《おか》しな幽霊譚でもある。

二〇一七年二月に出版されると、本書はそのユニークさですぐに大きな話題となり、多くの書評家の絶賛に迎えられた。たとえばリー・コンスタンティノウ(『パブリック・ブックス』)は、「『リンカーンとさまよえる霊魂たち』はあの決断の時にアメリカが直面していた矛盾を最も明快かつ芸術的に表現したものの一つとして記憶され続けるであろう」と言う。チャールズ・バクスター(『ニューヨーク・レビュー・オブ・ブックス』）は「ジョージ・ソーンダーズは見事なほど奇妙で可笑しく、とても感動的な物語を通して、完全に独創的なことをやり遂げた」と評価する。このように独創性と芸術性が高く評価され、本書は二〇一七年度ブッカー賞を受賞。作者にとっての第一長編は、現代アメリカ文学にとっても金字塔的な作品となった。

基礎知識なしに本書を読み始めると、理解しづらい点があるかもしれないので、この霊魂の世界について若干説明しておきたい（もちろん、次第に解明していくのが読書の醍醐味なので、そういう読み方をしたい読者には、この「あとがき」より先に本文を読まれることをお勧めする）。

原題 *Lincoln in the Bardo* の Bardo とは、チベット仏教からの言葉で、死と再生のあいだ霊魂が住む世界を指す（日本では「中有《ちゅうう》」という訳語があてられている）。ソーンダーズが想像した Bardo に住む霊魂たちは、みなこの世に強い未練を残した者たちばかりで、その未練がわかりやすく体に現われている。ずっと年下の妻との初夜を迎える直前に死んだハンス・ヴォルマンは、巨大なペニスを勃起させた状態でそこにいる。同性愛の恋人に裏切られて自殺したロジャー・ベヴィンズ三世は、自分の早まった行為を悔やみ、世界の美を堪能したいという欲求に駆られるあまり、感覚器官を異常に発達させている。彼らは自分が死んでいることを認めず、自分は病気であり、快復を待っているのだと考えている。そのため遺体を病体、棺を病箱、墓地を病庭などと呼んでいる。

そこに若きウィリー・リンカーンがやって来る。従来、Bardo に来た子供の霊魂はすぐに次の段階に進んでいく（仏教的に言えば、成仏する）のだが、ウィリーはここにとどまっているし、父親（つまりリンカーン大統領）が葬式のあとも訪ねてくる。これはいったいどうしたことか。ヴォルマンやベヴィンズは衝撃を受け、この父子のあいだに介入しようとする。霊魂は生者たちとコミュニケーションは取れないのだが、彼らの体に入り込み、心を読み取ることはできる。また、生者たちの体に入ったとき、何らかの強い思いを抱くことで、生者たちに影響を与えることができるらしい。そこで、ヴォルマンらはリンカーンの体に入ったり、父親の体に入れとウィリーを促したりして、正しい（と彼らが信じる）方向にウィリーを導こうとする。

本書の何よりの面白さは、まずこの霊魂たちの群像にある。自分の死を認めず、生前の行為をさまざまに正当化しようとする彼らは、人間の自己中心的な面のカリカチュアだ。ヴォルマンとベヴィンズのほか、牧師でありながら最後の審判を恐れてここにとどまっているエヴァリー・トーマス師や、独身のまま死んだので愛を求め続けている男たちのグループ、アフリカ系の人々への偏見を露わにする南部の奴隷主、奴隷たちと一緒に共同墓地に埋葬されている最下層の白人夫婦などがいて、そのまま当時の社会の縮図となっている。彼らが交わす可笑しな会話、彼らの滑稽な姿を描くソーンダーズの筆致は冴《さ》えわたっている。

このあたりはいかにもソーンダーズらしい要素だが、初の長編小説である本書で、彼はもっと人間の内面にも踏み込もうとする。まずはリンカーンの心情。彼は息子の遺体を前にして深い悲しみに沈むのだが、同時に自分がこのような悲しみを多数作り出しているという事実にも愕然《がくぜん》とする。南北戦争は泥沼化し、すでに何千人、何万人もの死者が出ていたのだ。こんなことを続けていていいのか。そう自分の心に問いかける大統領は、しかし墓地での経験を通して、逆に強い決意を抱くようになる。彼らの死を無駄にしてはならない、徹底的にやるしかない、と。これによって奴隷を解放したと考えれば偉大な決断のようだが、その後の戦争遂行中のアメリカ大統領の範になったと考えると、重大な問題も孕んでいると言わざるをえないだろう。

同時にこの小説では、当時の文献からの抜粋、リンカーンの周辺のさまざまな人の証言などを虚実取り混ぜて加え、人間リンカーンに迫る（「虚実」に関しては、たとえばケックリー、クンハート、マーガレット・リーチ、エプステインなどの著作は実在するが、マーガレット・ギャレット、ジョー・ブラントなどのものは架空と思われる）。いまでは偉大な大統領としてもてはやされているリンカーンだが、当時は無能とされ、口汚く罵られることもあった。彼に対する評価がいかに人によって、あるいは時期によって異なっていたか。それを露わにすることで、本書はリンカーン神話を崩し、歴史がどのように構築されてきたかにも目を向けさせる。

もう一つ、この小説で重要なのは、霊魂たちの心情にも踏み込んでいる点だ。霊魂たちはウィリーのもとに殺到し、自分の物語を聞いてもらおうとする。自分の研究が世界最高だったと信じたい学者、自分の会社のピクルスが全米一だったと信じたい経営者など、愚かしい虚栄心を剝き出しにする者たちがいる。一方、共同墓地に埋められた元奴隷たちは白人たちへの恨みに駆られ、南部の奴隷主に対してしっぺ返しをするとともに、リンカーンの体に入り込んで影響を与える。そして主要登場人物であるヴォルマンやベヴィンズもウィリーとの交流を通して……いや、これ以上は書くまい。ただ、まさかソーンダーズの小説で泣くとは思わなかった、とだけ付け加えておこう。

このように、お得意の奇抜な設定でたっぷり楽しませながら、人間リンカーンに迫り、歴史への再考を促し、さまざまな階級のさまざまな人々の心情に踏み込み……と、この小説は盛りだくさんの魅力を備えている。本書が多くの日本の読者に届くように願ってやまない。

ソーンダーズは一九五八年、米国テキサス州生まれ。技術系の大学を卒業後、さまざまな職を経験してからシラキュース大学で創作を学び、雑誌に短編を発表するようになった。それがまとめられた『落ち目になった南北戦争ランド』*CivilWarLand in Bad Decline*（一九九六）が第一作で、第二作品集が日本語訳も出ている『パストラリア』*Pastoralia*（二〇〇〇、法村里絵訳、角川書店、邦訳の作者名はソウンダース）。どちらも奇妙なテーマパークで働く人物を主人公にして人間の滑稽さを描いたり、労働者階級の悲哀をコミカルに扱うなど、その戯画的な作風でコアなファンを獲得した。続く『フリップ村のとてもしつこいガッパーども』*The Very Persistent Gappers of Frip*（二〇〇〇、青山南訳、いそっぷ社、やはり邦訳の作者名はソウンダース）は子供向けの絵本で、『短くて恐ろしいフィルの時代』*The Brief and Frightening Reign of Phil*（二〇〇五、岸本佐知子訳、角川書店）は大人向けの寓話ということになろうが、ともに人間の愚かしい貪欲さを曝け出しており、実にソーンダーズらしい。二〇一三年に出版された短編集 *Tenth of December* もフォリオ賞の初代受賞作となるなど、高い評価を受け、岸本佐知子氏による翻訳進行中と聞く。こちらもすごく楽しみだ。

翻訳に当たっては、今回も日本映画の英語字幕製作者であるイアン・マクドゥーガル氏にいろいろと質問させていただき、貴重な助言をいただいた。この場を借りてお礼を申し上げる。また、「虚実取り混ぜた」歴史的文献についてよく調べてくださった校閲の方々にも、とても感謝している。最後に、河出書房新社編集部の島田和俊氏には、企画段階から原稿のチェックまで大変お世話になった。記して感謝の意を表したい。

上岡伸雄

二〇一八年五月十七日

著者略歴

ジョージ・ソーンダーズ（George Saunders）

1958年アメリカ・テキサス州生まれ。奇想天外な想像力を駆使して現代に生きる人々のリアルな感覚を描く、現代アメリカを代表する作家の一人。さまざまな職を経験したのち、大学で創作を学ぶ。1996年に初の作品集『落ち目になった南北戦争ランド』を発表。2002年には中短編集『パストラリア』を発表し、戯画的な作風で読者を魅了する。05年に発表した中編『短くて恐ろしいフィルの時代』は、トランプ時代を先取りした一冊としても近年注目を集めている。13年、短編集『十二月の十日』が全米ベストセラーの第1位となり、短編小説の復権として話題を呼んだ。17年、初の長編となる本書でブッカー賞受賞。ほかに講演『人生で大切なたったひとつのこと』など。

訳者略歴

上岡伸雄（かみおか・のぶお）

1958年東京生まれ。翻訳家・アメリカ文学者。東京大学文学部大学院英文科修士課程修了。学習院大学教授。著書に、『テロと文学 9・11後のアメリカと世界』（集英社）、『名演説で学ぶアメリカの文化と社会』（研究社）ほか。訳書に、D・デリーロ『アンダーワールド』（共訳）『墜ちてゆく男』（ともに新潮社）、G・グリーン『情事の終り』（新潮社）、J・ル・カレ『われらが背きし者』（共訳、岩波書店）、I・リード『マンボ・ジャンボ』（国書刊行会）、V・T・ウェン『シンパサイザー』（早川書房）ほか多数。

リンカーンとさまよえる霊魂たち

2018年7月20日　初版印刷
2018年7月30日　初版発行
著　者　ジョージ・ソーンダーズ
訳　者　上岡伸雄
装　丁　加藤賢策（LABORATRIES）
発行者　小野寺優
発行所　株式会社河出書房新社
〒151-0051　東京都渋谷区千駄ヶ谷2-32-2
電話　(03) 3404-1201〔営業〕(03) 3404-8611〔編集〕
http://www.kawade.co.jp/
組版　株式会社創都
印刷　モリモト印刷株式会社
製本　小泉製本株式会社
Printed in Japan
ISBN978-4-309-20743-8

河出書房新社の海外文芸書

硬きこと水のごとし
閻連科　谷川毅訳

文化大革命の嵐が吹き荒れる中、革命の夢を抱く二人の男女が旧勢力と対峙する。権力と愛の狂気の行方にあるのは悲劇なのか。ノーベル賞候補と目される中国作家の魔術的リアリズム巨篇。

AM/PM
アメリア・グレイ　松田青子訳

このアンバランスな世界で見つけた、私だけの孤独——ＡＭからＰＭへ、時間ごとに奇妙にずれていく120の物語。いまもっとも注目を浴びる新たな才能の鮮烈デビュー作を、松田青子が翻訳！

美について
ゼイディー・スミス　堀江里美訳

ボストン近郊の大学都市で、価値観の異なる二つの家族が衝突しながら関係を深める。レンブラントやラップ音楽など、多様な要素が交錯する21世紀版『ハワーズ・エンド』。オレンジ賞受賞。

アメリカーナ
チママンダ・ンゴズィ・アディーチェ　くぼたのぞみ訳

高校時代に永遠の愛を誓ったイフェメルとオビンゼ。米国留学を目指す二人の前に、現実の壁が立ちはだかる。世界を魅了する作家による、三大陸大河ロマン。全米批評家協会賞受賞。